想象另一种可能

理
想
国
imaginist

游

The
Peregrine

隼

[英] J.A.贝克 —— 著
J.A.Baker

李斯本 —— 译

北京日报出版社

Originally published in the English language by HarperCollins Publishers Ltd. under the title
THE PEREGRINE
© J. A. Baker 1967
Translation © Beijing Imaginist Time Culture Co., Ltd. 2023, translated under licence from HarperCollins Publishers Ltd.
J. A. Baker asserts the moral right to be acknowledged as the author of this work.

北京版权保护中心外国图书合同登记号：01-2022-6288

图书在版编目（CIP）数据

游隼 /（英）J.A. 贝克著；李斯本译 . -- 北京：
北京日报出版社，2023.1（2024.4 重印）
ISBN 978-7-5477-4427-7

Ⅰ . ①游… Ⅱ . ① J… ②李… Ⅲ . ①散文集 - 英国 -
现代 Ⅳ . ① I561.65

中国版本图书馆 CIP 数据核字（2022）第 211093 号

策划编辑：且陶陶工作室
责任编辑：卢丹丹
特约编辑：闫柳君 巫莎莎
装帧设计：少少
排版制作：马志方

出版发行：北京日报出版社
地　　址：北京市东城区东单三条 8-16 号东方广场东配楼四层
邮　　编：100005
电　　话：发行部：（010）65255876
　　　　　总编室：（010）65252135
印　　刷：山东韵杰文化科技有限公司
经　　销：各地新华书店
版　　次：2023 年 1 月第 1 版
　　　　　2024 年 4 月第 6 次印刷
开　　本：787 毫米 ×1092 毫米　1/32
印　　张：10
字　　数：154 千字
定　　价：62.00 元

版权所有，侵权必究，未经许可，不得转载

如发现印装质量问题，影响阅读，请与印刷厂联系调换：0533-8510898

目 录

1　　　缘起

13　　关于游隼

43　　埃塞克斯的鹰

305　　译后记:一颗寂静主义者的心

311　　附录:鸟类译名对照表

缘起

我家往东，一条漫长的山脊横躺于地平线上，像浮上水面的潜艇。东方的天空在远处海水的映照下显得格外明亮，几乎能感觉到大地尽头的无数次远航。山间林木丛聚，汇成深沉而高耸的森林，但每当我走近它们，这深沉便会缓缓散开，天空从中显露——原来是孤独的橡树和榆树，它们各自占据着冬日阴影的一大片领地。这平静，这遥远地平线的孤寂引诱着我，走向它们，穿过它们，去往别处。它们有如地层，层层叠起我的记忆。

从镇上望去，河流朝东北方向流淌，沿山脊北麓改道向东，最终往南汇入河口。河流上游是一片开阔的平原，下游则狭窄而陡峭，直到河口附近才重新变得平缓、开阔。平原好似大地上的海湾，有农场如零星小岛，四散其间。河流细细流淌，缄默蜿蜒；它对这绵长而宽广的河口来说真是太小了。毕竟，这曾是一条流淌过英格兰中部大部分地区的奔流大河的入海口。

对风景做详尽的描述是单调而乏味的。从表面上看，英格兰的每个地方都很相似，只因人类情感的差别而有了微妙的不同。这儿的土壤是黏土：河流以北是砾泥黏土，以南是伦敦黏土[1]。河流阶地上是砾石，山脊处的高地上也是。曾经是森林，然后是牧场，现在主要是耕地了。树林都很小，几乎没几棵大树；主要是橡树，还有一些角树或榛树。很多树篱都被砍倒了，留存至今的大多是山楂树、李树和榆树。榆树在黏土中能长得很高，它们参差不齐的枝干勾勒出冬季的天空。柳树标记着河流的航线，桤木与小溪并行。山楂树总是长得很好。这是属于榆木、橡树和荆棘植物的国度。而生长在这黏土地上的人性情乖戾，生命缓慢燃烧——阴郁、闷

---

[1] 伦敦黏土（London Clay）：地质学专业术语。——译者注（如无特别说明，以下均为译者注）

燃，如那桤木；寡言、沉重，如这大地本身。

算上所有海湾和小岛，这里有着四百英里[1]潮来汐往的漫长海岸，是所有郡海岸线里最长且最不规则的。它也是最干燥的郡，虽然以水为界，却都剥落成了沼泽地、盐碱滩和滩涂。退潮时裸露出的砂质泥滩令天空更加明澈，云层反射着水波的微光，照向内陆。

农场都打理得当，一片欣欣向荣的景象。但某种被忽略了的气息仍在空气里游荡，仿佛一根飘落的野草的幽灵。总有一种失去了什么的感觉，一种正在被遗忘的感觉。除此之外，这儿什么都没有。没有城堡，没有古老的纪念碑，没有绿荫如云的山丘。这地方只是地球上的一道弧线，一片冬日荒野的原始粗糙。黯淡、单调、荒凉的土地，灼烧着所有的悲伤。

我一直渴望成为外在世界的一部分，到最外面去，站到所有事物的边缘，让我这人类的污秽在虚空与寂静中被洗去，像一只狐狸在超尘灵性的冰冷的水中洗去自己的臭味；让我以一个异乡人的身份回到这小镇。游荡

---

[1] 1 英里约合 1.61 千米。——编者注

赐予我的奔涌的光芒，随着抵达消逝。

我对鸟类的喜爱开始得很晚。多年来，我仅仅把它们看作余光里的一阵震颤。它们感受苦难与喜悦的方式如此简单，我们永远无法体会。它们的生活如此热烈而旺盛，我们的心脏永远承受不起。它们奔向湮没。它们在我们还未长成之前就已老去。

我搜寻的第一只鸟是一只夜鹰，它曾在这一带的河谷筑巢。它的歌声像一注美酒从高处落下，坠入深沉而回音隆隆的桶中。这歌声是有气味的，仿佛一缕酒香，飘入安静的天空。在日光下，它显得有些稀薄、干涩，但黄昏会带给它柔和的滋养，造就醇香的佳酿。如果歌曲是有味道的，这一首便是挤碎了的葡萄、杏仁和黑森林的味道。这歌声满溢出来，却一滴未消失，而是洋溢于整片树林。然后停止了。出人意料地，陡然停止了。但我双耳仿佛仍能听见它，那经久不息然而正在消逝中的余音，在树木间逐渐枯竭，被风吹散。这深深的沉寂。在初升的星辰与日暮的余晖中，夜鹰欢快地飞过。它滑行，展翅，舞蹈，弹跳。它轻盈地，安静地飞过。在图片里，它看上去总有些愁眉紧锁、意志消沉，带着一丝悲凉的氛围,就像会在黎明时死去,如幽灵般令人不安。但生活中的它绝不是那副模样。在黄昏的光线里,你只能看清它的形状与它飞翔的姿态,那是不可触摸的轻盈与愉悦,优美、敏捷,像一只燕子。

薄暮时分,雀鹰总会来到我身边,像一些明明就要说出口却再也记不得的话语。它们那窄小的脑袋总是茫然地瞪着我——在我的睡梦里。我追逐了它们很多个夏天,但它们的数量太少了,又是如此小心翼翼,很难被找到,更难以观察。它们过着一种游走不定的逃亡者的生活。在所有那些杂草丛生的被忽视的地方,一代又一代雀鹰脆弱而纤细的骨骼正逐渐沉寂,成为深山野林里的腐殖土。它们是美丽的原始生灵,被流放驱逐的一支族群,一旦消亡,再无处可寻。

我不再让自己沉浸在夏日树林那些带着麝香味的繁茂里了,太多鸟儿在那里死去。秋天的到来开启了我追鹰[1]的旅途,春天为其画上句号,而冬天在其间闪烁,

---

[1] 本书中的"鹰"(hawk)多为笼统的称呼,而非严格的科目分类概念。按现今的分类,隼属隼科,而非鹰科,但在作者那个年代,隼还属鹰科。——编者注

有如猎户座的弧形[1]。

十二月的一天，我在河口附近遇见了我的第一只游隼。那是十年前的事了。太阳从笼罩水面的白雾里透出了一点红光，田野上有白霜闪烁，船只也被封冻，只剩河水轻轻拍打着河岸。我沿着高高的河堤向海边走去。太阳升起后，又钻进了一片灿烂夺目的薄雾之中，硬得噼啪响的白色草地也逐渐变得松软、潮湿。阴影处的霜冻一整日都未化去，但阳光很暖和，无风。

我在河堤脚下休息，看着滨鹬在潮汐线上捕食。突然，它们朝上游飞去，同时有数百只小雀鸟从我头顶扑腾而过，在一大片翅膀绝望的扑棱声中仓皇而逃。过了好一会儿我才意识到，有什么大事要发生了，而我不该错过。我爬上河堤，看见斜坡内侧，低矮的山楂树林里挤满了田鸫。它们尖利的鸟喙全都朝向东北，在惊慌中喋喋不休、语无伦次地叫嚷着。我顺着那方向望去，只见一只隼正朝我飞来，然后猛地一个右转，向内陆飞

---

[1] 猎户座为赤道带星座之一，其最佳观测日期为十二月上旬至四月上旬，出现时由东南方升起，经天顶后由西南方落下，文中的弧形或指猎户座在冬日天空划过的弧线形。——编者注

去。它像是只红隼，但体形更大，颜色更黄，有着像子弹头一样的头部和更加修长的羽翼，对飞行也更有热情，好似乐在其中。我一直未见它滑翔，直到它看见一群椋鸟在麦茬地里觅食——带着一股横扫一切的气势，它俯冲直下，没入腾起的椋鸟之中。一分钟后，它从我头顶疾速掠过，一口气冲入了阳光弥漫的薄雾。它飞得比刚才更高了，像一枚掷出的飞镖，掠过天空，直冲向前；刀锋般刚锐的翅膀向后收拢、轻弹，好似一只沙锥。

这便是我的第一只游隼。自那以后，我虽又见过许多，但没有一只能超越它的速度，它热烈如火焰的生命力。整整十年，我将我所有的冬日都用于寻找这漂泊不定的光芒，寻找游隼掠过天空时生命迸发出的霎时热情。整整十年，我永远在抬头观望，等待那击破云层的铁锚、那穿破长空的弓弩再次出现。对于鹰，我的双眼竟也贪得无厌起来。这双眼睛迷恋上了它们，带着一种一见如故的狂喜，就像鹰的眼睛在世间游荡，终于发现诱人的食物——鸥或鸽子时——瞳孔会迅速扩张一样。

要让一只游隼认得你、接受你，你必须总是穿着同样的衣服，以同样的方式移动，按照相同的步骤行事。

和其他鸟类一样,它们害怕所有不可预测的事物。每天,选择同一个时间走进、走出同一片田野,用你如鹰一般固定不变的一套行为礼节去安抚它,缓和它鹰的野性。做好伪装——遮盖住眼睛的光芒,掩藏好白色颤抖的双手,包裹上棱角分明、一目了然的脸,想象自己是一棵静止不动的树。游隼从不害怕任何它从远处就能看清的东西。所以,用坚定、沉稳的步伐穿过空旷地带,慢慢靠近它。让你的身形在它眼中逐渐变大,不要突然变换姿势。永远不要试图藏起来,除非你可以藏得完全隐蔽。独自行动。避开鬼鬼祟祟、行为古怪的人,躲开农场上那些充满敌意的眼睛。学会害怕。理解和分担恐惧,是这世上最强大的纽带。猎人必须成为他所追捕的猎物。这说的是,你现在就必须感受到一支箭砰地射入一棵树时那份强烈的战栗。而昨日是模糊的、黑白的。一星期前你还未诞生。坚持,忍耐,跟随,观察。

　　常年追寻着鹰,视觉也变得敏锐。鸟在飞行,大地在它身后奔流不息,仿佛是从它眼中奔涌而出,倾泻为一片片色彩鲜明的三角洲。这双眼能看穿事物表面的糟粕,像一柄锋利的斧头直砍树木的心脏。它对地点也有着敏锐的感知力，像拥有另一只于黑暗中发光的羽翼。每个方位都有它的色彩和意义。南方是一片明亮但闭塞的土地，模糊不清，闷热窒息；西方树木繁茂，用肉质形容，那儿就是英格兰最棒的牛侧身，是天堂般的腰腿肉；北方广袤、荒凉，通向空无之境；东方连空气都是兴奋的，是光明的召唤，是忽然降落在海面上的骤雨。而时间是以血液之钟来计量的。当你发现鹰，靠近它、追逐它时，心脏便会狂奔，时间迅速前移；而当你静止不动，陷入等待时，脉搏也安静下来，时间缓慢行进。总是如此，追逐着鹰，你便进入了一种咄咄逼人、直指内心的时间，像一根紧绷的弹簧。你憎恶太阳的移动，憎恶这坚定不移的光线的更迭，这增长的饥饿感，这叫人发狂的心跳的节拍。当你说着"十点""三点"，你所指的并非镇上那种灰暗、干瘪的时间，而是记忆里那一次特定的光线的爆发或衰退，在独一无二的那一天、那一个地点、那一个时刻，一段对追鹰者来说有如剧烈燃烧的镁那般鲜活的记忆。追鹰的人，在迈出大门的瞬间就能知晓风的方向，察觉出空气的重量。内心深处，他似乎已经预见了鹰的这一天，亦如他们第一次相遇时碰撞出的火花。时间和天气的指标杆束缚着鹰,也束缚着追鹰的人。但一旦发现鹰,追鹰者便能欣然接受这之前所有的枯燥、痛苦,所有的等待、搜寻。顷刻间,一切都变得光彩熠熠,就像一座废墟神殿里倒塌的圆柱,遽然重获了它古典时代的显赫荣光。

我会坦诚呈现捕杀的血腥。那些鹰的辩护者们总是对此不置可否、含糊带过。事实上,同是肉食动物的人类一点儿也不比它们高级。同情被害者总是容易,而"捕食者"一词是被过分地滥用了。所有鸟类在它们生命的某些阶段都会以活生生的血肉为食。想想那些冷眼旁观的欧歌鸫,它们就是草地上轻快跳跃着的食肉动物,是蠕虫的刺客,蜗牛的杀手。我们不应只同情它们的歌声,而忘记维系这歌声的,正是杀害。

在这一个冬天的日记里,我尝试将一切作为一个统一的整体保存下来:鸟,观测者,以及这片我们赖以生存的地方。我描述的每一件事都发生在观测当下,但我并不认为忠实的观察和记录就足够了。观测者的情感与行为也同样是重要的数据,我必如实记载。

整整十年,我追寻着游隼。我的确是为它着了魔。

于我，它曾是圣杯一样的存在。现在它离去了。我漫长的追逐结束了。没剩下几只游隼了，将来只会更少。它们或许是无法存活了。许多是仰面朝天死去的，用尽最后一丝力气，疯狂地抓住天空，在最后的抽搐中凋零，燃烧殆尽……因为那些龌龊、阴毒的农药。在一切还来得及的时候，我想重温这飞鸟无与伦比的美丽，还有这片它曾经停留生活过的土地，一片于我而言如此慷慨、斑斓，与非洲相比也丝毫不逊色的土地。这是一个垂死的世界，就像火星，但依然炽热。

关于游隼

最难看见的,往往是那些最真实的事。关于鸟类的书籍展示着游隼的图片;文字充斥着泛滥的资料;书页明晃晃的白边包围中,一只巨大而孤单的鹰瞪着你,自信、威严、色彩鲜亮。但当你合上书页,就再也不会想起这只鸟了。与近距离的静止画面相比,真实的世界反倒有些单调,令人失望。现实中的鸟儿绝不会如此巨大,如此色泽明亮。它会藏在深深的自然之中,永远在沉没,遁入离你越来越远的世界;永远在离去,仿佛下一秒你就会失去它。那些图片,在真实、热血、活生生的鸟儿一旁,不过是蜡像而已。

雌性游隼,英文常称作 falcon,体长在 17—20 英寸[1]间，大约相当于人类手臂从手肘到指尖的长度。雄性游隼，英文称tiercel，会比雌性的身长短3—4英寸，即14—16英寸。两者体重也有所不同：雌性重1.75—2.5磅[2]，雄性则为1.25—1.75磅。不过，与游隼有关的一切都是变数：颜色、大小、重量、个性、喜好——所有的一切。

成年游隼上体呈蓝、蓝黑，或蓝灰色；下体呈白色，具有深灰色的条纹。幼年游隼在生命的第一年，有时也延续至第二年，上体呈褐色，下体呈浅黄褐色，具褐色纵纹。上体的褐色，从狐狸红到深棕各不相同；下体的浅黄褐色也因个体差异深浅不一。游隼的繁殖期为四月到六月。幼鸟要等到第二年三月才会逐渐褪去雏羽，有些要等到一岁多，有些甚至到第二年冬季还是一身棕褐，虽然它们从一月起就已经开始长出一些成年游隼的羽毛了。幼鸟换羽的过程可能会持续整整六个月。温暖的天气会加速这一进程，寒冷则相反。游隼到两岁才具备繁殖能力，但年满一岁的鸟儿就可以有自己的巢位，

---

[1]　1英寸约等于2.54厘米。——编者注
[2]　1磅等于10盎司，约合0.45千克。——编者注

开始捍卫领地了。

游隼的身体构造非常适合追捕、猎杀飞行中的鸟儿。它的身形是流线型的：从圆圆的脑袋到宽厚的胸膛，再一路平滑变窄，直至楔形的尾部。它的翅膀修长而尖锐，初级飞羽[1]纤长，这保证了飞行的速度；次级飞羽[2]宽大，因而有足够的力量提举并携带猎物飞行。它弯钩状的鸟喙能将血肉与骨头撕扯开来。上喙长有一颗锋利的喙齿，与下喙的齿槽相对应，它能刺入鸟儿的颈椎，一番咬拽、扭甩，便能扯断猎物的脊髓。它腿部粗壮，肌肉发达。脚趾长而有力，趾下有一些凸起的肉垫，帮助它牢牢抓住猎物。最具杀伤力的后趾是四个脚趾里最长的，游隼单用这一个脚趾就可以将猎物狠踢在地。健硕的胸部肌肉保证了飞行的力量和持久性。眼周一圈的黑色羽毛能够吸收周围的光线，有效地减少眩光。面部那对比鲜明的褐色与白色斑纹，能起到将猎

---

[1] 初级飞羽（primaries）：附着于鸟翼末端的飞羽，生长在相当于人的手掌位置的鸟的前肢处。
[2] 次级飞羽（secondaries）：附着在鸟翼内侧的尺骨（前臂部）上，是能够为飞行提供升力的羽毛。

物惊飞的作用，在某种程度上也掩护了它大而明亮的眼睛。

有记录显示，游隼振翅的速度为每秒 4.4 次。其他几种鸟类的相应数据分别是：寒鸦 4.3 次，乌鸦 4.2 次，麦鸡 4.8 次，斑尾林鸽 5.2 次。游隼在水平飞翔时，似乎有些类似鸽子，但它们的羽翼比鸽子更修长，更柔韧，扬翅时上举得更高。一次典型的飞行通常被描述为一系列连续的快速振翅，期间有规律地穿插长时间展开羽翼的滑翔。但实际情况是，滑翔并不那么经常出现，至少在我所目睹的游隼的飞行中，半数以上都很少出现滑翔。不在捕猎状态时的鹰，飞得似乎很缓慢，如波浪般起伏，然而它的实际速度永远比看上去要快得多。我测算过，那速度在每小时 30—40 英里之间，很少有低于这一速度的时候。水平追捕猎物时，它们的速度能达到每小时 50—60 英里，并且能保持这一速度飞行一英里甚至更远；也能超过每小时 60 英里，但只能是短时间的。纵向俯冲就不一样了。毋庸置疑，游隼纵向俯冲的速度是非常惊人的：远远超过每小时 100 英里。我无法给出更精确的数字了。目睹一只游隼俯冲的那份激动，是无法用数据准确描述的。

　　游隼于每年八月中旬至十一月迁徙至英格兰东部海岸，多数在九月下旬或十月的上半月便抵达了。它们可能在任何一种天气状况下从海面上飞来，但最有可能是在一个阳光灿烂的好日子，与一阵清爽的西北风一同到来。有些游隼仅仅是路过这里，可能在附近某个地方待上两三个星期，就继续往更南的南方飞去了。返程的旅途从二月下旬一直持续到五月。在这里过冬的游隼通常在三月下旬或四月初起程离开。雌性幼鸟会是秋天第一批抵达的游隼，接着是雄性幼鸟，然后是其他成年游隼。大部分成年游隼并不会迁徙至这么远的南方，它们倾向于留在离繁殖地更近的地方。这些迁徙的规律通用于从挪威北角到布列塔尼半岛的欧洲海岸线上，亦与北美东部沿海观测到的情况基本一致。鸟类环志[1]回收表明，迁徙至英格兰东部海岸的游隼，多来自斯堪的纳维

---

[1] 鸟类环志是用于研究候鸟迁徙动态及规律的一种重要手段。其上刻有环志的国家、机构、地址和鸟环类型、编号等，一般把环戴在鸟的跗跖部（脚环）或颈部、翅根、鼻孔等处。通过回收环志鸟，可以了解候鸟迁徙的行踪、年龄及种群数量等宝贵资料。

亚半岛。在英格兰东南部还没有发现回收过佩戴英国环志的游隼。一般而言，冬季迁徙至这一带河谷或河口的游隼幼鸟，颜色都比在英国本土筑巢的幼鸟要浅一些。它们翅膀上的斑纹也很独特：翼覆羽与次级飞羽呈淡红褐色，同深黑色的初级飞羽形成鲜明对比，有些类似红隼的羽色。

我观测的这片区域，从东到西约有二十英里，由北往南约十英里。每年冬季，都有至少两只游隼在这一带逗留，有时甚至有三四只。这条河谷与它东边的河口分别都有十英里长，它们连在一起形成的这片绵长而狭窄的区域，就是我观测的中心区，我总能在这儿发现至少一只游隼。很难弄清它们为什么选择这片特定的区域。英格兰的大部分地区，包括城市和乡镇，其实都能为客居的游隼提供过冬的保障，然而某些地方却总是更受欢迎一些，某些地方则被彻底地忽视了。如果游隼有明确的特定喜好，比如特别喜欢涉禽，你显然可以在海岸线、水库、污水处理厂或沼泽地带找到它们。然而这些在河谷过冬的游隼却有着更为宽泛的进食喜好，以斑尾林鸽和红嘴鸥为主。我想，它们选择这里可能有两个原因：这是一个它们已经使用了多年的过冬地；这河谷的溪流中有许多碎石沙砾，为它们提供了理想的洗澡环境。游隼是忠于传统的鸟类，它们筑巢的悬崖已经被一代代游隼占据了上百年之久。或许这些过冬地也是被一代代的游隼幼鸟占据了，事实上它们只是返回先祖们曾经栖息的地方。而那些现在筑巢在拉普兰区和挪威的苔原冻土上的游隼，可能就是一度筑巢在泰晤士河下游苔原地带的那些游隼的后代。游隼总是生活在尽可能接近冻土带的地方。[1]

游隼每天都要洗澡。它们喜欢活水，水深 6—9 英寸为最佳；它们不接受任何浅于 2 英寸或深于 12 英寸的水环境。洗澡的河床最好布满碎石，或者很坚固、平稳，有浅滩从岸边缓缓倾斜而下。它们偏爱与自己羽毛颜色相近的河床地段，也喜欢隐蔽在河岸的陡坡或高高的灌木丛后面。比起河流，游隼更喜欢浅滩、小溪流或者深水沟，极少会用到海水。它们有时也会去往混凝土构筑的水坝洗澡，但只会是已经老旧褪色的混凝土。那

---

[1] 游隼栖息范围很广，作者观察的鸟群栖息于更接近极地的高纬度地区，而在较低纬度地区同样有游隼栖息。——编者注

些褐色斑驳的乡村小路与湍急的溪水偶然交汇形成的浅滩，是它们最喜欢的地方。洗澡时，游隼会凭借自己敏锐的听觉和其他鸟类的告警鸣叫，提防人类的靠近。寻找合适的洗澡地点，是游隼最主要的日常活动之一，它们捕猎和栖息的地点选择也都与此相关。而游隼如此频繁地洗澡，就是为了洗掉自身羽毛上的虱子，还有那些可能从被它们杀死的猎物身上转移过来的虱子。这些虱子一旦离开原本的寄主其实也不太可能久活，但它们就是刚好刺激到了鹰最敏感、最脆弱的地方——如果不定期洗澡，控制可能大量滋生于羽毛上的虱子的数量，鹰的健康状况就有可能迅速恶化，而这对还在学习如何捕杀猎物的幼鸟而言是非常危险的。

虽然存在着许多变数，但游隼的一天通常开始于一次缓慢、悠闲的飞行：由栖息地飞往离他[1]最近、最适合洗澡的溪流。说是近，这也可能是十或十五英里开外的地方了。洗澡后，他会花上一到两个小时等待羽毛干

---

[1] 本书采用日记体例，作者在行文中提及游隼及其他一些动物时，根据当时的情境和心态，有时会采用拟人的"他"或"她"。为尊重作者的创作意图，译本完全保留了作者对人称代词的选择。——编者注

透,梳理羽毛,还有睡觉——只有在洗过澡,再懒洋洋地睡上一觉后,鹰才会真正清醒过来。他最初的几次飞行都很短暂,很从容,他会从一根栖枝飞上另一根栖枝,观察其他鸟类,偶尔捕捉几只昆虫,或一只地上的老鼠。他会重新演练一遍少年时代学习捕猎的过程,就像他第一次飞出鸟巢时经历的那样:几次短暂的、试探性的飞行;时间更长、更有自信的飞行;顽皮地模拟突袭一些毫无生命力的东西,比如落叶或飘飞的羽毛;开始和其他鸟儿的游戏,几次佯装的攻击。然后,第一次认真的猎杀尝试。真正的捕杀可能是一个相对简短的过程——在重演这一整段漫长的少年往事过后。

正式的捕猎总是伴随着某种形式的嬉闹开始的。鹰可能会假装袭击山鹑,骚扰寒鸦或麦鸡,或者与乌鸦来一场小规模的战斗。有时,毫无预兆地,他也会在佯攻时突然杀死猎物,但这之后,他又似乎被自己的行为所迷惑:他会将被杀的猎物留在原地,等到真正的捕杀开始之后再回去取它。还有些时候,他分明已经很饥饿,也已经在真正的捕杀中愤怒地杀死了猎物,但他还是会坐在猎物旁等待十到十五分钟才开始进食。这种情况,通常是鹰还不确定猎物是否已经死去，他自己看上去也有些困惑：他会用喙漫不经心地推推地上的鸟儿，一旦有鲜血流出，便会马上开始进食。

在固定的一片区域经常性地捕猎，会激发猎物们愈发强烈且有效的防卫反应。这变化是很明显的：九月和十月，鸟儿们对从头顶飞过的游隼还相对有些无感，但它们的反应会在一整个冬天的相处中日趋增强，到三月，一旦有游隼出没的迹象，鸟类的反应就会非常激烈，甚至可以用壮观形容。游隼不得不避免太过频繁地惊吓同一种鸟，否则这群鸟可能就彻底地离开这一地区了。因为同样的原因，游隼得让自己连续几天出现在同样的地方，然后又连续一星期甚至更长时间消失不见。他可能还是在附近徘徊，也可能径直飞去了二十英里外的地方。不同游隼的捕猎习惯也有很大差异。有些游隼会在它们的捕猎领域内，以五至十英里长的直线为路线来回穿梭，寻找机会。它们可能突然调头，原路返回，去袭击那些刚刚才被吓得心神不宁的鸟儿。这样的捕猎路线可能始于河口，西至水库，再往西抵达河谷，最后由河谷返回河口；也可能就是栖息处到洗澡地点这条日常线路。还有些鹰会迎风冲上天空，再沿对角线向下，侧风滑翔至距离最初的起点一至两英里的地方，如此反复，于垂直层面划分捕猎领域。如果天气晴朗，鹰会主要采取高空翱翔和顺风盘旋的方法来捕猎，也是基于一种类似的在大地上划分对角线的方式。但有一点是相同的：鹰的袭击，通常只有一次凶猛的俯冲，一旦失手，它会立刻飞走，寻找其他目标。

早秋和春季，白昼较长，气候温暖，游隼能翱翔至很高的高空，其捕猎范围也更加宽广了。比如三月，气候条件很适于高空翱翔，游隼可以从极其高远的高空中俯冲直下，杀死体形更大、体重更重的猎物。阴天则意味着飞行时间的缩短和飞行高度的降低，雨天又进一步缩小了捕猎的范围，而雾天，这一区域会严重缩减至孤零零的一块田野。白昼越短，鹰越活跃，因为这意味着他能够捕猎的时间也不多了。总之，鹰的一切活动，都伴随着冬至日前后白昼的渐短和渐长，而收缩或扩张着。

幼年游隼一旦遭遇强风便会悬停于空中。风太强劲，它们尚无法依靠自己的力量，缓慢、充分地盘旋于它们所观测的地域上空。这样的悬停通常会持续十到二十秒,但一些游隼会明显比另一些更加沉迷于这种行为,它们会固执地悬停很长一段时间。捕猎中的游隼,会极尽可能地利用所有对他有利的因素,而高度,就是一个明显的优势。游隼可能从任何高度——下至三英尺[1]上至三千英尺——俯冲向他的猎物。理想的状况是让猎物猝不及防:或许他会藏匿于高空,在猎物毫不知情的情况下,突然俯冲直下;或许他会猛然从某个隐蔽物,可能是一棵树或某个堤坝后面迅速蹿出。这一点和雀鹰有些相似:它们都会埋伏等待最佳时机。越是精彩壮观的捕猎方式,越少被幼鸟所采用,它们还不如成年游隼那般自信。一些翱翔高空的成年游隼,甚至会故意背着太阳俯冲向猎物。它们太经常这么做了,绝不仅仅是偶然。

和所有掠食者一样,游隼也受制于它们自己的一套行为准则。它们极少像其他鹰类一样在地面上追逐猎物,或是将猎物逼入某个隐蔽处,虽然它们完全有能力

---

[1] 1 英尺约合 0.3 米。——编者注

这么做。大部分成年游隼只在空中追捕飞行中的鸟类，但幼鸟就没这么讲究了。游隼追求的是极致完美的猎杀，为此，它们会精进不休地苦练，就像一名骑士或运动员。在这套行为准则的约束下，那些最适应、最有能力的鹰存活下来；而那些不断打破行为准则的鹰，很可能不是病了就是疯了。

只要游隼占据优势，猎杀自然就容易了。体形小而轻的鸟儿，游隼伸长脚爪就能抓住它们；面对大而沉重的鸟儿，游隼会选择从高处俯冲，以十度到九十度之间的任意角度——猎物通常直接就被踢落到地面上了。俯冲，是游隼面对猎物时采取的一种加快速度的手段，他能够利用俯冲带来的动量杀死体重是自身两倍的大鸟。幼年游隼得由它们的父母教会俯冲这一技巧，圈养繁殖的鹰也得由驯鹰人以相似的方式教授这项技能。然而，俯冲不像是游隼与生俱来的天赋，虽然它们能很快掌握这一技巧。这种利用俯冲突袭飞行中的鸟类的本领，可能是游隼相对比较近期的进化发展，取代了之前单一的空中追捕和地面攫取。有趣的是，一旦发现有游隼在上空徘徊，大部分鸟类第一时间还是会选择飞上天空，这反而令它们失去保护，增加了受到攻击的可能性。

游隼俯冲向他的猎物。下降时，他会将双腿伸直向前，脚爪直抵胸部下方；脚趾弯曲收紧，最长的后趾突出于前三趾下方。他猛扑向那只鸟儿，眼见着就要撞上它了，仍没有丝毫减速，直至尖锐的后趾（有时是单脚，有时是双脚）深深劈入鸟儿的后背或前胸，好似一把匕首。刹那，鹰高举羽翼。如果袭击得干净利落——通常不是一击即中就是彻底失手——猎物会当场死去，不是冲击致死就是被刺穿了某个重要的脏器。一只游隼的重量介于 1.5—2.5 磅之间，如此体重，从一百英尺的高度猛冲下来，几乎能杀死所有的鸟类，除了体形最大的那几种。而翘鼻麻鸭、雉鸡或大黑背鸥，遭遇五百英尺以上高度的俯冲，通常也无力招架了。有时，鹰会在抓住猎物后又猛然松开它，使其摔落地面，昏厥瘫软；或者，鹰会攥紧猎物，携带它前往更加合适的进食地点，然后，不是在携带的途中，就是在抵达的时刻，他便会用喙折断猎物的脖颈。没有其他肉食动物比游隼更加有效率，或者说，更加仁慈。这仁慈并非它有意为之，它只是做了它天生就会的事。那些柯尼斯堡的捕鸦者也会以同样的方式杀死猎物:将乌鸦诱入捕网后,他们会咬住乌鸦的脖子,用牙齿直接咬断它们的脊髓。

游隼开始进食前,会先将猎物的羽毛拔扯下来,而拔下羽毛的多少也有着个体的差异。依据的标准可能是游隼当时的饥饿程度,也可能只是不同游隼的喜好。有些鹰总是将猎物的羽毛拔得干干净净,有些只拔去几口便作罢了。游隼会踩在猎物身上,用一只或两只脚爪紧紧按住它,使其保持平稳。拔毛会花费两到三分钟,进食则需十分钟到半小时,根据猎物的大小有所不同:田鸫、红脚鹬,十分钟就够了;雉鸡或绿头鸭则需要半小时。

如果猎物太重无法被移动,或者刚好掉落在合适的地方,游隼也可能直接在猎物坠落的地方进食。有些游隼看似毫不在意,可以在任何碰巧杀死了猎物的地方直接进食;一些偏爱完全开放的地方;另一些,偏爱完全隐蔽的地方。值得一提的是,我所见的百分之七十的猎物都躺在矮草地上,尽管这一带大部分土地都是耕地。游隼喜欢在一个坚固的平面上进食。小型的猎物通常直接在树上就被吃掉了,特别是在秋季。树筑鹰巢中成长起来的游隼,只要可以,都选择在树上进食。海岸线附近,有些游隼偏爱在海堤顶端进食,另一些则会选择堤坝脚下靠近水位线的地方。后者可能来自北方悬崖上的鹰巢,习惯了进食时有陡峭、高耸的东西位于它们上方。

被游隼杀死的猎物很容易分辨。一般而言,游隼吃剩的残骸,骨架会被仰面朝天留在原地,翅膀完好如初,还通过肩胛带与身体连在一起。胸骨和其他主要部位的骨头上可能都不剩多少血肉了。如果脑袋还在的话,颈椎上的肉一般也被啃食干净了。腿部和背部通常维持着原样。胸骨若完好无损,边缘上会留有被游隼的喙啃出的小三角形缺口。(这条不适用于体形很大的鸟,因为它们的骨头也很粗大。)如果残骸上还留有不少血肉,游隼过一天,甚至过很多天后还会回到这里,将它吃完。而游隼吃剩的肉,又为狐狸、老鼠、白鼬、黄鼠狼、乌鸦、红隼、鸥和许许多多或迁徙或流浪的动物提供了食物,剩下的羽毛还能为长尾山雀提供筑巢所需的材料。我在猎物残骸经常出现的地方就发现了不少这样的雀巢。

游隼在追捕猎物时，不会有其他掠食者与之争抢、冲突。但有时，乌鸦的齐力阻挠会迫使它放弃在某些地点进行捕猎。有人类猎禽时，游隼也会避开去往别处。它们有一种惊人的能力，能够迅速地辨别出一个人是否持有枪支。此外，游隼和红隼之间还有一种很难界定的奇妙关系。这两种隼常常出现在同样的地方，特别是秋季和春季，基本上，我只要看见它们中的一种，就会在附近看见另一种。它们可能共用同一个洗澡地点。游隼偶尔会抢夺红隼的猎物，而红隼会吃游隼吃剩的猎物，游隼还可能袭击那些红隼有意无意间为它惊飞的鸟儿。九月和十月间，有些游隼似乎会刻意模仿红隼的捕猎方式，我还曾经见过这两种隼在同一片田野上空悬停。值得一提的是，我也见过一只游隼在一只短耳鸮附近巡猎，显然也是在模仿那只鸮的飞行方式。然而，三月，红隼与游隼之间这种奇妙的关系又改变了，游隼开始变得怀有敌意，有时还会俯冲向红隼，甚至可能杀死任何在他周围盘旋的红隼。

在我追逐游隼的十个冬季里，我一共发现了六百一十九只被游隼杀死的猎物。它们的种类如下：

斑尾林鸽	38%
红嘴鸥	14%
麦鸡	6%
赤颈鸭	3%
山鹑	3%
田鸫	3%
黑水鸡	2%
杓鹬	2%
金鸻	2%
秃鼻乌鸦	2%

除了以上十种,游隼还捕杀了其他三十五种鸟类,它们共同构成了剩余的百分之二十五。按照类群划分,以下是它们所占的比例:

鸠鸽	39%
鸥类	17%
涉禽	16%
鸭类	8%

猎禽[1]	5%
鸦科	5%
小型或中型的雀形目鸟	5%
其他	5%

而这本书所描述的冬季里,斑尾林鸽所占的比重更大了,不仅因为那年冬季它们的数量格外庞大,也因为当时其他内陆物种的稀缺。与这个特定的冬季相关的数据如下:

斑尾林鸽	54%
红嘴鸥	9%
麦鸡	7%
赤颈鸭	3%
山鹬	3%
田鸫	2%
黑水鸡	2%

---

[1] 猎禽:指常作为人类狩猎对象的鸟类。与同作"猎禽"的猛禽意义不同。——编者注

关于游隼

杓鹬	2%
秃鼻乌鸦	2%
绿头鸭	2%

剩余的百分之十四由其他二十二个物种共同组成。

从这份数据表可以看出，幼年游隼主要以那些在捕猎领域内数量庞大的鸟类为食，不过前提是这些鸟儿至少得有半磅重。麻雀和椋鸟在这一带也很常见，但游隼就极少捕食它们。体形较大的鸟类中，最常见且分布最广的种类，依照次序排列就属斑尾林鸽、红嘴鸥和麦鸡了。如果区域内可供捕食的猎物的总重量被纳入考量，斑尾林鸽在其中所占的份额，可能与游隼食谱中斑尾林鸽所占的比例也大致相当。自然选择的手段并无新奇之处：游隼最常捕杀的，就是那些它最常看见的鸟类，只要这鸟儿足够大，足够显眼。实际上，任何一种鸟类的爆发式出现，都势必会导致这一鸟类被游隼捕杀的高比例。如果某年夏季格外干热，山鹑大量繁衍成功，在接下来的那年冬季就会有更多山鹑被游隼捕获。如果寒冷天气的来临使赤颈鸭的数量上升，就会有更多的赤颈鸭被游隼捕杀。捕食最常见物种的掠食者，最有机会存活。而那些偏好单一物种的掠食者，只会增加饥饿的可能性，最终死于疾病。

这一带，十月和十一月间，有许多鸥和麦鸡死于游隼爪下，大多是在新近耕犁过的土地上。十二月至二月，斑尾林鸽便上升成了主要猎物，特别是在天气恶劣的情况下，因为麦鸡出没得更少了。到了三月，斑尾林鸽依然是主要猎物之一，鸥和麦鸡的数量又再次增长了，且鸭类被捕的数量比其他任何月份都多。整个冬季，猎禽、黑水鸡、田鹬和涉禽都偶尔会成为游隼的猎物，尤其在雨天或雾天，猎禽和黑水鸡往往会成为主要的猎物。鸭类被杀的数量比人们普遍料想的要少得多，这一点不分国度，不论冬夏，总之，游隼绝不是所谓的"鸭鹰"[1]。家鸽及野化型家鸽都位列游隼捕食清单的高位，然而我在这一带并未察觉。我从未见过游隼袭击家鸽，或表现出对家鸽的任何兴趣。

游隼对猎物的选择也受天气因素的影响。如果一个

---

[1] 鸭鹰（duck-hawk）：游隼的俗称。

潮湿的夏季紧接着又是一个潮湿的冬季，大地浸涝，耕犁延期，河谷里可供洗澡的地方都被洪水淹没，游隼便会前往河谷南部和两个河口[1]之间的草地上捕猎，在小水沟或满溢的洪水边缘洗澡。也有一些游隼，不论天气好坏都喜欢在草地上捕猎。这些属于绿色国度的游隼于晚秋抵达，停留至四月底或五月初才离开。它们很可能是从拉普兰的苔原地带迁徙而来的，那儿的夏季就像一块巨大的祖母绿的海绵。那些湿润的湿地牧场，那些厚重黏土之上的绿色田野，对它们而言，是家乡的颜色。它们游荡过千山万水，它们翱翔于高远苍穹，它们比河谷中那些相对安定的游隼更难寻觅，更难追逐。麦鸡、鸥、田鸫，这些在潮湿牧场上觅食虫子的鸟类，是它们最喜爱的食物；吃食三叶草的斑尾林鸽，从一月到三月都是它们的猎物；筑巢中的秃鼻乌鸦，更是它们经常突袭的对象……

---

[1] 或指黑水河（River Blackwater）和克劳奇河（River Crouch）注入北海的入海口。作者留下的地图上的标记显示，黑水河河谷沿线及河口两岸是他最主要的追鹰路线，往南至克劳奇河河口北岸之间的区域也能见到他的足迹。——编者注

游隼的味觉不太可能具备辨识力。如果它对某一物种有着特定的偏好，可能只是因为肉的质感或者骨头上嫩肉的多少。秃鼻乌鸦、寒鸦、鸥、秋沙鸭和鹣鹏，这些在人类看来多少有些难吃的鸟类，游隼都吃得津津有味。

醒目的色彩或斑纹会增加鸟类受攻击的可能性，也影响着游隼对猎物的选择。移动中的鸟儿总是最易受到攻击的，不论它们是沿着熟悉的路线飞入或飞出栖息地，还是仅仅是迁徙的途中经过了游隼的捕猎领域。新近抵达的鸟群往往会立刻遭到游隼袭击——趁它们还没有找到藏身处之前。不太正常的鸟儿也总是会被游隼挑中：患有白化病的、生病的、残疾的、落单的、弱智的、年老的和年幼的，这些都是最易受到攻击的。

掠食者征服它们的猎物，凭借的是对弱点的掌握利用，而非优胜于对方的力量。下面这些例子足以说明这一点。

斑尾林鸽

斑尾林鸽有着洁白的翅膀和颈部羽毛，哪怕在远方也清晰可见。白色在其他大地色的反衬下只会更加醒目,而且比起其他颜色,游隼发现白色并做出反应的速度也更为迅捷。在这一地区,被捕杀的鸟类中的百分之八都是因为它们身体的白,不是主色调为白,就是露出了惹眼的白色斑纹。斑尾林鸽也被起飞时翅膀拍打的响亮噪声所出卖。春季,雄鸟的求偶炫耀飞行又令它们更加惹人注目。此外,斑尾林鸽鸟群上飞的速度太慢了,个体间挨得也不够紧密。它们更擅长水平飞行,能够迅速看到下方的危险并立即闪避。然而,一旦遭遇来自上方的袭击,它们的反应就不够敏捷了。直线飞行的它们闪躲困难,连转向都很迟缓。为了避开人类的猎枪,它们还常常被迫飞行于正在捕猎的鹰的下方。更不要说它们的羽毛稀松,很容易拔除。从任何一方面看,它们都是游隼的理想猎物。它们吵闹、醒目、数量庞大、体重足、肉多味美、有营养,又不难捕杀。

红嘴鸥

白色的鸥是所有冬季出没的鸟类里最显眼的一种。在深色耕地的映衬下,就算是很弱的人类的眼睛都可以在半英里外看见它们。这就是为什么游隼捕杀了如此之多的成年鸥,却很少捕杀幼鸟的原因。[1] 红嘴鸥可以迅速上升,避开游隼的俯冲,但面对来自身体下方的袭击,它们很容易变得恐慌。它们身体的白与天空融为一体,因此,在海面上捕食时,它们对海里的鱼而言近乎隐形。或许是常年依赖并习惯了这种伪装,它们一时还无法适应从下方突袭而来的危险。人们一度认为游隼厌恶鸥的肉,然而在夏季的芬兰就有许多红嘴鸥被游隼捕杀,挪威沿海和苏格兰亦有不少。

麦鸡

它们在田地里觅食时,通常能很好地隐蔽自己,然而每每有游隼飞过,麦鸡群就会自乱阵脚,向上飞起,而只要一飞起,它们的黑白尾羽就是鹰眼中最醒目的攻击目标。春季,求偶炫耀飞行也令它们对危险疏忽大意,对掠食者缺少警惕。虽然它们以很难被猎杀著称,但我所见的游隼总能轻易拿下它们。

---

[1] 幼鸟羽毛为灰褐色。

赤颈鸭

游隼喜欢赤颈鸭胜过其他所有鸭类，这也是冬季沿海地区最常见的一种鸭子。它们翅膀上宽大醒目的白色斑纹和口哨般的高亢鸣叫，都将自己暴露于危险之中。像所有鸭类一样，它们飞得快而笔直，然而一旦遭遇俯冲袭击，它们便无法轻易躲闪。三月，赤颈鸭出双入对，对游隼的到来总是反应迟钝，再加上人类猎杀野禽的季节二月就结束了，那之后，游隼更经常地出现在黄昏的海岸线上捕猎，被捕杀的鸭子也就更多了。

综上所述，这些就是导致鸟类易受游隼攻击的具体特征：白色或浅色的羽毛或斑纹，对保护色有着太过强烈的依赖；响亮且喋喋不休的鸣叫；响亮的拍翅声；平直、死板的飞行；长时间的炫耀式鸣唱飞行（例如云雀和红脚鹬）；雄鸟在春季的求偶炫耀；觅食地点远离隐蔽处；习惯性地使用同一个觅食和洗澡地点；沿同一条熟悉的路线飞入或飞出栖息地；遭遇袭击时，鸟群四散，没有紧密地团结在一起。

要精确估算野生游隼每日的进食总量是很困难的。

驯养的游隼每天会被喂食四到五盎司[1]牛肉（或与此相当的其他食物），可能一只野生游隼幼鸟都吃得比这要多。一只野生雄性游隼每天都要捕食两只麦鸡，或两只红嘴鸥，或一只斑尾林鸽。一只雌性游隼可以吃掉两只斑尾林鸽——虽然不是全部，或一只大型鸟，比如绿头鸭或杓鹬。

三月，游隼捕食的物种更多样化了，包括更多种类的鸟类和数量意外庞大的哺乳动物。开始换羽了，迁徙的季节又临近了。为了尽快长出新的羽毛，游隼需要更充沛的血液供给。此时的游隼似乎永远都在进食，每天都要捕杀两只鸟儿，还有老鼠、蠕虫和昆虫。

雌性游隼的眼睛，每颗都有大约一盎司重，比人类的眼睛更大、更重。如果我们的双眼之于身体的比例也与游隼相当，一个十二英石[2]的人的眼睛将有三英寸宽，重达四磅。鹰眼的视网膜在观察远处物体时的分辨率，是人眼的两倍。与人眼视网膜仅有一个中央凹不同，鹰眼有两个中央凹：正中央凹和侧中央凹，分别负责前方

---

[1] 1 盎司约合 28 克。——编者注
[2] 1 英石相当于 6.35 千克或 14 磅。

和侧面的视野与对焦；两个中央凹内的无数视锥细胞[1]，更拥有比人类高出八倍的分辨率。这一切意味着，当一只鹰看似漫无边际地扫描大地时，只要轻微转动脑袋，他便能捕捉住任意一秒的瞬息万变；只要对准，聚焦，他顷刻间便能获得更大更清晰的视图。

游隼眼中的大地，仿佛船只驶入海湾时，水手眼中的海岸。航行的尾流在身后逐渐消散，贯穿天际的地平线从两侧漂流向后。就像一位水手，游隼活在一个奔流不息、了无牵挂的世界，一个到处都是尾流和倾斜的甲板、沉没的陆地和吞噬一切的海平面的世界。我们这些抛锚、停泊了的俗世之人，永远想象不出那双眼睛里的自由。游隼看见并记住了那些我们甚至不曾知晓的图案：那整齐四方的果园和森林，那永无止境变幻着形状的田野……他记住了这一连串的图形，并凭此穿越千山万水，找到了回来的路。然而他又知道些什么呢？他真的"知道"一个逐渐增大的物体是在向他靠近吗？还是他真的相信他所见的物体的大小就是它们实际的大小，

---

[1] 视锥细胞：视网膜中两大类将光转化为神经信号的细胞之一，主要负责视野中央区域，形成精细视觉，感受色彩。——编者注

所以远处的人是因为太小了以至于根本不用害怕，而近处的人是太过巨大，才令他感到恐惧？他或许活在一个心悸惊颤永无止境的世界，一个万事万物永远在缩小或膨胀的世界。他瞄准了远方的一只鸟，一瞬白色羽翼的震颤，可能只是察觉到了低空里泅开的一抹白，一抹他绝对不会袭击失误的白。游隼，他的存在，他的一切，都是为了连接起那双瞄准猎物的眼睛和那对袭击猎物的利爪。

埃塞克斯的鹰

10 月 1 日

秋高气肃。玉米都收割了，田野闪烁着秋收的金色。

果园飘散出风吹落的果子的淡淡酸味，山雀和红腹灰雀叽叽喳喳，吵嚷不休，一只游隼高高越过它们，滑翔至河畔一棵桤木上小憩。河流阴凉处泛起层层涟漪，鬼魅般映照出鹰的脸。一只苍鹭冷眼旁观着这一切。阳光闪烁，河面耀眼。苍鹭用它长矛般的鸟喙刺瞎了河流银白色的瞳孔。鹰迅速飞离，冲入破碎的云层。

他闪避、旋转，飘出迷雾笼罩的低空，升入晨曦第一缕微弱的温暖，感受着天空从他羽翼上陡直坠落的微妙。他是一只雄隼，精瘦、修长，飞羽柔顺。这是他生命的第一年。他有着黄赭色沙粒和红褐色砾石的色彩。他那巨大、棕褐、小猎犬一般的眼睛在阳光下湿漉漉地闪耀着，像一块生肝脏，镶嵌在脸颊那两片深暗的褐色髭纹间。他跟随河流明晃晃的曲线，向西方飘荡而去了。而我跟随着他沿路惊飞的鸰，艰难地寻觅着他的踪迹。

家燕和白腹毛脚燕叫声尖厉，飞得却很低；松鸦和喜鹊藏于树篱之中，喃喃细语；欧乌鸫气急败坏，像在大声训斥着什么。这是河谷的宽阔地带，田野平坦，拖拉机正在作业，鸥和麦鸡紧随其后，在新开垦过的耕地上觅食，一片生机盎然之景象。阳光透过高空卷云，投下斑驳的光影；微风和煦，似有似无向北吹拂。在一只红腿石鸡急促的鸣叫和一群斑尾林鸽噼里啪啦的惊飞中，我知道，鹰正沿着山林的起伏线条，翱翔、飘荡，向南飞来。他飞得太高了，我无法看见他。我只有停留在河流附近，期盼他迎风归来。榆树林里，乌鸦黑影摇曳，咒骂不休。寒鸦吵嚷着从远山中飞出，四散开去，直至它们飞入遥不可及的湛蓝天际，那喧哗才逐渐消散，重归沉寂。鹰降落河畔，就在我东边一英里的地方，但很快又消失在他两小时前刚刚离开的那片树林中了。

年轻的游隼，着迷于鸥洁白的羽毛在褐色耕地上永无止境的飞扬与飘落。只要秋季的耕犁持续，它们就会跟随那些有如挂着白色旗帜的拖拉机[1]，跟随它们穿过河谷的一片片田野。它们很少攻击。它们只是喜欢观看。

而这也正是我发现那只游隼时，他正在做的事。他蹲坐枝头，观看着这一切，直到下午一点，拖拉机司机回家用午餐，鸥在犁沟中打盹小憩。河边的橡树林里，松鸦发出阵阵尖叫。它们是在寻找掉落林中的橡树果。游隼听见了这动静，扭头，看着它们的翅膀从落叶中闪过，如一瞬白光。他陡直飞起，闯入风中，开始翱翔。他转向，飘荡，驭风摇摆，盘旋上升，直至天空尽头那一大片燃烧的云端。我放下望远镜，让酸痛的手臂休息一会儿。他仿佛忽然得到释放，瞬时扫掠至更高的天际，远远离去了。我搜寻着卷云中他那纤细、深褐，如新月一般的身影，但已遍寻不到他，只听见他粗犷高

---

[1] 耕地时翻出的大量昆虫吸引鸥群绕拖拉机飞舞盘旋，像飘扬的白旗。

六、欣喜若狂的鸣叫声，从云端飘荡下来，如耳语般含混不清。

松鸦安静了。其中一只笨重地飞起，嘴中叼着一颗橡树果。它离开了树丛的掩护，高高飞过草地，前往四百码[1]外山坡上的小树林。我能看见那颗硕大的橡树果，圆鼓鼓地撑开了它的上下喙，就像一颗柠檬塞在一个烤猪头的嘴里。寂静之中，有某种嘶嘶呜呜之音，仿佛远方一只沙锥的嗡鸣[2]——有什么东西正潜行于松鸦身后，模糊不清，嘶嘶作响。然后，就像猛然在空中绊了一跤似的，松鸦猛扑向前。橡树果从它口中喷出，好似软木塞砰地从瓶口迸出。松鸦翻滚、跌落，像痉挛发作似的。它活活摔死在地面上。游隼俯冲向它，携带着它的尸体飞上一棵橡树，并在那儿拔毛吃掉了它。他吃得狼吞虎咽，直至猎物只剩下孤零零的翅膀、胸骨和尾羽。

这贪婪的、囤积食物的松鸦。他就该遵循自己那一

---

[1] 1 码等于 3 英尺，约合 0.91 米。
[2] 繁殖期的沙锥鸟会进行求偶飞翔。雄鸟在高空盘旋，而后急速下降，展开尾羽，降落时由于尾羽振动，便会发出如击鼓或羊叫一样的特殊声音。

贯的偷偷摸摸的方式,贴地潜行,或在树冠间蹿跳。他永远不该将自己那洁白的翅斑和腰部暴露于天空之下。当他慢悠悠地、明目张胆地穿过那片湿漉漉的绿草地时,他真是一个太过鲜明的目标了。

鹰飞上一棵枯树,睡着了。薄暮时分,他又往东飞去了栖息地。

不论他去到哪里,这个冬季,我会跟随着他。我将与他分担这漫长捕猎生活里的恐惧、狂喜和百无聊赖。我将追随他,直到我这掠食性的人类的外形不再使他明亮的瞳孔,使他深深的中央凹上那有如万花筒般瞬息万变的色彩因恐惧而黯然。让我这异教徒的大脑沉沦于这片冬日的大地吧。如此,方能得到净化。

10 月 3 日

内陆被雾气笼罩,死气沉沉。海岸边则恰恰相反:炽热的太阳,清凉的微风,北海平静而闪耀。云雀在田野上歌唱、追逐,从阳光下一闪而过。盐碱滩上回荡着红脚鹬的悲鸣。枪声,于涨潮时响起。一群涉禽从海滩上惊惶飞起，如微光闪烁，抖落了一整片盐碱滩。白色海滩升起几缕烟雾。涉禽疾速掠过海面，恍如四溅的水花，又如枪林弹雨，扑向灰暗的内陆田野。

大部分体形较小的涉禽都栖息在贝壳海滩上，比如灰斑鸻、滨鹬、翻石鹬、剑鸻、三趾鹬。它们各自面朝不同方向，或睡觉，或梳理羽毛，或静静观察，在海滩耀眼的洁白沙粒上投下鲜明的阴影。滨鹬站立在盐沼植物的顶端，就在刚好高出海面一点儿的地方。它们面向微风，冷漠、耐心，颇不自在地摇摆着。海滩上还有它们的容身空间，但它们是不会飞过去的。

五百只蛎鹬从南方飞来，黑白相间，色泽鲜亮。它们从粉色的喙间发出有如击石声一样的鸣叫。三趾鹬的黑色长腿在白色海滩上奔跑着。一只弯嘴滨鹬远远矗立着，精致，娇弱，好似一只小马驹；大海在它身后波动起伏，温柔的双眼在栗色斑驳的脸上轻轻闭着。退潮了。涉禽们在热气蒸腾的海面上游动，仿佛水波的倒影，停泊于一片静止而黑暗的阴影之上。

大海深处，鸥鸣叫起来。一只接着一只，云雀停止了歌唱。涉禽沉入了它们的阴影之中，蜷缩得小小的。一只雌性游隼从海上盘旋而至，如白色天空中的一抹黑。她缓慢地、漫无目的地游荡着，就像陆地上的空气无比沉闷、厚重似的。然后，猛然下坠。海滩顿时燃烧、咆哮起来，有如白色翅膀万箭齐发。天空粉碎了，被这鸟群的旋涡彻底撕碎了。游隼攀升、下坠，像一柄黑色的钩镰，在四溅的白色木屑中劈砍着。她好不容易撕碎了空气，却无法发起袭击。她厌倦了，朝内陆飞去。涉禽们纷纷飘落。秃鼻乌鸦大声叫嚷着，飞出了隐蔽处，又开始在海滩上觅食了。

10 月 5 日

小溪将平坦的冲积平原与林木繁茂的山地分隔开来。一只红隼悬停于溪流上方，缓缓下落，降入麦茬地里，就像一只蜘蛛从它织就的网里轻轻垂下。

小溪以东，一片青绿的果园蔓延直至天际。一只游隼高高盘旋于果园上空，开始悬停。他闯入风中，每隔五十码就悬停一会儿，有时能保持静止长达一分钟甚至更久。西风强劲，正逐渐形成一股弯折树枝、挥舞落叶的狂风。太阳消失了,云层越发凝重。西边的地平线参差不齐,昏暗而悲凉。大雨将至。万物都褪去了色彩,世界只剩下强烈的明暗对比。鹰的脑袋,在他那修长而平直的翅膀间的窄缝中低垂着,显得格外圆润、庞大,就像一只猫头鹰的脑袋。一只黑水鸡鸣叫起来,叫声清脆的红额金翅雀却安静地藏在蓟草丛里。喜鹊纵身跳入长草丛中,像一只深蹲跳起的青蛙。鹰一路飞至果园的尽头,然后突然一个急转,朝北飞去。我站在这溪畔,他是断然不会穿越小溪的。

他迎风飞起,螺旋上升,优雅而悠闲地随风飘浮了一千英尺,轻盈地掠过云层,转着小而缓慢的圆圈,就像一颗风中飘摇的悬铃木种子。然后,他又回来了。他高高越过小山上的教堂,再次飞到了果园上空,悬停,闯入风中——就像刚才那样。他展开的尾羽略显沮丧,弯钩状的脑袋也低垂着,翅膀弯曲向前,倔强地拥抱着狂风,就这样双翅团抱,在果园上方一千英尺的高空中,蜷缩作小小的一团。但很快他又直起身来,缓缓舒展翅膀,身体倒向一边,紧接着一个翻身,笔直螺旋向下,在半空中又猛然改为直线俯冲,身体在空气中剧烈震荡、颠簸。他坠入树林,降下鹰爪,准备攻击。在天空的映衬下,他的腿部和脚爪显得格外黑亮、粗壮而矫健。然而这是一次笨拙的袭击,他一定是失手了,因为他又向上飞起,什么也没有抓到。

十分钟后,一大群红腿石鸡离开了它们藏身的树篱下的长草丛,回到一块光秃秃的土地,继续它们的泥沙浴。这泥沙浴刚才被鹰的到来给打断了。红腿石鸡这种招摇的洗澡方式,使它们很容易在洗澡时被捕杀。它们翅膀的振动实在太引人注意了。

那只红隼又悬停在麦茬地上了,游隼俯冲向他。这只是一次轻蔑、奚落对方的举动,然而红隼还是下降至低空,朝田野深处飞去了。他飞得如此之低,翅膀简直都要碰到麦茬了。

下午三点,倾盆大雨终于落下。小溪上,一只白腰草鹬的身影渐渐模糊,被大雨织入了滂沱的芦苇荡。很久以后,它那哀婉、凄凉的悲鸣依然如钟声回荡空中。水雾渐浓,金鸻鸣叫起来。今天似乎就要这样结束了。但正当我准备离开这片烟雨朦胧的田野时,我又看见了他——在栅栏门旁那片泥土与稻草混杂的泥泞之上,游隼拨开大雨,沉重地向上飞去。六只山鹑跟在他身后,但很快便躲入树篱中避雨了。随着他的身影逐渐变小,他的色彩也由杓鹬浑浊的灰棕,渐渐变成了红隼的红棕和灰黑。他用力飞行着,好似全身都浸透了水。我想他一定在麦茬地里坐了很久,等待着山鹑飞起。他鸣叫了一声,但这叫声很快便消散于微茫的东方天际了。鸣叫,消散。灰茫茫的雨雾里,他看上去就像一只遥远天际的杓鹬。我真有些期待听到一只杓鹬辽远而荒凉的呼唤,回荡在鹰那粗犷、短促的鸣叫之中。

10月7日

雄隼挥劈翅膀,似一道波浪,从椋鸟群中脱身,消失在北方天际淡紫色的薄雾中。五分钟后他再次出现,对准了河流,疾速滑入风中。他身旁还有一只雌隼。他们一同滑翔向前,径直朝我飞了下来,一阵轻拍羽翼,又滑翔而去——不过十秒钟,他们便从一千英尺高空骤降至两百英尺,从我头顶瞬间掠过了。雄隼的轮廓比雌隼更加纤瘦、潇洒。从下方仰视,他们次级飞羽所在的部位,也就是与身躯相连接的那段翅膀非常宽大。雌隼翅膀的宽度几乎等同于她身长的一半还多。他们的尾巴不长。翅膀前方他们伸长的头部和脖颈的长度,只比翅膀后方那段身体加上尾部的长度稍短一点儿,但论宽度,前方可整整是后方的两倍。所以,他们也常给人一种脑袋又大又重的古怪印象。我之所以耐心描述这些细节,是因为只有当游隼在你正上方滑翔时,你才有可能观测到这一切。人们常见的游隼图片大多是水平或侧面的视角,它们呈现的比例是很不一样的:脑袋圆钝,尾部更长,翅膀也没那么宽。

火焰般转瞬即逝,游隼在清冷的空中灼烧而过,匆匆离去,在高空的蓝色薄雾里,没有留下一丝痕迹。但低空中,四散的鸟儿又回来了,它们攀升向上,穿透鸥构筑的白色旋涡。

风愈刮愈冷,阳光却愈显温暖。树林仿佛飘浮于山脊之上。远处一座大宅子草坪上的雪松燃烧起来,逐渐闷燃成一道深绿色的光。[1]

---

[1] 此处描述的情景应为阳光烘烤下,上升的热气流(由于其折射率与冷空气不同)产生火焰似的扰流的情形,并非真的燃烧。

通往河流浅滩的小路旁,我发现一只长尾田鼠在草坡上觅食。他用自己那纤瘦、白嫩的前爪紧紧抓住草叶,啃食着草籽。他是如此娇小,路过的车辆夹带的一阵风就能将他吹倒。他周身裹着一层绿褐色、柔软如苔藓的皮毛,但背部却很硬实,摸上去很紧致。他长而娇弱的耳朵像摊开的手掌;具有夜视能力的眼睛巨大、漆黑、不透明。他正一小口一小口地将草叶卷入齿间,对我的抚摸,对我在他上方仅有一英尺的脸庞毫无察觉。我对他而言就像星际吧,太过浩瀚,便什么也看不见了。我本可以将他捧起带走,但现在就将他带离这片他至死也不愿离开的草地,似乎有些残忍。我给了他一颗橡树果。他将果子含在嘴里,爬上草坡,停下,然后将果子翻转一面,用牙顶住,用手轻轻拍转着,就像陶艺人手下旋转的陶罐。他一生都在为生存、为逃跑、为继续如此生存而进食,他从不超越,永远奔跑在一次死亡和下一次死亡的狭缝间:夜晚,在白鼬和黄鼠狼之间,在狐狸和猫头鹰之间;白天,在车辆和红隼、苍鹭之间。

整整两个小时,一只苍鹭站在田野一侧的树篱旁,面朝犁沟深深的麦茬地。他弓着身子,一副颓废萎靡的模样，身体耷拉在长如高跷的腿上。他是在伪装死亡。整整两个小时，他的头只转动过一次。他等待着前来送死的老鼠。然而一只也没有来。

一只燕鸥正沿小溪觅食，在自己的黑色倒影旁，寻找一闪而过的小鱼。他悬停，突然纵身投入溪水，再次跃起时已叼着一只拟鲤。拟鲤两次挣脱，他亦两次螺旋下冲，在拟鲤触碰到水面前便重新将它抓获。随后，他仅用了四大口，便将拟鲤整个吞了下去。他滑翔至水面，从溪流中喝了一口水，鸟喙下半部轻轻插入水中，在水面上切割出一道长而清晰的波纹。

燕鸥飞起，游隼立即俯冲向它，从空荡荡的天空中呼啸而下。他没有击中，随即扫掠而上，远远地飞走了。在一棵空心树的树冠里我发现了三只被他杀死的猎物：一只椋鸟，一只云雀，一只红嘴鸥。

10 月 8 日

风起雾散。河口轮廓逐渐清晰，仿佛是由东风切割而成。阳光下，地平线明亮而刺眼，岛屿接连浮出海面。

下午三点，有人沿海堤走过，不时翻动着地图。五千只滨鹬低低飞往内陆，从他头顶二十英尺处掠过。他没有看见它们，但并不妨碍它们在他漠不关心的脸上倾泻下瀑布般的阴影。它们如一场瓢泼大雨，向内陆洒去，又好似一大波金龟子，金色的壳羽隐隐闪烁着微光。

潮水高涨。所有涉禽都飞去了内陆；盐碱滩渐渐被海水覆没，平静如一面玻璃。涉禽们像从漏斗中倾泻般落在内陆的田野上。我沿着一条干涸的水沟爬向它们，一寸寸靠近，有如潮汐。我爬过麦茬地和干燥的犁沟。一排杓鹬并立于天际线上，细长的鸟喙随脑袋四下转动着。它们是在观察、聆听。一只雉鸡突然从尘土中跳起。杓鹬发现了我，并迅速滑翔离去了，但那些体形更小的涉禽却一动不动。在这褐色的田野上，它们共同组成了一条长长的白线，宛如雪线。一道阴影从我眼前闪过，我向上望去，才看见一只雌性游隼正盘旋于我头顶——当我一步步靠近那群涉禽时，她也一直飞行于我上方，期盼着我能为她惊飞这群鸟儿，虽然她可能都不确定它们究竟是什么。我静止不动，像涉禽一样蜷缩着，仰望着鹰那漆黑如十字弓一般的身影。她飞得更低了，向下端详着我。她鸣叫了一次，一种狂野、尖锐的"airk，airk，airk，airk，airk"。身下没有任何动静。她朝内陆翱翔而去了。

我前方的犁沟之中，至少有两千只涉禽正对着我，就像玩具士兵列好了阵队，准备应战似的。我眼前的白，大多是灰斑鸻的白色顶冠和脸颊。滨鹬还在沉睡，翻石鹬和红腹滨鹬也昏昏欲睡，只有䴘鹬焦躁不安、警惕万分。一只青脚鹬飞入它们之中，反复而单调地鸣啼了很长一段时间，搅得涉禽们非常不安，就像它们面对的是一只鹰。一群红腿石鸡从它们中间穿过，一会儿撞倒滨鹬，一会儿推开翻石鹬，横冲直撞，时不时还停下来觅食。如果有涉禽不愿让步，它们甚至会从它身上踩过去。对一只鸟而言，世上只存在两种鸟：它们自己这种，和有危险的那种。再无其他了。剩下的不过是些无害的物体，和石头、树木或死人一样。

10 月 9 日

大雾弥漫，空气潮湿而闷热。它闻起来有一股刺鼻的金属味，它正用那冰冷、腐烂的手指胡乱摸索着我的脸，它横跨道路两侧，像一只侏罗纪时代的大蜥蜴，浑身散发着来自沼泽的恶臭和慵惰。

随着太阳升起，浓雾终于被一点点撕碎、卷走，在灌木和树篱下渐渐消亡。到十一点，太阳升入了辽阔、湛蓝的苍穹中央，如此光芒四射，最后一点雾气也从它的边缘向外燃烧开去，犹如一轮渐渐晕开的白色日冕。大地被点燃了，所有的色彩都沸腾了，云雀开始了歌唱，家燕和白腹毛脚燕纷纷飞向下游。

河流以北，耕犁作业将沉重的大地化作了飞扬的尘土，阳光之下，闪闪发光。游隼从远方群鸟的旋涡中挣脱，高高攀升，飞上了清晨的天空。他朝南方飞来，振翅、滑翔，向上飞入今天第一缕上升的热气流，虽然还很微弱。他在空中划出一个个"8"字形，交替向左、右勾勒着曲线。中途遭遇一大群椋鸟的围攻，他又攀升向上，高高从它们上方越过，也从我的头顶越过，身影已是极其高远而微小。他转动着脑袋，俯瞰着身下的一切，巨大的眼睛在脸部深黑的髭纹间闪烁着白光。他的身体是迷人的麦茬地的颜色，而太阳又在这褐与黄之上加镀了一层古铜，在他紧握的脚爪之上洒下熠熠金色。他直挺挺地展开尾部，十二根褐色羽毛间还镶嵌着十条蓝色丝带——天空。

他停止了盘旋，如飞镖般猛冲向前，突然一个俯冲，穿透阳光。椋鸟翻江倒海，一如喷气机的烟云，在空中扩散、飘荡，弥漫直至大地。鹰继续向前飞去，消失在南方灿烂的云雾之中。

他飞得太快了，我没能追上他。我停留在河谷里，与山鹑、松鸦做伴，看着云雀和麦鸡从海边飞来。红腿石鸡度过了一个很好的繁殖季，它们的鸟群数量比以往任何时候都要庞大。松鸦也比比皆是。我曾见到八只松鸦齐齐飞过河流，每只嘴里都叼着一颗橡树果——它们从一星期前才目睹的死亡里，真是什么教训也没学到。不过，同样地，游隼也没学会好好利用它们的愚蠢。或许是他嫌弃松鸦干老而无味吧。他在那个傍晚又回来了，但没有停留。他滑翔于箭杆杨间，像一只饱腹的梭子鱼在芦苇丛中穿梭。

10月12日

落叶虽凋残,却很是灿烂。橡树的绿一日日褪去,榆树周围已是一片明亮的金。

清晨有雾,但南风已将它吹散。太阳晒得天空愈发灼热,潮湿的空气在尘土飞扬的大地上飘移。北方是一片蓝色的烟霭,南方是惨淡的白。几只百灵高声歌唱着,飞入天空的温暖;几只从犁沟间一闪而过,消失不见。鸥和麦鸡在一片片耕地上游荡。

秋季,游隼会从河口前来内陆洗澡,就在那些布满碎石的浅滩或溪流中。从十一点至一点,他们会一直栖息在枯树上:休憩,等待羽毛干透,梳理羽毛,睡觉。他们总是僵硬而直挺地站着,像那些扭曲多瘤的橡树。要找到他们,你必须熟知河谷中所有树木的形状,直到你能马上辨认出哪些东西并不属于这棵树——那便是一只鸟。鹰总是藏身于枯树之上。他们就像枯树上生长出来的枝杈似的。

中午,我从河畔一棵榆树上惊飞了那只雄隼。映衬着褐色的田地、褐色的落叶、褐色的天边薄雾,我很难看清他的身影，他看上去比那两只追逐着他的乌鸦还小得多。但当他飞入洁白的天空中时，他的体形瞬间就变大了，轮廓也更加清晰。他疾速盘旋上升，又突然一个急转，以迷惑那两只愚笨的乌鸦。乌鸦总是冲过头，只得费力回头重来一遍。它们叫嚷着，一遍遍用喉音发出高亢尖锐的"prruk，prruk"，尤其是中间的"r"音——这是它们围攻鹰时才有的发音。遭遇围攻的游隼，奋力而有节奏地拍击着翅膀；乌鸦在空气中弹跳，翅膀无声轻拍，就像麦鸡的翅振。这故意逗留的周旋、翅振看上去很美，人不由得随着它的节奏呼吸：有催眠效果。

雄隼在阳光下转弯、旋转，羽翼下方闪过有如匕首一般的银光。他漆黑的眼睛闪闪发光，眼周一圈裸露的皮肤亦如盐粒般晶莹闪烁。在五百英尺高空，乌鸦放弃了围攻，展开翅膀飞回了小树林。鹰飞得更高了。他疾速向北飞去，一个优美的摆荡向上，转入长长的翱翔盘旋，直至消失在天空蓝色的雾霭之中。一群鸽从田野上齐齐飞起，黑色翅膀的沙沙声打破了遥远地平线的平静。

整个闪闪发光的下午，我都坐在河边那一大片田野的最南端。太阳晒得我背部发热，田野里干燥的沙土似有似无闪着微光，仿佛笼罩在沙漠的烟浪里。一群群山鹑突立于这耀眼的地表，像一枚枚黑宝石戒指。游隼盘旋而至，山鹑戒指慌忙向内缩小，而麦鸡仓皇逃走了——此前它们一直藏身于犁沟之中，就像鹰藏身于天空耀眼的波纹里。

乌鸦又一次飞起，去追逐鹰了。我看着这三只鸟儿向东飘去。鹰的羽毛干透了，动作明显比刚才更加轻巧，他甚至没有拍打翅膀，只是简单地翱翔于天空充沛的温暖里。他轻松闪躲着乌鸦的突袭，修长羽翼一挥，就将乌鸦冲散。一只乌鸦骤降至地面，另一只还在空中吃力追逐，于鹰下方一百英尺处沉重地拍打着翅膀，直到他们飞至远山之上，身影已是非常之小，鹰才缓缓下降，让那只乌鸦追赶上他。他们猛扑向彼此，扭斗一番，又愤然分开，向上攀升以重新占领制高点。攀升、战斗，他们就这样盘旋着离开了我的视线。很久以后，那只乌鸦才慢慢飘荡回来，而鹰已经离去。我朝河口走去，中途又发现他盘旋于上千只椋鸟之中。它们围绕着鹰潮起、潮落、蜿蜒迂回地穿过天空，就像一阵黑色旋风。鹰被它们推拥着,向海岸线飞去,直到一切遽然被地平线上涌起的金色日冕烧尽。

河口正是涨潮的时候。涉禽挤在盐碱滩上沉睡,鸻焦躁不安。我期待着鹰从天而降,但他只是低低从内陆飞来,犹如一枚掠过低空的黑色新月。他疾速劈过盐碱滩,惊起一片滨鹬之云,稠密如一大群蜜蜂,而他冲入其间,像一只黑鲨在一大片银色鱼群中穿梭,让它们扬撒、飞溅。像一柄刺刀,他冲出了这片旋涡,追逐着一只落单的滨鹬飞上高空。远远看去,那只滨鹬就像是自己缓缓向鹰飞下来似的——它飞入鹰那漆黑的轮廓,从此便再没出来了。没有血腥,没有暴力。鹰展开脚爪,握紧,挤压,毫不费力便扑灭了滨鹬的心跳,轻易如人类用手指捏死一只昆虫。然后他慵懒而轻松地滑翔向下,降落在内陆一棵榆树上,开始拔毛享用他的猎物。

10 月 14 日

一个难得的美好秋日。高云之下,万物平静、温和。阳光好似非常遥远，一缕缕闪耀、环抱着大地；天空湛蓝，所有棱角都粉碎成了薄雾，只剩一片辽阔。榆木和橡树林依旧苍绿，但已经能看到一丝金黄。树叶开始飘落。田野中升起麦茬燃起的浓烟。

下午三点，海水高涨，渐渐覆没了河口南岸。沙锥振翅，从堤坝上飞起。白色海浪奔涌着，一次次吞没了海堤的石块。系泊的船只在潮水中摇摆。深红的珊瑚草闪烁，如溺水之人的鲜血。

一群杓鹬从岛屿上空飞来，如一面长而扁平的屏障，不停变幻着形状，又如潮水拍打着海岸——那绵长的"V"字形，随它们翅膀的挥动一会儿宽，一会儿窄。红脚鹬尖叫起来，情绪非常激动；它们永远学不会静止，永远学不会沉默。灰斑鸻也鸣叫起来，一种虚弱但经久不衰的悲鸣。翻石鹬和滨鹬向上飞起。二十只青脚鹬高高飞过，它们身体的灰与白，就像鸥，就像天空。斑尾塍鹬与滨鹬、红腹滨鹬、鸻飞在一起；它们很少独自出现，很少停留安家；它们是说话带鼻音的怪家伙，鼻子很长，叫声响亮，如海水咆哮；它们的叫声是一种类似鼻塞、打喷嚏、猫叫和吐痰混杂在一起的嗥叫。它们那细长的、上翘的鸟喙只要一转动,它们的脑袋、肩膀和整个身子都得跟着转动,而翅膀只得跟着摇晃。波涛汹涌的海面上,它们那洛可可式的夸张飞翔总是令人印象深刻。

鸥高声尖叫,盘成鸥柱,直抵云端。群鸟扑飞,岛礁好似烈焰燃烧。游隼高升、下坠。塍鹬们踩水奔逃,跌跌撞撞,然后笔直腾空。游隼紧追不舍,俯冲、攫住。塍鹬与游隼急冲、躲避,扑闪穿梭,好像银针一针针缝合起大地与水面。塍鹬吃力上飞,越来越小,极小,消失。游隼下坠、降落,气喘吁吁,倒戈卸甲。

潮水退去了。赤颈鸭啃食着大叶藻;苍鹭在浅滩上投下纤长身影;绵羊在海堤牧场上悠然地吃草。我转动双眼,整片河口也随之转动。一切都映照在我的眼中。让这海水去抚平它的伤口吧,就像它用受伤的指尖轻抚码头一样。离开这涉禽铺天盖地的天空,这温柔弥漫的平静海面,这拱形的黄昏之光吧。

10 月 15 日

下午一点过后,雾很快散去,太阳也开始闪耀。一小时后,游隼从东方飞来了。麻雀、麦鸡、椋鸟和斑尾林鸽都早早发现了他,我却后知后觉,只顾在浅滩旁的一块田野里观察、等待。我试着保持耐心,静止不动,就像一只矗立在麦茬地里的苍鹭,等待着老鼠从他刀刃般锋利的鸟喙前跑过。红腹灰雀在溪畔啼叫,燕子从我额前闪过,一群喜鹊在山楂树上叽叽喳喳,然后四散开去。它们拖着松垂如长柄扫帚似的尾巴,忙乱地拍打着羽翼,一次次如投石机般将自己抛掷向前,抛飞的弧度犹如出色掷出的铁饼。上千只椋鸟来到了这片河谷,它们聚集在河流旁,等待着飞往夜栖地。

下午四点半,欧乌鸫在树篱下吵吵嚷嚷,红腿石鸡也跟着鸣叫起来。我搜寻天空,发现两只游隼——一只雄隼,一只雌隼——高高飞翔于浅滩上空,被一群乌鸦追赶着。乌鸦很快放弃了追逐,但游隼继续在空中盘旋了二十分钟之久,弧度宽大而随意。他们多次急转,以始终保持在浅滩上空飞行。他们深深地、缓慢地拍打着翅膀——雄隼比雌隼稍快一些——但飞得都不快。雄隼向更高处飞去，期间不断俯冲向雌隼，翅膀剧烈地战栗着。雌隼稍稍转向，便轻易避开了这些冲撞。有时，他们会一起放慢速度，直至几乎悬停空中；然后又一起慢慢加速。

他们羽毛上的细节很难看清，但他们脸部的髭纹不论远近，同样醒目。雌隼的胸部微微带点金色，覆有黑褐色横纹。她的上半身是蓝黑与棕褐的混合，由此判断，这可能是她的第二个冬季，她正在褪去稚羽，长出成年游隼的羽毛。

这才是游隼真正的捕猎时间：距日落一个半小时，当西方天空的光芒逐渐衰退，初临的黄昏从东方的天际线上升起。我起初以为游隼只是盘旋向上以达到一定的袭击高度，但他们持续盘旋了如此之久，明显包含了一定程度的求偶意图和炫耀因素。四周的鸟儿已认定它们身处险境：欧乌鸫和山鹑无休止地叫喊着；田野里的斑尾林鸽、麦鸡和寒鸦匆匆散去，彻底离开了这里；绿头鸭从小溪中扑腾飞起。

二十分钟后，鹰开始加速飞行。他们升入了更高的天空，雄隼也不再俯冲向雌隼了。他们以极快的速度盘旋了一周，然后便朝东方飞去了，再也没有回头。那是去往河口的方向。我看着他们消失在山峦之上一千英尺的沉沉暮色之中。他们正在捕猎。

10 月 16 日

海浪拍打卵石滩，溅起层层浪花，涉禽们就在这跳跃的水花里睡着了。他们排排立于内陆田野之上，藏于那些炙热而尘土飞扬的犁沟之中。滨鹬、剑鸻、红腹滨鹬和翻石鹬簇拥在一块儿，面朝微风与阳光，恰如白色的鹅卵石镶嵌在褐色的土地上。

一阵由南方呼啸而来的狂风卷起阵阵巨浪，狠狠鞭打着高高的海堤，飞溅起的水浪直冲高空。堤坝的背风处，干枯的长草正熊熊燃烧，赤黄火焰的喘息和向北蹿动的浓烟都在风中狂舞着。四周笼罩着一股焦灼而痛苦的热气，像一只疼痛难忍的野兽。海堤上的矮草也被烧噬成了橘黄和黑色，每每有水花砰一声重击下来，便发出嘶嘶的痛苦嘶鸣。灼热天空下，太阳炙烤中，水与火已狂欢在一起。

涉禽突然飞起。我越过它们，望向远方，只见一只游隼正从北方天际猛坠下来，我从他高高耸起的肩膀，缩在肩膀中的大脑袋，还有那对颤动、摇摆着的修长羽翼中认出，他是那只雄隼。他直直朝我飞来，双眼仿佛也直直凝视着我。然后，这双眼睛似乎是突然认出了我这（对他而言）充满敌意的人类的身形，翅膀猛然一扯，一个粗暴的急转弯，他飞去了别处。

光照充足，我终于看清了他身体的颜色：背部和次级飞羽是烧焦一般的赭石色；初级飞羽深黑；下体是黄褐色，分布着箭头状的茶褐色斑纹。灰白的脸颊下方，是两道深长的三角形髭纹，而他那抛光般透亮、能反射阳光的双眼便镶嵌于这髭纹之上。

穿过浓烟，穿过水花，他滑翔越过海堤，如此平滑、优雅，就如海浪奔涌过岩石。涉禽们闪着微光，纷纷飞落大地，又继续睡去了。鹰穿过浓烟投射在大地上的阴影，羽毛也染上了一抹黑，在闪闪发光的水花中，锃亮如一副铠甲。他闯入狂风之中，压低高度，掠过满溢的海水，然后猛劈向一只漂浮着的鸥——他本可以将它从水中一把拎起的，可惜鸥第一时间飞离了海面。他振动翅膀，飞入一片光亮之中，我只能看着那枚小小的黑色斑点，沿着一柄光芒万丈、横跨河口的光之巨剑，渐渐消失不见。

黄昏时分，风已越境，去往了北方。天空阴沉，海面低落而平静，大火也即将熄灭了。一百只绿头鸭飞离薄雾笼罩的昏暗北方，升入明亮的西方天空。它们高高越过夕阳，远远飞离了海滩上那只凝望着它们的游隼和湿地上那群等待着的枪手。

10 月 18 日

河谷像一颗被浓雾包裹的潮湿的茧，小雨纷纷，从中穿过。寒鸦尽情表演着它们古怪的歌喉和飞行方式，它们喧闹放荡的追逐，它们热火朝天的觅食。金鸻在雨中啼鸣。

鼓噪的寒鸦忽然噼里啪啦扑入一旁的榆树林，并瞬间安静下来。我知道，游隼来了。我追逐着他来到河边。上千只椋鸟栖息在电缆塔上，每一只都张大了鸟喙,好似每一只都有许多话要说,叽叽喳喳,热闹非凡。乌鸦观察着鹰,欧乌鸫大声训斥着。五分钟后,乌鸦解除了警戒,为排遣自身的挫败感而猛扑向那群椋鸟。欧乌鸫停止了训斥。

大雨纷纷扬扬,滂沱而冰冷。我站在一棵山楂树下躲雨。下午一点,六只田鸫飞进灌木丛,捡食了一些浆果,又飞走了。它们的羽毛因潮湿而色泽深暗,隐约有微光闪闪。这儿离小河很近,很安静,只有远处河坝的微弱低语,伴随着风和雨的温柔呼吸。一声声单调的"keerk, keerk, keerk"从西边某个地方传来。它持续呼唤了很长一段时间之后,我才认出这声音的主人。起初我以为它不过是某个机械水泵在嘎吱作响,但当它又走近一些,我才意识到——是一只游隼在尖叫。这锯齿锉磨般的刺耳鸣唳持续了整整二十分钟,逐渐变得虚弱无力,断断续续,然后便停止了。游隼追逐着一只乌鸦,穿过水雾迷蒙的田野,飞入一棵枯橡树。就在它们飞扑上栖木时,二十只斑尾林鸽突然疾蹿出来,就像从枯木中发射出的子弹。乌鸦弹跳着,沿树枝悄悄移动向游隼,直至游隼进入它鸟喙的啄击距离,而游隼转身,直面乌鸦，压低脑袋和翅膀，做出威慑对方的姿势。乌鸦退却了，鹰又开始了鸣唳。他缓慢、粗粝、尖锐、如锯齿一般的鸣叫声清晰地穿过半英里浸满水雾的空气，来到我的身边。当四周有峭壁或高山或宽阔的河谷时，游隼的鸣叫便能形成一道完美的声音包围圈，长长久久地回荡空中。第二只乌鸦飞了过来，鹰停止了呼叫。两只乌鸦一齐猛扑向他，他立即起飞，飞上了高架电缆。乌鸦终于不去打扰他了。

他俯瞰身下的麦茬地，困倦但依然保持戒备。随着时间推移，他愈发警惕、专注，焦躁不安地握紧了电缆上的脚爪，双脚来回交替。他的羽毛早已被雨水浸透，一片凌乱，湿透的羽毛拖拽着他的胸脯，有如茶色的辫子和褐色的绳索。他轻轻飘落田野，抓起一只老鼠，携带它飞往远处一棵树上进食。一小时后，他又返回了电缆，久久观望着这片田野。他是被迷住了。他蜷缩着，雨中身躯愈显沉重，大脑袋向下倾斜着，双眼探索着、思考着，尝试理清这错综复杂的迷宫，这一排排麦茬犁沟，一片片疯长的杂草组成的巨大迷宫。突然，他展开羽翼，纵身一跃，疾速飞入下方的田野。有什么东西正奔跑向田野一侧的小水沟寻求庇护。鹰轻盈地下落至它上方。两对翅膀纠缠在一起，其中一对突然就不动弹了。鹰沉重地飞起，飞至田野中央，一只死去的黑水鸡在他利爪之下悬晃着。它游荡得太远了，早已远离了可以隐蔽的地方。黑水鸡在觅食时总是忘记这一点，忘记那些一动不动等待着的敌人。出现在它不该出现的地方，这样的鸟儿就是自寻死路。恐怖的死亡会自行找到那些不合群的、患病的，或者迷路的鸟儿。

鹰背对大雨，半张着翅膀，开始进食。有两三分钟时间，他脑袋下垂，左右轻微摇摆着，将猎物的羽毛从胸口拔去。然后是脑袋和脖子一起平稳而有规律地上下移动，那是他正用带喙齿的尖锐鸟喙刺穿猎物的血肉，再猛地提起脑袋，将肉块从骨头上扯去。每次抬头，他都会迅速向左右一瞥，才再次低头进食。十分钟后，这一上一下的动作逐渐变得缓慢，每次大口吞咽之间的停顿也变长了。但他还将散漫而随意地吃上十五分钟甚至更长时间。

鹰终于停了下来。很明显，他已填饱了肚子。我小心翼翼地穿过浸满雨水的湿草地，向他走去。但他立即飞走了，带着那猎物的残骸，很快消失在茫茫大雨之中。他开始认得我了，但他可不会和我分享他的猎物。

10月20日

游隼在河边的草地上空悬停，面朝强劲的南风和晨曦的清新，在一群黑色椋鸟的旋涡中显得庞大而闪耀。他高高盘旋，慵懒地俯冲向下，一边下降一边旋转着，金色的脚爪在阳光中一闪而过。然后，他急速下坠，像麦鸡一样左右横扫。椋鸟惊散。五分钟后，他重新升入天空，盘旋、滑行，升入耀眼高空，像一条大鱼劈开温暖的蓝色海水，向上，向上，远远甩开了椋鸟撒下的网。

升入一千英尺高空的他，沉着冷静，随风飘荡，俯瞰着身下小小的绿色田野。他的身体在阳光中闪烁着黄褐色与金色交织的光芒，布满褐色斑点，如鳟鱼的鱼鳞。翅膀下方闪动着银色光泽，次级飞羽被一块从腕关节延伸至腋下的、由黑色横纹组成的马蹄形条带覆盖。他飘荡、摇摆，仿佛一条泊系的小船，然后缓缓向北方的天空航行而去。他拉长了盘旋的圆弧，形成一道道椭圆，扫掠向上，化作了一枚小小的黑点。一群麦鸡飞起，转弯、摇摆、四散。他俯冲向它们，如一阵迅猛的螺旋状旋风，旋转的利爪上闪耀着金色的光斑。这是一次壮观的俯冲，但只是炫技而已。我想他什么也没有杀死。

我沿山坡追逐着鹰，远远看见河流闪烁着蓝光，流淌在绿与黄褐相间的田野中。下午一点，他从北方疾速飞来——有鸥追逐着耕犁的北方。他以一种勇猛而狂野的方式着陆在一根木桩上，强风掀动着他胸口长长的羽毛，黄色涟漪有如风吹麦浪。他短暂休息了一会儿，又蹿了出去，低飞扫过一片甘蓝地，逐出了一群斑尾林鸽。他轻微上飞，袭向其中一只，伸长脚爪去够它，就像一只苍鹰。但这纯粹只是佯攻，一次闲来无事的袭击，他本也无心击中。他没有停下，径直飞走了，且一路保持着低飞。他的背部在阳光照耀下是一片浓郁的红褐色斑驳，犹如陶土染上了氧化铁的锈迹。

他离开了田野，于风中摆荡而上，滑翔飞过河流。他背对着阳光，我只能看清他的轮廓：他的翅膀因滑翔而松弛，悬挂于身体两侧。肩膀后沉，就像是从他身体中间生长出来似的，看上去更像一只金鸺的剪影，而非游隼。通常，游隼的肩膀总是高高耸起，向前突出，而翅膀前方那段身体和脖颈的长度从来是看不太清的。

他越过河流，向东方飞去，再也没有回来。上百只秃鼻乌鸦和鸥喷涌而出，淹没了天际线。我看着它们盘旋、飘荡，渐渐散去、渐渐平息。它们都是鹰在去往海岸线的路上惊起的飞鸟。

我在小溪下游看见了今年秋季我的第一只沙锥，还发现了一只山鹬。它胸脯上栗色的马蹄形斑纹如浮雕一般醒目，阳光下，边缘尤其锋利。两点半，雌隼被一只乌鸦追逐着，飞过小树林。她看上去和那只乌鸦差不多大小。和雄隼比起来，她的胸膛更宽厚，也更圆润；翅膀也更宽大些，但不如雄隼尖锐。她快速盘旋，躲避着那只乌鸦，并逐渐开始翱翔。她朝东方高飞而去，穿过山顶落叶一般的金褐色云层，飞入了高悬于遥远海面之上的灿烂光云。

10月23日

二十日以后,许多冬季候鸟都来到了这片河谷。今天,我在河畔的山楂树上看到了五十只欧乌鸫,之前这儿可只有七只。

清晨薄雾笼罩,一片安宁。一只椋鸟完美地模仿着游隼的叫声,在河流以北的田野里没完没了地反复鸣叫着。其他鸟类被这叫声搅得心神不宁,它们和我一样,都被欺骗了——我无法相信这不是鹰,直到亲眼看见那只椋鸟张大鸟喙,模仿出游隼的鸣叫。如果你仔细聆听秋季椋鸟的声音,你可以从它们的模仿里判断出金鸻、田鸫、红隼和游隼是何时抵达河谷的。一些比较少见的候鸟,比如中杓鹬和青脚鹬的叫声也会被它们如实记录。

下午两点,十二只麦鸡从我头顶飞过,坚定不移地向西北方向飞去。一只游隼高高飞行于它们之上。那是一只体形偏小、颜色也较浅的雄隼,它可能正在随麦鸡一起迁徙。

当太阳终于从薄雾中透出光芒,那只我陪伴了一个月的雄隼也出现了。他独自翱翔于河边草地上，被一大群椋鸟所包围。在三百英尺高空中他一个急转，突出重围，并迅速穿越河流，猛掷向前，于空中划过一道长而疾速的滑翔之弧。上百只麦鸡和鸥疯狂上飞，殊不知鹰就隐藏于它们之中。他或许正期盼着它们飞起，好趁机从中捉住一只鸟儿，但我不认为他成功了。半小时后，依然有许多红嘴鸥盘旋于田野上方一千英尺的高空中，它们快速而优雅地滑翔着、盘旋着，翅膀静止，鸣叫不断；虽然每只鸥之间仅有几码的距离，但比邻的两只鸥会永远首尾相对地绕转。

清透的午后阳光里，斑尾林鸽、鸥和麦鸡不断从河谷的各个角落里飞起——当游隼盘旋穿过浅滩和小树林，沿山岭前行，最后又返回河边时。他追逐着鸥，从一块耕地追逐到另一块耕地，直至距离日落只剩下一个小时。他离开了河谷，朝海岸线飞去了。

10 月 24 日

天空安静，云团簇拥，空气清冷而平静。路面上已落满了枯叶，踩上去脆而易碎。那只雄性游隼在河谷树林上空飞翔，轻盈、威严、翅膀挺直，将斑尾林鸽全都驱逐出了树林。河流下游，我找到了他于清晨捕杀的猎物：一只红嘴鸥，或者说，一抹耀眼的白，躺在深褐、潮湿的耕地上。它仰面朝天，红色的鸟喙大张着，露出僵硬的红色舌头。羽毛已被拔去，但血肉仍在。

我去了河口，但海潮平平。海水仿佛隐匿于一片巨大的、被掏空了的虚无之中：虚无的滩涂，虚无的雾气，还有远方杓鹬的呼唤，灰斑鸻压抑的悲鸣。了无生气的光线中，一只红隼栖息枝头，闪烁如发亮的三角形铜板。

我早早离开了河口，在下午四点又回到了河流下游。一些小鸟儿在树林间叽叽喳喳，于我只是一片尖厉而歇斯底里的混沌。游隼从隐蔽处飞出，被一群欧乌鸫和椋鸟追逐着，与我擦身而过。我看清了他灰暗脸庞上两道深色的髭纹，褐色羽毛上毛茛花瓣的光泽，还有翼下的条纹与斑点。他的顶冠颜色很浅，但异常明亮，金黄之中淡淡点缀着一些褐色斑点。他羽翼修长，精瘦而有力。他从那围攻之中迅速抽身，朝河流北方滑翔而去了。

一小时后他又回来了,向那座高耸的烟囱顶端飞去。鸥从河谷上空高高飞过,前往河口栖息。而每一次,只要鸥那长长的"V"字形稍稍靠近一些,游隼便会升空,从鸥下方发起袭击,打散它们严密的队形,猛烈地劈砍向一只又一只鸟儿。他扫掠向上,在鸥群中穿梭,翅膀微微拢起,就像他俯冲时的姿势。然后一个翻身,从鸥身旁或身下切过,企图在擦身而过的刹那用利爪抓住一只鸥。然而,鸥们疯狂的扭动和旋转一定是迷惑住了他,因为他最终什么也没有抓住,虽然他尝试了许多次,如此反复已经超过半小时了。不过,他是否是完全认真地对待每次袭击,我不得而知。

傍晚,他就栖息在那座高达两百英尺的烟囱顶端,准备在第二天日出时,鸥飞回内陆的途中,再次向它们发起袭击。这是一个很不错的栖息地点,位于两条河流的交汇处,靠近宽阔河口的起始段,也不会被人类猎杀野禽的枪声打扰到。他的几个主要的沿海捕猎地点——两个水库,两条河谷,也都在以此地为中心的十英里范围之内,不超过二十分钟的飞行时间。(这座烟囱后来被推倒了。)

10月26日

田野寂静无声,迷雾之中,万物朦胧而神秘。一阵冷风吹过,云层堆叠了整片天空。麻雀蹿过落叶的树篱,沙沙窸窣,如小雨纷纷。欧乌鸫叫嚷起来。寒鸦和乌鸦站在树枝上窥探下方。我知道,游隼就在这片田野中,但我就是找不到他。我来来回回,寻遍各个角落,但惊飞的都不过是雉鸡或百灵而已。他一定是藏在湿漉漉的麦茬地里了,深暗的褐色土壤与他的毛色如此接近,很难被人发现。

突然他就出现了,被一群椋鸟围绕着,从田地里飞起,往河流方向高升飞去。他将翅膀高高抬起,轻盈而有力地劈砍向下,看上去非常柔韧、灵活。他耸起肩膀,如标枪般急冲向前,一下甩开了肩上的椋鸟,就像一条狗甩去身上的水花。他陡直向上攀入东风之中,然后猛然一个急转,向南飞去。不再是圆弧形的盘旋了,他以一个长长的六边形,摇摆、转向,高高升入那片鸟鸣不断的田野上空。在迷雾的灰茫之中,他是泥土和稻草的颜色,是一个阴沉、冰冷的黑影,只有灿烂阳光才能将他转化为流动的金色。他这毫无规律可循的攀升——从地面到五百英尺高空——用时还不到一分钟，而且毫不费力——他的翅膀不过是轻轻波动，节奏平稳而轻松。他的飞行从来不会是完全笔直的，他总会倾斜向某一侧，或突然一个旋转、急闪，就像一只沙锥。飞过那片鸥与麦鸡正在觅食的田野时，他第一次滑翔了。那是一次长而缓慢的滑行，惊起了许多惊慌失措的鸟儿。当它们全都飞入空中时，他早已蓄势待发，无情而狂野地螺旋俯冲向下。然而什么也没有击中。

游隼离开后，两只松鸦高高飞过田野。无法决定方向似的，它们正以一种古怪而毫无章法的方式飞翔着，携带着橡树果，看上去笨头笨脑的。它们最终还是飞回了小树林。云雀和黍鹀唱起歌来，一个甜美，一个干哑；白眉歌鸫在树篱间轻声细语；杓鹬高声鸣叫；燕子们正飞往下游。一切都安静下来了。直到午后，太阳又开始闪耀，鸥来了，高高盘旋于空中，追随一小片云朵向西飘去。麦鸡和金鸻跟在鸥身后，还有一只部分白化的鸟儿，我能看见它翅膀上宽大的白色斑纹和发白的脑袋。四周到处是鸟儿在飞起、鸣叫，但就是看不见那只令它们恐惧的鹰。

但不久后,雄隼便飞到了离我很近的地方——近到我很难不注意到他。椋鸟群在他脑袋周围喊喊嗡嗡,就像烦扰着马匹的苍蝇。阳光点亮他翼下,为那淡黄与褐色相间的羽毛镀上了一层银。他腋下有块深褐色的椭圆斑纹,就像一只灰斑鸼"腋窝"处的黑色斑记,双翅下方腕关节处,还各有一块深色凹陷的阴影。只有初级飞羽在移动,在固定的腕关节上如船桨般迅速划动着,轻柔地荡起涟漪。两只乌鸦飞起来,它们鸟喙紧闭,用震颤的喉咙发出一声声喉音鸣叫,直冲向鹰。它们将鹰逐出了这片领空,一路追至东方,压制着他,轮流从不同方向猛冲向他。当鹰劈砍向它们中的一只时,另一只就会迅速冲向他不设防的另一侧。他滑翔着,几次尝试高飞,但乌鸦也不给他足够的时间。他只能继续飞着,直到乌鸦厌倦了追逐。

距离日落还有一小时。我向河口走去,并在那儿又一次发现了鹰。他在离岸一英里的海面上盘旋着,看见鸥飞来海上栖息,便朝它们飞去,穿过盐碱滩,越过海堤,开始袭击。几只鸥骤降至海面,躲开了他的猛攻,但有一只飞得更高了——游隼反复猛冲向这只鸥，从几百英尺的高度垂直俯冲，猛扑向它。一开始，他试图在掠过的瞬间用后趾撞击它，但鸥总能在最后一瞬扑棱而过，避开攻击。如此五次过后，他改变了方法，绕到鸥身后，借落体俯冲的急速，接圆弧式向上，直击鸥的下腹。面对这种攻势，鸥明显处于弱势。它无法闪躲，只能是径直向上飞入游隼的攻击路径。鸥被游隼携带着飞往了内陆。它的胸膛被牢牢攫住，它无力下垂的脑袋还痴痴凝望着身后的海湾。

10 月 28 日

越过最后几栋农场建筑，越过盐和泥土的味道、海藻混合着干枯落叶的味道、秋日树篱的坚果味道……忽然间，陆地走到了尽头，绿色的田野漂浮在茫茫海水尽头的天际线上。

中午，我遇见了一只狐狸，远远地在盐碱滩上蹦跳着，在上涨的潮水中溅起噼里啪啦的水花。如果是干一些的地面，他便安静走过。他皮毛光滑，因潮湿而发黑，尾巴柔软下垂，还滴滴答答淌着水。他像一条狗那样甩了甩身子，抽着鼻子嗅了嗅空气，朝海堤一路小跑而去。然后，突然，他停了下来。从望远镜里看去，我看见他那闪烁着白光的黄色虹膜中央，小小的瞳孔猛然收缩又扩张。眼睛是如此热烈又狂野的存在，所有光亮都在其间闷燃，却只如宝石般闪烁出不透明的微光。而现在，这微光正一动不动，直直凝视着我。狐狸缓缓向前挪动。他再次停下时，距离我只有十码了。我放下望远镜。他站在那儿足足有一分钟之久，尝试用他的鼻子和耳朵读懂我，用他困惑而野性的双眼观察我。然后，微风带去了我这恶臭的人类气息，美丽的彩色野兽又变回了一只惊恐万分的狐狸。他迅速扭头，飞奔离去，奔过海堤，奔过绿色田野，远远离去了。

赤颈鸭和绿翅鸭与潮水一同漂来。涉禽在盐碱滩上挤成一团。麻雀急促喘息的报警声响起，游隼随即现身。他从一千只蜷缩着的涉禽上空缓缓滑翔而过，翅膀上类似手肘的腕关节弯曲着，向内搂抱，看上去就像眼镜蛇脖颈肌肉扩张时形成的"头罩"，其威胁性也不相上下。他轻松飞翔着，沿海湾振翅、滑翔，将他的黑影投射于身下那片鸦雀无声的鸟群之上。然后他转向朝内陆飞去，降低高度，快速穿过田野。

四只短耳鸮轻轻抚过金雀花，用柔软而优雅的羽翼点触着空气，使四周都安静下来。它们缓缓下降、上升，在河口的白与草地的绿上轻轻飘浮。它们转过大大的脑袋，看着我，热切的眼睛隐约闪动着微光，逐渐黯淡，然后又闪动起来，仿佛有一簇明黄的火焰在虹膜间燃烧，冒着火星，逐渐熄灭。一只鸟儿鸣叫起来，急促如犬吠，低沉如一只苍鹭在睡梦中呼唤。

游隼在高空盘旋，突然俯冲向飘荡着的短耳鸮——但这更像是一次用飞镖射击飘落的羽毛的游戏。短耳鸮摇摆、旋转，在俯冲带来的气流中颠簸，然后往更高处飞去了。游隼追逐着它们飞到海面上空，也便放弃了，返回着陆在海堤旁一根木桩上休息。他可以从下方切入杀死它的，我想，如果他能将其中一只和另外三只分隔开来。然而他的俯冲范围太广了，毫无希望。四点，他缓缓飞向内陆，在阳光耀眼的田野边缘短暂化作一个黑影，随后消失在树影之中。

退潮了。我离开了这片湿冷、平静、鸟鸣不断的河口，走进内陆的暮色里。树篱环绕下，那儿的空气依然沉闷而温暖。小树林里有一股刺鼻的芳香。黄昏纯净的琥珀色光泽里，夏日乏味的绿终于烧成了火红和金黄。长日将尽，无风而平静。湿润的田野呼吐着难以名状的秋日的气息，一种奶酪混合着啤酒的酸甜而浓郁的芳香，有如旧时光，弥漫、渗透在沉甸甸的空气里。我听见一片枯叶松开树枝的手，飘零，飘零，一声轻盈、脆硬的触地之音，坠落在金光灿烂的小路上。游隼从一棵枯木上轻轻飞起，身影模糊而黯淡，像一只猫头鹰的魂魄。他等待在暮霭之中，并非栖息，而是在观察可能的猎物。一群山鹑鸣叫起来，紧紧聚拢在犁沟间；一只绿头鸭嗖地飞入麦茬地觅食；鹰没有移动。我看着他黑色的身影。他蜷缩在一棵橡树的顶端，落日余晖勾勒出他的轮廓。他身下，溪流闪闪发光。沙锥一声鸣啼。鹰被这叫声吸引，俯身向下望去。一只丘鹬从山间树林里摇摇摆摆地飞了下来，身后还跟着三只。它们刚落在溪畔的泥地上，鹰就猛砸下来。霎时间，鹰、沙锥和丘鹬竞逐着腾空而起，发出阵阵刺耳的嘶啸，夹杂着翅膀疯狂拍打的声响。它们扑上树林上空。一只丘鹬坠落下来，重重砸在溪流的浅滩上,溅起一片水花。我看着它跌落,像一个包袱,长长的鸟喙虚妄地旋转着。鹰矗立溪畔,拔去猎物的羽毛,开始进食。

10 月 29 日

黑褐色的大块泥土被耕犁一点点碾压而过,终被卷入犁沟,化作一片片闪亮的泥块,阳光反射在它们平滑的切割面上,闪着忽明忽暗的光。鸥和麦鸡不知疲倦地在长长的河谷和黑暗的岩石裂隙里寻找着虫子,就像短趾雕搜寻着蛇的踪迹。

游隼坐在河畔一根木桩上,完全不理会身旁的鸟儿,目光朝下,死死盯着一个粪堆。突然,他一头扎进这堆臭烘烘的稻草,一番乱扒、扑腾后,负重飞起,朝北飞出了我的视线——爪下多了一只硕大的褐色老鼠。

一点,河流上方,天空由东开始迅速变黑:椋鸟群如弓箭齐发,从我头顶嘶嘶飞过。它们身后更高的空中,一大群斑尾林鸽和麦鸡如轰炸般遮天蔽日地袭来。整整一千只鸟儿就这样争抢着奔涌向前,甚至根本不敢回头张望，原本阴沉的天空也被一大群螺旋上升的鸥笼罩，顷刻变成了白色。十分钟后，鸥滑落耕地，椋鸟和麻雀也从树上飞了下来。游隼已然越过天空，穿过田野，掠过树篱，飞过森林和河流，离开了那毫无疑问是由他所制造的惊恐。

东北方的鸟群迟迟不愿离开隐蔽处，就像它们离危险更近些似的。顺着它们凝视的方向，我果然发现了那只鹰，他正和两只乌鸦纠缠在一起。乌鸦追逐着他，他便笔直上升，飞至它们上方；乌鸦向下蹿入一棵树上，他便俯冲向它们，在树枝间振翅、扑闪；然后乌鸦又会再次飞出，开始新一轮的追逐。这游戏重复了不下十次，最后鹰厌倦了，沿河滑翔而去，乌鸦则飞进了小树林。乌鸦一定是在每天非常早或非常晚的时候觅食的，因为我几乎就没看见过它们在河谷里觅食。它们似乎永远在洗澡，围攻，或者追逐其他乌鸦。

三点，鹰已完全适应了飞翔，动作也更加柔韧敏捷了。与此同时，他的饥饿感也在加剧。他从一棵树飞越至另一棵树，翅膀在空气中轻弹、挥舞。椋鸟群如烟雾，从柳树林中喷出，彻底将他遮蔽了。他高高飞越鸟群,展开翅膀,开始翱翔。风将他带往了河谷的下游,他缓慢盘旋于低沉的灰色云雾之下。

我发现那猎物的残骸时,天已接近全黑了。那是一只山鹑残留的羽毛和翅膀,平躺在河流下游五英里处的河岸上。鲜血在暮色中隐隐发黑,而骨头那光秃秃的白,好似大笑时露出的牙齿。鹰的猎物,犹如即将熄灭的火堆的余烬,还残留着最后一点温暖。

10月30日

秋色被冷风吹剪着,一夜之间横跨了两个河口,也湮没了河口之间的绿色岬角。东风夹带着银灰色的纷纷大雨,席卷过冻僵了的昏黄天空。一只灰背隼掠过耕地,群鸟四散。他体形很小,一身棕褐,速度却极快,在天空映衬下有如一道黑影,沉浮、摇摆于一道道犁沟间。所有褐色的田地都因挤满了百灵而颤抖、闪烁着,正如所有的绿色田野都因鸧的到来而一片斑驳。安静的小路落满了凋零的枯叶。

海岸线附近,狂风猛烈鞭打着树枝,平坦的土地只剩吞噬一切的空洞，没有任何生命的迹象。大风中，我突然看见一只鹪鹩，站在一条干涸水沟内的落叶上，阳光倾泻下来。那一刻，它竟如此神圣，就像一位小小的褐色的神父，独自站在一整个教区枯死的落叶和荒芜的树篱之中，全心奉献，直至死亡。

我爬上山坡，向南边的河口走去。忽然一阵大雨，倾盆席卷过田野，掀起一片咆哮的水雾。然后太阳又开始闪耀，一只燕子轻盈地扑入阳光。这条河谷有着属于它自己的奇妙的孤独。陡坡上的牧场被一排排橡树环绕，向坡下倾泻而去，逐渐形成平缓的田野与湿地。小路消失于地平线处，这条狭窄、闪耀的河口也走到了尽头。你刚刚目睹了一片忽然袭来的孤独和平静，而这片橡树林往下很远的地方，远至河堤一带，又会是完全不同的荒凉与忧伤。

寒鸦聚集，将北面的绿色山坡烧焦成了黑色。赤颈鸭的鸣叫声，穿过干枯、荒凉的芦苇滩，传至我的耳中。那是一种欢快的爆破般的声音，只有浓雾和遥远的距离才能使它虚弱或悲伤。一只死去的杓鹬平躺在海堤上，尸身完好，胸口朝上，只是脖子被拧断了，锯齿状的裂骨尖端露在皮外。我拿起它柔软、潮湿的身躯，长长的翅膀垂落下来，好似两把扇子。乌鸦尚未啄去它那双迷人的、还泛着水光的眼珠。我将它放回了原位。我知道，我离开后，那只杀死了它的游隼还会回来进食，它的死亡不会是白费的。而沼泽地上，有一只天鹅被一枪击中了胸膛，然后就一直被扔在那儿，任其腐烂。它满身油污，尸体沉重，已经发臭了。想到这种处理死亡的方式，我这美好的一天也蒙上了阴影。今日最终结束于一朵安静而忧伤的云。我一直看着它。然后风停了，日头也落了。

11月2日

整片大地都闪耀着金黄、古铜和锈红色，海面上也沉浮、摇曳着粼粼的秋光。游隼骤降而下，又轻快掠起，升入湛蓝天际，引得成群飞鸟纷纷上飞：金鸻成群结队，飞在最高处，隐约闪烁着微光；鸥和麦鸡在它下方盘旋；鸽子、鸭子和椋鸟在低空中嘶嘶作响。

一大片积雨云在河谷的北面聚积，缓缓于空中铺展开来。游隼在云层下方盘旋，椋鸟群如黑色拳头，将他攥紧。一个狂野的甩身，他摆脱了椋鸟群，华丽地冲向南方，高高升入乌云那明亮的镶边，如一抹黑影闪过耀眼阳光。然后，他径直朝我飞来，我只能看清一个透视短缩的轮廓。他修长的羽翼仿佛是从圆润的脑袋上生长出来似的：内侧翅膀向上倾斜，和身体形成六十度角，并保持不动；纤细的外侧翅膀向上卷起，轻触空气，如波浪般起伏，又似一对船桨，划过河流光滑的肌肤。他从我头顶上空飞过，飘飘荡荡，越过开阔的田野，渐渐开始翱翔。阳光照耀下，他犹如河中沙砾，闪烁着金红色的光芒。雌隼翱翔而来，与他会合，他们一起盘旋飞入南方耀眼的白光。

他们一离去，几百只田鸫便返回了河畔的山楂林觅食。也有一些仍留在金黄的箭杆杨上，安静地观察着，高贵地矗立在最高的枝头；小小的明亮眼睛，勇士般凶猛的脸孔。湛蓝天空浮动着几片云朵，光影也随之缓慢移动。金黄的麦茬地和深色的耕地光芒四溢。

一点半，雄隼再次出现。我站在溪畔树林间，看见他迅速朝我飞来。现在，他更愿意面对我了，我靠近他时，他也不那么着急飞走了，或许是被我日复一日的追逐迷惑住了吧。七只喜鹊突然从草地上腾起，发出粗粝的警报声，像声音低沉的沙锥；旋涡般飞上枝头，又像一群涉禽。游隼在它们刚才藏身的草地上空短暂悬停了一会儿，顺风转动、左右摇摆，然后更用力而洒脱地拍击起翅膀，从我头顶疾速掠过，带着一股喷涌而过的气流。翅膀柔软如柳枝，身躯坚挺如橡树，他的跳跃与冲刺之中，有着一只燕鸥所能拥有的所有弹力与浮力。他的下身，是河泥的颜色，一种赭石色与黄褐色的混合；上身，是深秋落叶的光泽，是山毛榉、榆树和栗树的凋零。他的羽毛，纹理精致，光影明晰，闪亮如抛光的木材……他被树林遮挡住了，而我再次见到他时，他又向上攀升了一百英尺，正快速朝海岸线飞去。距离日落还有两小时，正是涨潮的时候：他很有可能是要去往河口了。我跟随着他，在一小时后也抵达了河口。

北风渐强，高高吹过冷寂的天空。惨淡的光线的流动，将山脉的轮廓也变得生硬。雨水飘荡过河口，一个个岛屿在海面的银灰色波纹间黑暗而无助地孤立着。北方天空下，是火光、枪声和一道彩虹的微光。骑马的人穿过湿地，惊飞了游隼。他径直朝北方飞去，越过大火的浓烟和猎枪的砰响，远远飞走了。他携带着一只死去的鸥。在鹰那褐与黄相间的身影逐渐隐入褐与黄相间的秋天的田野之后很久、很久，我还能看见鸥那白色的翅膀，在风中飘荡。

11月4日

西北风呼啸。天空仿佛被剥开了一层皮，露出明晃晃的白，而双眼无可逃遁，只有直视太阳冰冷的光耀。人与万物间的距离也被风吹走了，每一棵树和教堂和农场都向我走近了，擦去了身上的雾濛。我甚至能看见九英里外河口附近的小树林，它被大风压弯了身子，背后就是汹涌的海浪。一条全新的地平线拔地而起，苍白、荒凉、赤裸粗犷，就像是被狂风用冰冷的魔爪狠狠拔起似的。

一群鸭子色彩斑斓的脑袋在蓝色的海水与雪白的泡沫间沉浮：绿翅鸭的棕和绿之上，披着天鹅绒般的短毛；赤颈鸭是红铜色的，头顶点缀着一道铬黄；绿头鸭的绿，在阴影中看似深暗，到了阳光下便明亮鲜艳，浓烈如绿宝石，浅淡如燃烧的蓝。一只雄性红腹灰雀降落在海面一根凸起的木桩上，看上去就像是那木桩忽然燃起火花，然后这带翅膀的烟火又嘶啸着，升入了更大的一片光亮之中。

整整两个小时，那只雌性游隼都悬停在狂风之中。为保持平衡，她重重地猛劈着翅膀，沿小溪和盐碱滩缓慢盘旋着。她几乎没有休息过，风太强劲了，她也无法翱翔。她只有沿海堤移动，刚向前飞了三十码，又不得不悬停空中。有一次，她已悬停了很长一段时间，下降至只有六十英尺的高度；然后再次悬停，降至三十英尺；悬停，最后降至距离海堤上的长草仅仅一英尺的高度。她在那儿稳稳地悬停了两分钟之久。她不得不用力向前飞行，才可以保持在原地不后退。长草摇摆，弯折——有什么东西从中跑过。鹰张大翅膀，一跃而下。那是一场混战。那东西沿海堤蹿进了堤底的沟渠。雌隼飞起，重新开始了她耐心的悬停。她刚才瞄准的猎物很可能是野兔或家兔，因为这两者的残骸后来都被我发现了：毛被仔细地拔去了，骨头剔得很干净。我还发现了一只公绿头鸭的尸体，死亡的晦暗吞噬了生时的荣光。

日落时，雄隼高高飞过湿地，追逐着一小撮沙锥。它们滚落风中，就像石头滑落冰面。

11月6日

清晨笼罩在深灰色的云雾之中，一片混沌。大雨落下，雾气才渐渐散去。群鸟从河边飞起，向西飞去，金鸻高高飞于它们之中。它们忧伤的鸣叫声穿透雨水直击大地，那是有关世界尽头的悲凉之美。

游隼焦躁而狂野，我追逐着他，一路穿过湿透了的泥泞耕地。瓢泼大雨中，他在我前方轻轻扑闪着翅膀，从灌木丛到木桩，从木桩到篱笆，又从篱笆飞到高空的电缆上。我艰难地跟随着他，靴子已糊满黏土，如石块一般沉重。然而一切都是值得的，因为他终于厌倦了飞行，似乎是不想离开这片田野了。长达一小时的追逐跋涉过后，他终于允许我在离他仅有五十码的地方观察他——最初，我与他能相隔两百码就是极限了。他栖息在一根木桩上，回头留意着我。但只要我的动作稍大些，他便会立刻跳起，迅速转身直面着我，翅膀一动不动。他的速度如此之快，我竟猛然以为出现了另一只鹰。

他很快又显得焦躁不安。山鹑鸣叫起来，他飞过去看了一眼，翅膀下垂，僵硬地抽拍着，就好像他在模仿山鹑的飞翔。然后他开始了滑翔，这滑翔也像极了一只山鹑，翅膀弯曲，僵硬而颤抖。他没有袭击任何鸟，我也无法得知他的模仿是故意为之，还是无意识的行为，或者仅仅是偶然。但当我再次看到他时——那是十分钟之后了，他又恢复了往常的飞翔方式，一副柔软、灵活的潇洒姿态。

大雨停歇，天空放晴，鹰也开始加速飞行。下午两点，他向东方冲去，蹿过椋鸟群蜿蜒的套索，毫不费力地攀升至它们之上，似一道金红色的耀眼光芒，飞越过一大片黑压压的纠缠。它们盘绕向上追逐着鹰，而他一个巧妙的下坠，又降至它们下方。高高越过河流，他斜扫向下掠过地面，椋鸟群陡直上升，如拍岸潮水飞溅的水花。它们是无法超越他的。他终于自由了，风从他羽翼的流线上掠过，就像水从一只水獭的背上滑过。我在河流附近惊飞了七只绿头鸭,它们从我头顶盘旋而过,向西飞去。它们是绝对不会向东前进一码的,因为那是鹰离去的方向。我就不一样了。奔跑过田野,翻爬过栅栏,骑着自行车沿小路飞奔,我以我力所能及的可怜速度追随着鹰。幸运的是,他并没有飞得太远,因为他总是停下来,追逐他目光所及的每一群鸟。这些都不是认真的攻击,他还没有开始捕猎。这更像是一只小狗在欢快地追逐一群蝴蝶。一次次,田鸫、麦鸡、鸥和金鸻被游隼惊散、驱逐,陷入恐慌。秃鼻乌鸦、寒鸦、麻雀和云雀如扬谷般从犁沟间腾起,抛散开来,又如漫天的落叶。整片天空都被鸟儿倾覆,它们嘶鸣、坠落如纷纷大雨。而伴随着一次次冲撞,一次次坠降,一次次交错曲折的追逐,他的玩兴正慢慢减退,而饥饿逐渐增长。他高高攀升,飞至小山上空,在枝杈凌乱的果园和青苔遍地的橡树林里寻找可以消遣的对象。椋鸟升入天空,像一束束漆黑的探照灯的光线,漫无目的地飘移着,寻觅着鹰的踪迹。斑尾林鸽陆陆续续从东方返回,仿佛一场战争的幸存者,低低地飞过田野。刚才,有上千只斑尾林鸽聚集在四周树林里吃食橡树果,而鹰发现了它们。顿时，每一片树林，每一丛灌木林，我目光所及之处满是一群又一群的斑尾林鸽咆哮着扑入天空。它们紧紧围绕在一起，如旋涡般旋转、纷飞，就像滨鹬，直至天空中挤满了五十群斑尾林鸽，而每一群都至少有一百只鸟儿。我看着它们从山上腾空而起，高高攀升，散落至东方的地平线，这才逐渐平息。然后，游隼又几乎清除了一整座山的鸽子。他不放过任何一片树林，沿山脊扫荡，在林木中穿梭，在果园间急转、俯冲、反弹、高升，在天之尽头留下一道惊人的锯齿状弧线。而后遽然停止了。他如火箭般发射升空，于空中划过一道迷人的抛物线，下坠，下坠，凿穿如积雨云一般密集的鸽群。一只鸟儿被他劈中，坠落下来，似乎还带着生前的惊恐，像一个猝然从树上摔落的人。大地向上涌起，迅速粉碎了它。

11月9日

一只喜鹊在河畔一棵榆树上喳喳地叫唤着，仰望着天空。雄隼飞过，欧乌鸫大声咒骂，喜鹊一头扎进灌木丛。灰暗的日子顿时光芒四溢。他闪过云层，如一束转瞬即逝的阳光，身后的灰逐渐消散，他也消失不见了。整个早晨，鸟儿们都因畏惧而蜷缩在一起，但我就是找不到他。如果我也同它们一样畏惧，我一定能更经常地见到他吧。恐惧释放出能量。人类或许会多一些包容，少一些剑拔弩张和自鸣得意，如果这世界多一些令他恐惧的东西。我所指的不是那种虚无缥缈、无形却窒息内心的恐惧；我说的是身体上的恐惧，为保命吓出一身冷汗的恐惧，恐惧那看不见的危险猛兽，它步步逼近，刚毛粗硬，獠牙尖锐，骇人听闻，它将随时猛扑向你，贪婪吸食你那温热、鲜咸的血液。

我向海岸线走去，中途遇见一大群惊飞的麦鸡，一只鹰正从它们头顶掠过。它们以小群飞行，很快空中就聚集了十余群鸟儿，零星散落了一英里之长。那些最早飞起的鸟群飞得更高，队形也更松散，它们顺风飘荡，沿一个直径宽达半英里的巨大圆圈盘旋着。而那些刚刚才冲入天空的鸟儿飞在较低的空中，盘旋速度更快，圈子更小，它们密集地拥挤在一起，只透出一丝缝隙里的光。鹰离开后，你真应该抬头看看天空：你会发现他的映像还投射在恐惧万分的鸟群身上,并随之高升、飘荡。天空远比陆地要宽广得多。

云层如石板般灰暗、低沉,在它下方,退潮的河口一路绵延,没入东风的阴郁。漫长、空旷的滩涂之上,一条条深切的伤痕泛着银光。湿地绿到了极致,放牧牛群的腿下陷又拔起,留下一个个深黑的泥坑。几只被游隼捕杀的猎物躺在海堤一侧。一只滨鹬,死去还不到一小时,体内的鲜血依然湿润,闻上去也依然干净、新鲜,就像刚刚修剪过的草地。翅膀和黑得发亮的腿部还保持着原样,一旁是一小堆柔软的褐色和白色羽毛。头部和身体大部分的血肉已经被吃干净,但白色的皮肤——上面布满了拔净羽毛后出现的疙瘩——被留下了。它还未褪去繁殖羽[1],这使得它在鸟群之中格外显眼,被鹰攻击的可能性也更大了。

一只游隼低低飞过湿地,向这只他不久前刚刚杀死的滨鹬飞来,不想却惊起了一只红嘴鸥。鸥疯狂上飞,

---

[1] 繁殖羽(breeding plumage):与非繁殖期的羽毛(非繁殖羽)相比,往往颜色更鲜艳(求偶需要)。因为绝大多数鸟类在夏季繁殖,故繁殖羽又称夏羽。

偏偏就飞起在鹰跟前,被抓了个措手不及。(想必措手不及这个词,最初就是为鹰创造出来的吧。)不过红嘴鸥并不算真正被抓住了,因为它拼命反抗,狂乱地拍击着翅膀,向上逃窜而去。鹰飞掠至它胸口下方,攫紧脚爪,猛然扯去它几根羽毛,便也远远地飞去了。红嘴鸥在河口上空高高盘旋,迟迟不敢降落;鹰已飘落在海堤上。我向他走去,他看到了我,却并不着急飞起。他等待着,直到我距离他只有不到二十码了,他才猛然一个转身,于空中划过一道华丽的"Z"字形,急转、闪避着高涨的潮水,像一只巨大的沙锥,场面极其壮观。他滑行着,翅膀从宽厚的胸膛处挥展开来,直挺挺地向上高举着,在白色水花的映衬下,他仿佛被浇铸成了古铜色,就像一个带翅膀的维京战士的头盔。

11 月 11 日

几缕惨淡的阳光从阴郁的云端透出,鸥色如白骨,在灰烬一般的天空中飘荡。河边高高的榆木之上,麻雀尖声啼泣。

我慢慢穿过小树枝摇曳的光影，小心翼翼地爬出隐蔽处：雄隼就栖息在我前方五码外的一根木桩上。我停下脚步，而他刚好回头，我们都被彼此吓了一跳，各自僵硬在那儿。光影移动，鹰在白色天空的映衬下只剩一片漆黑轮廓。他那缩起的、猫头鹰似的脑袋转动着、摇摆着，看上去茫然而迟钝。他是被我这突然出现的魔鬼给惊呆了。深黑色的髭纹在西伯利亚式的白脸[1]上愈显铁青愤怒、毛发直立。巨大的鸟喙张开又闭合，发出无声的嘶鸣警告，在冰冷的空气中呼吐着阵阵白气。犹豫、震怒，加一点儿难以置信，他只是蹲坐在木桩上，静静喘息着。然后，他碎裂一地的思维重新整合了，他快速而轻盈地飞走了，我看着他上下翻飞，左右扭转，剧烈地倾斜、拐弯，仿佛躲避枪击一般，远远飞走了。

我跟随他穿过河边草地，穿过溪畔田野，沿途又发现了八只他新近杀死的猎物：五只麦鸡，一只黑水鸡，一只山鹬和一只斑尾林鸽。有许多只田鸫从草丛中飞起。金鸻和麦鸡的数量又增长了，鸥和云雀也比一星期

---

[1] 此处指生活在西伯利亚一带的游隼的一种色型。

前多了许多。十五只杓鹬在小溪附近的麦茬地里觅食，它们周围还有一大群椋鸟和麻雀。

下午一点，我从路旁一根木桩上惊飞了鹰。他沿耕地一条深深的犁沟向西低飞而去，而一只红腿石鸡就蹲伏在他前方一百码的地上。它正看向另一边，对危险浑然不知。鹰滑行着，若无其事地垂下一只脚，飘荡至石鸡上方，轻轻踢了一下它的背部。石鸡顿时惊慌失措，在尘土中拼命乱爬，疯狂地拍打着翅膀。等它摆正身子，环顾四方时，看上去是彻底地迷惑了。鹰已径直向前飞去。他身下，石鸡们纷纷鸣叫起来，而他再次俯冲，踢翻了另一只正朝大群同伴跑去的石鸡。然后，鹰便朝河流远远飞去了。游隼会花大量时间在石鸡群上空盘旋，或者只是站在木桩或栅栏上观察它们。他们对石鸡这种生物非常好奇，好奇它们那没完没了的行走，好奇它们对飞翔的抵触。但有时，好奇心也会发展成认真的袭击。

11 月 12 日

河口非常平静。雾蒙蒙的天际线与白茫茫的海水早已融为一体，四周宁静，只有鸭子的低语，随潮水漂荡而至。红胸秋沙鸭正在深海区潜水捕鱼。它们会突然一个俯身，向前翻滚入水，动作干净麻利。然后浮出水面，大口吞咽，同时环顾着四周，还有海水从鸟喙滴落。这是一种警惕性极高、外表花哨华丽、以潜水为生的鸭类。

一只红喉潜鸟陷在一个泥坑里，羽毛凌乱，满身油污，只有脑袋尚可辨认。它一直呜咽个不停，一开始是痛苦的咕哝，最后是长长的呻吟、悲鸣。

我沿海堤行走在湿地和海水之间。几只短耳鸮从草间悄然飘起，转动着它们长得过大的脑袋，黄色的眼睛闪动着小妖精般的光芒。一只绿啄木鸟飞过我眼前，在一根根木桩间打转、跳跃，攀缘向上，如苔藓依附，然后又飞走了，飞得沉重而吃力。湿地上回荡着沙锥嘶哑的抱怨声。我发现了六只游隼的猎物：海堤上，有两只红嘴鸥，一只红脚鹬，一只麦鸡；卵石滩上，有一只蛎鹬和一只灰斑鸻。

一群涉禽组成的椭圆形方队从南方飞来，飞得快速、紧凑，羽翼上的白色条纹闪过阴沉的天空：那是十只黑尾塍鹬。箭鱼般的鸟喙刺穿空气，优雅的长腿伸展向后，它们一边飞行一边鸣叫着，那是一种粗糙、喧闹的咯咯声，一种野蛮的大笑，音色介于杓鹬和绿头鸭之间。它们的身体是泛绿的棕色，就像芦苇滩和盐碱地的颜色；皮肤干裂，瘦骨嶙峋，好像一切被拉到了极限。真是美丽又可笑的鸟儿。这群黑尾塍鹬并没有着陆，它们盘旋片刻，便又飞回南方去了。夏季，它们的繁殖羽生得如火焰一般橘红。当它们在深水中捕食，像牛一样吃草时[1]，红色的倒影仿佛能烧焦水面，嘶嘶作响。

宽阔的沼泽池塘上传来水鸭群的喃喃细语，就像远方一支管弦乐队正在调音。它们在水面上滑行、跳跃，拨起阵阵涟漪，又突然一个急刹，溅起纷乱水花。游隼从内陆疾速飞来，绿翅鸭飞蹿而起，弹入空中。当游隼抵达池塘上空时，它们已飞出半个河口了，温柔而低沉

---

[1] 黑尾塍鹬的食物包括水中的昆虫、甲壳类、软体动物和水草。

的呼唤声从空中传来,好似远方猎犬的吠叫。游隼消失了。绿翅鸭很快返回了池塘,俯冲、旋转,坠进沼泽,在水中扑腾而起又纷纷落下,像一个个圆石头掠过冰面,嗡嗡作响,蹦蹦跳跳,振荡不息。渐渐地,它们平复下来,又重新开始了觅食和悦耳的呼唤。我向池塘走近了些。一对绿翅鸭朝我飞来,还是那副傻里傻气的模样。母鸭降落了,而公鸭从我头顶飞过,仿佛突然意识到落单了一样,又急忙调头返回。就在它转身的刹那,游隼从沼泽地里一跃而起,直扑向它,伸长鹰爪,一击即中。公鸭被瞬间抛起又狠狠摔落,就像被公牛的犄角猛地抛入空中。它坠落地面,噼里啪啦泼溅了一地鲜血,它的心脏已被撕裂。我离开了。让游隼去处理他的猎物吧。母鸭飞回了池塘。

11 月 13 日

我在角树林里惊醒了两只丘鹬。它们原本在野蔷薇下熟睡着,被我惊醒后,便笔直飞入了阳光之中,翅膀发出一阵刺耳的撕裂声,仿佛它们想要挣脱自己身体的束缚。我能看见它们那长长的、斜指向下的鸟喙，在阳光中闪动着淡粉和褐色的光泽。它们的头部和胸脯上分布有褐色与浅黄色的条纹，就像阳光在森林中投下的光影。松弛的腿部先是悬荡空中，然后慢慢收拢。漆黑的眼睛大而湿润，温柔地闪烁着褐色的微光。角树顶端一阵哗哗摇响，细枝嗖嗖碎断——丘鹬自由了，它们在树林上空急冲、穿梭，在阳光下耀眼闪烁，如金黄的烤肉。而野蔷薇下，那片它们刚才肩并肩蹲伏的黑土地上，还留有它们蜘蛛腿般细长的足迹。

在电缆塔下，两片树林之间一块浸水的田地里，我发现了游隼吃剩的一只秃鼻乌鸦的残骸。龙骨突呈锯齿状，应该是被游隼的喙啃出的缺口。腿部不知为何呈橘黄色，它们本应该是黑色的。它已是空空荡荡了。与它那巨大而沉重的鸟喙相比，这所剩无几的骨架与头颅看上去是如此的渺小，如此的可悲。

到下午四点，已有几百只聒噪的田鸫聚集到了小树林里。它们飞上较高的枝头，面朝太阳，安静下来，然后又纷纷飞起，朝北边的栖息地飞去。它们高升、鸣叫，于空中展开一条条断断续续、参差不齐的线条。阳光在它们身下闪耀着,而它们上方高远的空中,一只游隼正漫无目的地徘徊在冰冷的穹顶下。他与这群田鸫一起,飘飘荡荡,飞入了北方即将熄灭的微光。

距离日落还有半小时,我走入一片松树林。树影之下已然全黑,但林间小路上仍有日光,我便沿小路从西往东行走着。林子外面已经很冷了,但树林里依旧温暖,树荫蓝黑色的阴影下,树干弥散着暗淡的红光。这片树林仿佛一整天都屏着沉沉暮色,而此刻终于可以将它长长呼出了。我安静地行走其中,听着一只乌鸦仿佛从地牢中传出的最后的凄鸣。在树林中央我停下脚步。一股寒意一瞬间传遍了我的脸颊与脖颈。三码开外,就在路旁一棵松树的枝头上,停歇着一只灰林鸮。我屏住呼吸。它没有移动。我能听见树林里所有极其细微的声响,它们于我是如此的响亮,好像我也变成了一只鸮。它凝视着我眼中反射出的微光。它等待着。它的胸膛发白,布满红褐色箭头状的斑纹和杂点,这红一路蔓延过它的脸颊和头部,向上汇聚成了它红褐色的顶冠。它的脸庞好似戴了一副头盔,看上去如此苍白、禁欲、半人半兽、凄苦而又孤僻。那双眼睛深邃,热烈而凶狠。这

"头盔"的效果异常荒诞,就像某个迷失荒野的骑士逐渐萎缩、干瘪,最终成了一只鸮。我看着它那葡萄蓝的眼睛,眼周是一圈火焰般炽热的金;它凄凉的脸庞似乎已经粉碎在暮色里,只有这双眼还延续着它的生命。它缓缓意识到,自己面对的是一个敌人:首先是眼睛,然后如阴影般蔓延至它整张冷酷的脸。它因恐惧而惊愕,但即便如此,它也没有立刻飞离。我们都不敢轻举妄动,甚至不敢移开视线。它的脸就像一张面具,恐怖、凶残、悲伤,犹如一个溺死之人的脸孔。我终于还是移动了。它立即扭头,在树枝上沙沙挪动,仿佛它在向后退缩,然后轻柔地飞入了夜色之中。

11月15日

南方林地以北,一道小溪深切过一条陡峭的河谷。河谷北面的山坡是一片开阔的林地,冬季欧洲蕨爬满锈色,白桦林舞动着银光,橡树的苔藓依然苍绿。南方的坡地是一片牧场,多年未有改变,遍地是鸟儿喜爱的虫子,矮树篱层层环绕,偶尔也冒出几棵枝干粗壮的橡树。我走向下游，遇见了两百只麦鸡，还有很多田鸫、白眉歌鸫和欧乌鸫，它们静静聆听着蠕虫的挪动。在静谧的清晨，这声音是很清晰的。谷中没有耕地，我估计游隼会飞去高处的牧场捕杀麦鸡。

远处传来一阵坚硬的敲击声，听着像一只欧歌鸫在石头上敲打蜗牛，但声音却来自头顶上方，在一棵橡树的树梢上：一只小斑啄木鸟正紧紧抓附着一根小树枝，用坚硬的鸟喙啄击着一颗云石纹瘿蜂虫瘿，试图敲破外壳，揪出里面的幼虫。这虫瘿之于六英寸长的啄木鸟，就像一个大皮球之于人类。他尝试从各种角度发起攻击，在小树枝上自由摆荡着，有时甚至整个儿倒挂在树枝上。他的脑袋向后高高仰起——至少有两英寸——然后砰的一声猛凿向前。未果。他上上下下打量着这颗黄色的虫瘿，漆黑的眼睛闪闪发光。然而他最终还是没能凿穿这个虫瘿，遂飞往另一棵橡树，尝试敲击另一颗虫瘿去了。整个早晨我都能听见这敲击声，扩散蔓延了一整片田野。后来，我尝试用指甲盖轻敲一颗虫瘿，也试过用一块锋利的石头，但都无法重现啄木鸟那响亮而清脆的敲击声，那声音如此清亮，几百码外都能听见。他非常温顺，但如果我走得太近，他也会停下动作，挪动至树枝高处，我一后退，他又会返回原处。松鸦在林间呼叫起来，他立即停止了敲击，静静聆听着。面对掠食者，小斑啄木鸟非常小心谨慎。他们会尽量远离杜鹃，也躲避着松鸦和乌鸦。

松鸦一整天都在树林里吵吵嚷嚷，忙着挖出他们一个月前埋在这里的橡树果，而先找到橡树果的松鸦又被其他松鸦追逐着到处乱跑。几只丘鹬在小溪旁觅食，尤其在枯枝落叶成堆，阻拦着水流的地方。我在它们位于欧洲蕨丛的栖息地里，惊出了更多的丘鹬。白天，它们喜欢隐伏在欧洲蕨遍布的朝南或朝西的山坡上，通常紧挨着一小片栗树林或白桦林，偶尔也趴在冬青或松树下面。比起欧洲蕨，有些丘鹬更偏爱悬钩子的庇护。丘鹬总是毫无征兆地飞起，在你站在距离它们很近——可能只有五码——的地方观察了好一会儿之后。它们可能会等待一分钟甚至更久，直到再也无法忍受这种不确定感。如果你想要惊起数量更多的丘鹬，频繁地停下脚步便可以；如果径直向前穿过树林，通常只能惊起沿途的那几只。看着它们笔直向上飞起，你能在那一瞬之间捕捉到丘鹬的色彩。那是一缕急速闪过的黄色光芒，背部混杂的棕、浅黄还有栗色在这光芒之中尤为显眼，仿佛被镀上了一层枯叶的色彩。它们隆起而布满条纹的背部中央，也就是脑袋的正后方，还有一抹微微发绿的青铜色，就像腐蚀的铜绿。当它们扑腾飞起，看似是远远飞入了树林的深处，但其实只是躲到了邻近的树木背后，然后便陡直下落隐蔽起来了。如果你看到它们在开阔地带突然剧烈摇摆下坠，那很可能也是欺骗。它们可能会压低高度飞行一段时间，等飞出你的视线范围后，又高高升起。几千年的逃跑经验已经令它们进化出这些狡猾的伎俩。你或许能轻易猜出丘鹬栖息在何处，但当它们真正从某丛欧洲蕨或悬钩子里弹射出来时，你永远会大吃一惊——你很难正好看向对的方位。

有虫子的泥地上，就一定有涉禽。因此，逃亡的丘鹬会沿小溪和隘谷的蜿蜒曲道，穿过荒凉的水塘和泥泞的小路，找到僻静的隐居之地：欧洲蕨丛。

太阳西沉，鸻那一声声"pee-wit"的鸣叫声也愈发响亮。站在橡树林和白桦林间，我能透过树影，看见游隼黑色的曲线，如一把长柄镰刀，平滑地割过河谷深绿的山坡。田鸫慌忙逃入树林，更有甚者砰的一声重重坠入灌木丛，像坠落的橡树果。游隼转弯、追逐，笔直上飞，轻易便掳获了一只栖息于树梢的田鸫，轻盈如清风捕获一片落叶。那只死去的鸟儿悬挂于鹰爪的绞架上，被鹰带往溪畔。在那儿，鹰拔去了它的羽毛然后吃掉了它，只剩羽毛任风筛拣。

11 月 16 日

河谷宁静，雾气迷蒙，天空仿佛被一层冰冷而坚不可摧的光之穹顶牢牢笼罩。五十只银鸥正沿一条稀薄、蔚蓝的云中缝隙向北飞去，我目送它们庄严而忧郁的羽翼缓缓飞入那一抹狭窄的蓝。我想，它们是极佳的预兆，今天一定有什么好事发生。

十点时，那抹蓝已逐渐扩大了范围，败退的云朵纷纷聚拢在东方的天空。麦鸡和金鸻盘旋向下，飞往河流附近一块新近开垦过的田地觅食。上午的第一缕阳光从云端透出，照射在金鸻身上，又铺洒向下，在深沉的大地上渐渐黯淡。金鸻闪烁着微弱的金光，就好像这光芒是来自于它们的骨骼,而它们的肌肤羽毛通体透明。游隼在一棵枯橡树上弓着身子,等待着,一身耀眼的红金色光芒,好似河边灌木丛中那些金光闪闪、昂首挺胸的田鹬。

我看向别处时,游隼离开了他的栖木,惊慌又一次上演了。南方的天空有如迷宫,密密麻麻遍布着纷乱上飞的鸟儿:七百只麦鸡,一千只鸥,两百只斑尾林鸽,还有五千只椋鸟。它们层层螺旋向上,绕转、扩散,身影渐渐微渺、稀薄。三百只金鸻盘旋于所有这些鸟儿之上,只有在它们集体倾侧,于阳光下闪闪发光时才能被看见。我寻找着鹰,终于在我所能想到的最后一个地方发现了他——虽然那本该是第一个地方——我头顶的正上方。

他朝南方高高飞去:四次轻盈的翅膀拍打,然后是长长的滑翔,一种轻松自在的节奏。从下方望去,他的翅膀看上去仅仅是弯折、伸直,然后是又一次的弯折、伸直,犹如脉搏的抽动。一只乌鸦追逐着他,他们摇摆、迂回,于空中划过一道锯齿状的线条。鹰越飞越高,速度也越来越快,但他翅膀的震颤又是如此的轻松、麻利，看上去就像是静止悬停似的，反倒是乌鸦在向后、向下移动。鹰渐渐融入了太阳周围的白色云雾。一大群椋鸟向鹰高升飞去，好似被吸入一阵龙卷风的旋涡一般。鹰开始以极快的速度盘旋，于空中摆荡出一个个狭小的圆圈，一会儿向左，一会儿向右，扫出一个个错综复杂的"8"字形。椋鸟群被这急剧的扭曲和旋转所阻隔，只能在鹰身后毫无章法地乱冲着，但鹰的飞翔又是如此棱角分明，它们总是冲过了头。椋鸟群就像被一条长线串起，拴于鹰的身后，任由鹰摆荡、甩动，将它们抖开又收回。最终，它们集体向上攀升，往南飞去，突然便消失了，被云雾抹去了踪迹。鹰的这种"闪避飞行"——他似乎很乐在其中，把它当作一项玩乐，而且只要他想，他就能轻易逃离——和他的某种捕猎方式很相似，并且总能令身下的鸟儿惊恐万分。椋鸟群没有卷土重来，它们不是躲进树丛，就是顺风飞走了。

一小时后，南方和西方又涌现阵阵惊慌。鸧和鸥螺旋上飞，欧乌鸫大声咒骂，公鸡的叫喊声从半英里外的农场传来。游隼飘荡向下，降落在一棵枯橡树上。鸟儿的叫声骤停。他稍事休息，整理羽毛，又睡了一小会儿,然后再次飞起,穿越过河流以北空旷的田野。拖拉机正在耕犁,几百只鸥散落其间,有如白色粉笔点缀着黑褐色的土壤。一些干枯的麦茬依然闪耀在田埂的褶皱间,但榆树已掉光了叶子,白杨还残留着支离破碎的黄。猎兔犬们在潮湿的田野间来回踱步,无声无息。猎人和他的随众们在静默中等待。一英亩[1]外,一只野兔大模大样地坐在犁沟间,大眼睛在阳光中闪烁,长耳朵弯曲,聆听着风声。雌隼飞起,悬停于野兔上方,而远方一声枪响令她一阵畏缩,猝然下坠,就像是她被击中一般。她干脆彻底下降了高度,于低空中快速穿过田野。我还从未见过一只鹰飞得如此之低。海角的草长得很高,她用羽翼轻轻刷抚草尖。地表的每一处凹陷与起伏都能将她隐藏。我只能看见沿途长草纷纷伏倒,那是她将翅膀向后拢起,用胸骨摩擦过草叶,在距离地面仅仅一英寸的高度掠过大地。然后,突然,她像是径直飞入了犁沟之中。我很确定她消失的地方,方圆四分之一英里内都没有鹰可以落脚的地方,但我就是无法找到

---

[1] 1英亩约合4047平方米。——编者注

她，尽管我已费尽心力，寻遍了每一片田地。她隐秘如鹞，无声如鸦，但飞行的速度是它们的两倍；她使用隐蔽和伪装时，狡黠如一只狐狸；她紧紧贴附着大地羊绒般的涟漪，又像一只跳跃的野兔紧贴着风的流动。

所有的鸥都离开了田地，无声盘旋，向南飞去。金鸻群如飘带，从冰蓝天空清澈的穹顶飘扬而过。太阳终于摆脱了云雾的萦绕，北风渐强，寒彻入骨。猎兔犬嗅出了野兔的气息，纷纷出动，穿梭在落叶斑驳的田埂间；猎人们紧随其后，号角也响起了。雄隼低低盘旋于北方的天空中，像一只从身下大地上裁出的黄褐色风筝：黄如麦茬，分布着深褐的沟纹。他缓缓攀升，随风飘荡。雌隼上飞，与他会合，他们盘旋于同一片天空，却并不朝向同一个方向：他以顺时针方向移动，而她逆时针。他们那随意划出的曲线时而缠绕，时而交叉，但永不重合，就这样一路盘旋到了河流附近，也就是我所在的地方，然后迅速高升。他们被阳光打磨得极其光亮，呈现出一种温暖的红金色，只是雌隼的羽毛更为深褐，不如雄隼那般明亮鲜艳。他们从我头顶三百英尺的高空飞过，翅膀僵直不动，缓缓斜切过天空。雄隼飞于雌隼之上三十英尺处。它们低头凝视着我,头部紧缩,以至于身体看上去非常之小,仿佛深深陷入了双翼的拱形之间;羽毛完全舒展开了,在空气中愈发膨胀,如此宽大、密实,使鹰看上去有如身板结实的矮脚马。他们翼下的浅黄褐色上,淡淡覆盖有灰褐色与银灰色斑纹组成的错综复杂的网纹,与他们琥珀色胸膛上那些红褐色的纵向条纹形成了鲜明对比。他们握紧的脚爪,在尾下覆羽那几簇白羽的映衬下闪闪发光,脚趾弯曲隆起,指关节闪烁如金色的手榴弹。

他们转移到了河流南岸,红腿石鸡鸣叫起来。他们摆荡向上,飞入风中,稍事平衡后又飘荡向下,于空中扫出一道长长的圆弧。雄隼两次调皮地俯冲向雌隼,从雌隼身旁掠过时,几乎要擦碰到她。他的身长比雌隼短两到三英寸,但体格更加轻盈,翅膀和尾部也相对较长。他拥有的是优雅与修长,而她,是力量和稳固。他们攀升得越来越高,也越来越往南去了,远景的视角压平了他们盘旋的弧度,起初还是一串椭圆,后来便成了一条平直的线条,来回反复,穿梭于天际。奇妙的是,他们的航线仿佛是一种必然的选择,就像他们是沿着一条无形的缆线，或某条熟悉的路径在空气中穿行。正是这种迷人而极致的精确，这种所有动作都已然被预设好了的感觉，令观看游隼如此震撼人心。

雄隼正渐渐飞离雌隼：他向东扶摇而上，而她则蜿蜒向西，保持在低空飞行。每一圈盘旋间隙，她都会静止不动，由风载着，直到某一次间隙，她如常转向，却是向前倾跌。她的动作之中包含了某种隐约的威胁，而我立即意识到，她是要开始俯冲了。果然，她以螺旋之姿扫掠而下，翅膀向后半拢着，以四十五度角疾速掠过空气，流畅、从容。在这第一段长而弯曲的下坠过程中，她还在缓慢地自转着，而就在一个完整的自转即将完成时，她以一道完美的弧度倾涌而下，过渡到垂直俯冲。中途她轻微抑顿了一会儿，就像有一股微弱但难以控制的空气屏障需要强行冲过；之后她便下坠得无比顺畅了。她的翅膀已向后高高举起，然后向内收拢，如鳍般顺着她的身体向后渐细，在疾风中抖动，又如飞行中的箭的尾羽，在僵直的箭杆上震颤、波动。她冲向地面，向下，向下，消失不见。

一分钟后，她毫发无损地升起，但也没有捕捉到任何猎物，就这么两手空空朝南飞去了。映衬着蓝天，白云，蓝天，黑色山丘，绿色田野和褐色耕地，她轻盈地闪过，微暗地发着光，旋转，下坠。这冰冷的令人窒息的空气也突然变得清冽而微甜。小鸟儿的啼叫混杂着猎兔犬有节奏的吠叫，还有逃命的野兔身后那砰的一声枪响。它嗖地飞奔过树篱，纵身跳进河中，像满满一铲子褐色的泥土，泼溅起噼里啪啦的水花。它游向远处的堤岸，然后一瘸一拐，挣扎着向安全地带逃去。

雄隼仍在向东盘旋，那片天空中还飘荡着鸥、鸰和杓鹬。我看着他那锋利而耀眼的身影高高越过山顶，逐渐模糊，庄严而威武地朝大海扫掠而去。惊恐的鸟群纷纷下落，壮丽的飞行就此结束。

我寻找着雌隼，终于在下午三点半又发现了她。她栖息在池塘旁一棵梣树上，被椋鸟群绕成的稠密的云雾给熏了出来，低低飞过田间——那里，拖拉机还在作业，甜菜正在被分批收割、装车；已经收割过的田地上，几百只鸥和麦鸡正在觅食。它们纷纷上飞，迷住了我的双眼，我又一次跟丢了鹰。十分钟后，我才见她朝东北方飞去，高高越过河流，在柠檬黄的天空中化作一枚黑色的小点。她转向东方，飞得更高更快了，仿佛又发现了新的猎物。

猎兔犬沿山路回家去了，猎人疲惫了，随行的人们也散了，野兔终于又安全了。河谷沉浸在暮霭之中，地平线亮黄的轨道环逐渐淹没了太阳耀眼的瞳孔。东方的山峦绽放出灿烂的紫色，然后逐渐褪为似有敌意的黑。大地呼吐出冷冽的暮色。落日余晖的阴影里，寒霜寸寸生长。猫头鹰醒了，开始鸣叫。初升的星稀薄而寂寥。像一只栖息的鹰，我久久聆听着这岑寂，深深凝望着这黑夜。

11月18日

清晨，我沿着海堤向东走去，从河口走向大海。水面在高云之下是一片萧瑟的灰与白，直到天空放晴，阳光洒下，才荡漾起蓝色的波纹。涉禽、鸥和秃鼻乌鸦在潮汐线上觅食。靠近堤坝的灌木丛里挤满了百灵和其他小雀鸟。三只雪鹀奔跑过洁白的鹅卵石沙滩，和涉禽一样，不愿飞翔，或许因为它们身体的棕与白，与身下的沙子几乎融为一体吧。奔跑到深色的地面时，它们便立刻飞起，鸣叫起来。我看着它们那修长的、带白色条纹的翅膀一闪扑入阳光，脆硬而纯净的叫声从高空飘落，如遥远钟鸣般虚缈。

整个早晨我都有些心神不宁，通常只有鹰在我附近时我才有这种感觉。我觉得他就藏在刚好超出我视野的某处，在只比我快了那么一丁点儿的时间和空间里，总是在我的视线扫过平坦大地的曲线时，瞬间坠落至地平线以下。下午一点，我正朝南方走去，午后的太阳令人目眩。忽然，我感到自己似乎正在逐步远离鹰，而非向他靠近。凭着这份直觉，我再次步入田野，再次向河口走去，不做任何思考，仅仅依靠思维的边缘移动着步伐，满足于单纯地观看和吸收这一天的景致。从树篱的缝隙间穿过时，我惊起了一只鹪鹩。它在栖枝上颤抖着，因犹豫不决而痛苦不堪，不知究竟该不该飞起。它的思维一定在艰难地运转着，被恐惧给撕碎了。我迅速从它身旁走过，它这才放松下来，又开始了歌唱。

下午两点半，我抵达了河口。正是涨潮的时候，白色的鸥漂浮于湛蓝海面，鸭子沉睡，涉禽拥挤在盐碱滩上。我沿海堤慢慢向西走去。这寒冷的十一月的光线，微茫、惨淡。西方的天空被一层薄薄的金色冻结，仿佛一道光芒四溢的拱形，从遥远的北海中升起，越过平整的河流与大地，在最高峰处轰然倒塌，片片剥落、粉碎，最终回归一片灰茫。这是最后一丝尚可捕猎的光亮，一种召唤，对饥饿的鹰而言，有如猎人吹响的号角："走了！"

一小群滨鹬离开了盐碱滩，涌入海中，化作银光闪闪的航迹，翻腾起伏，航向岛屿。远方，一只游隼飞过洁白无瑕的天空，好似一个黑色的小拳头，然后迅速扩大、绽放成簌簌扑动的翅膀。它背对着太阳，轮廓黑亮而锋利，但很快便高高攀升越过了太阳，身体的棕褐更深，看上去也没那么有威胁性了。它俯冲向下，岛礁上的鸟儿如水花四溅；它高高盘旋，群鸟又如海浪纷纷后退。在一群群陡直上升的盘旋之中，鹰的兴奋达到了顶峰——鸥飞起，鹰高飞至它们上空，静候片刻，俯冲加速，然后疾速猛冲直下，再一个翻身向上掠起，于空中划过一道道巨大的"U"字形曲线，狠狠劈裂空气，就像一个跳水运动员劈开空气与水流。鹰爪之下，一只鸥粗鲁地闪坠躲开。鹰高飞离去，微微震颤着，消失在灰蒙蒙的东方天际。

我朝河口上游望去，依旧明亮的西方天空下，一千只麦鸡旋转、摆荡，不断变换着队形，柔软的羽翼高升又下落，律动平和，如古时商船沉沉浮浮的船桨。

11 月 21 日

一排光秃秃的树木沿河谷的天际线一字排开，锋利、荒凉、赤裸，有如钢铁铸就。北风凛冽，犹如冰之透镜，万物愈显澄澈。耕地湿润，色泽如麦芽般深暗；麦茬地已是荒草丛生，水漫遍野。大风吹落了最后几片落叶。秋季已然瓦解，寒冬正式登场了。

下午两点，一群寒鸦噼里啪啦从麦茬地里扑腾而起，四散飞入空中，喧哗如小酒馆餐桌上噼啪倒下的多米诺骨牌。斑尾林鸽和麦鸡飞往了南方。游隼就在附近，虽然我没能找到他。我一路向下走到溪畔，又穿过两片树林之间的田野，惊起了一些如麦穗般散落麦茬地和耕地的云雀。阳光铺洒下来，树林的颜色有如清澈河床上黄褐色的沙砾，树林里的橡树也披着金色的长鬓。一只绿啄木鸟从湿漉漉的草丛里飞出，将自己嗖地拍上一棵树的树干，就像被磁石吸附似的。顺着它背部的青苔色与芥末色向上望去，它的顶冠是一片闷燃着的朱红，仿佛暗不见光的树林里生长的一朵鲜红的蘑菇，隐约闪烁着微光。突然，一声刺耳的警鸣划破了宁静，那是一种几近窒息的嘶喊，它意味着"我看见鹰了"。小桥旁光秃秃的椴树林间，田鸫无声凝视着天空。

我望向西方，一眼就认出了他：游隼在远方农舍的雪松上空移动，在秃鼻乌鸦的黑雾里闪闪发光，随金鸻群的飘带游荡摇曳。一团黑压压的积雨云正从北方逼近，他在其映衬下更显光耀，周身仿佛环绕着一圈细薄的金色光轮。他滑翔越过麦茬地，一大波麻雀慌忙扑入树篱。刹那，鹰的翅膀在追捕中放肆狂舞，高高举起，灵活拍扇，一连串疯狂的振翼筑成一弯鹿角的形状，凝固于我记忆之中。然后他平静地往河边飞去了。

我一路追逐，却没能再次找到他，而薄暮与夕阳已同时降临在河流的水雾之上。小鸮开始鸣叫，一只鼩鼱嗖嗖爬进树篱下干枯的落叶堆，将自己藏起。几只水鼠正沿悬在河上的灌木树枝小跑，听见这叫声，也瞬间停下脚步，直到四周又回归死寂，才潜入水中，游进芦苇丛的庇护。我沿树篱前进，一只丘鹬突然从路旁一跃而出，声音还不小，吓了我一跳。它飞起，划过天空，我能看见它斜指向下的尖长鸟喙和钝圆的猫头鹰似的翅膀，还能听见它时而微弱尖细、时而嘶哑低沉的呼鸣。寒冷的十一月的黄昏里，这声音听上去颇有些奇怪。它如波浪般起伏，朝西飞去，殊不知游隼就飘荡在它上方：一个漆黑、锐利的身形，缓缓下降，穿越过暗寂的藏红花色的晚霞。他们一起消失在暮色里。我什么也看不见了。

11 月 24 日

一只游隼翱翔过河谷，沐浴在清晨的阳光和温暖的南风中。我看不见他，但他穿越苍穹的一举一动都反射在身下的大地上，在坐立不安、连连惊飞的鸻鹬群中，在鸥的白色旋涡里，在斑尾林鸽喊喊喳喳的灰色云团上，在上百只鸟儿明亮的齐齐向上望去的眼睛里。

当一切重归平静,雄隼与雌隼降低了高度,肩并肩穿过广袤开阔的旷野。迎着风,他们将金鸻驱逐出了麦茬地,而他们自身的颜色又恰好与鸻相近,很快便隐没于田野黄褐色的地平线上了。

积雨云越发浓厚、低沉了。起风后,万物也似变得锋利。我在小路附近一棵橡树旁惊扰了雌隼,她迅速朝东北飞去,高高越过溪流,悬停于果园之上。每次悬停之间,她都会滑翔、盘旋一番,尝试着翱翔,但都没有成功。她慢慢飘荡,越过小山,飞去了东方。果园里的鸟儿并没有陷入恐慌,只是有许多田鸫和小雀鸟四散飞起,在鹰下方纷乱扑腾着,像是不确定该不该群起而攻之。大部分鸟类都无法参透一只悬停空中的游隼的心思。如果它在快速飞翔,鸟儿们能立即意识到自己该做什么,但如果它只是像红隼一样悬停空中,它们便没那么惊慌了。唯有两种鸟儿能迅速判断出情势的危险性:山鹑和雉鸡。它们也是最常被这种捕猎方式惊吓和威胁到的鸟类,不是低低蹲伏在一起,就是狂奔向最近的隐蔽处。至于悬停的红隼嘛,它们选择忽视。

我穿过田野,向小路南端走去,沿途惊起了三只杓鹬。21日那天我还见过四只，或许那以后，游隼又捕杀了一只吧。就在杓鹬飞起、鸣叫之时，雄隼再次出现了，就在我西边一百码的地方。麦鸡迅速从麦茬地里飞起，然而误判了风的强度，上升得太晚了。雄隼笔直摆荡向上，风灌满了他风帆般弯曲的羽翼。他整顿片刻，将翅膀收拢至身体两侧，然后猛冲向下，刺穿冷风，刺向那拼命挣扎的麦鸡群，直击最末那只麦鸡。那电光石火的一击发生得太迅疾了，我甚至没有看见。再定睛时，鹰已顺风飞远了，携带着他的猎物。

雨整整下了一个小时，生生扑灭了白昼。河谷好似一块湿透了的褐色海绵，笼罩在灰褐色的水雾中。十六只绿头鸭飞过，一只赤颈鸭孤声鸣叫。大雨又滂沱。空洞的黄昏充斥着沙锥的叫声。

11月26日

黎明时分，秃鼻乌鸦和鸥飞过飘雨的城镇：秃鼻乌鸦飞往河口，鸥则前去内陆。顺着潮汐声，还能听见黍鹀在农舍院子里歌唱。随日光渐强，雨下得愈发温和了。涉禽聚集在海滩缓缓上涨的潮汐线上，黑色的脑袋映衬着白色的水沫。灰斑鸻正在觅食，像指示犬一样前倾着身躯；侦听着泥土的声音，又似草地上的鸫。它小心翼翼地迈步，脑袋迅速前后抽动、定格，神经紧绷，心无旁骛，然后一个冷不丁，鸟喙猛刺，扎入土中，叉出一只蠕虫，如击剑手般迅速而轻快。滨鹬正在休憩。它们有着东方式的细长眼睛，像沉睡的爱斯基摩犬。当我步履蹒跚，走在海堤湿黏的泥地上时，一不小心还是惊动了它们，五十只滨鹬掠飞过海面。灰色的鸟儿，在白宝石般清亮的地平线和高远的灰白色天空下低低扫过。它们飞得真是太低了，甚至低于雨水淅沥的白色海面，低于被洗刷一净的海岸，低于黑紫色的海藻和草绿色的岛屿……大海平缓起伏。

六只鸬鹚蹲坐在潮汐线上，好似黑色的木桩。东边更远处，还有一只正在休憩的鸬鹚，羽翼舒展，如一枚纹章，印刻在一整片北海之上。黑雁排成长长的"V"字形缓缓移过，从咽喉深处发出的咯咯声，哪怕一英里外也能听见。长长的黑色线条撕破低空。

卵石滩上，游隼留下的片羽残翅在风中颤抖：一只赤颈鸭，六只红嘴鸥，都有些不新鲜了；还有一只红胸秋沙鸭，刚死去三天。游隼竟会捕食秋沙鸭，我有些惊讶。毕竟，对人类的味觉来说，这种鸟儿散发着恶臭，一股鱼腥味。它全身只剩翅膀、骨头和鸟喙了，连头颅都被啃食得干干净净。那布满锯齿的鸟喙，好像还带着史前的微笑，实在是难以下咽。雌隼蹲坐在远方盐碱滩的木桩上，蜷缩着，在昏暗大雨中显得阴郁而孤单。她观察着我，很少飞起，看样子已经吃饱了，正闲来无事。不久后，她便往内陆飞去了。

几只青脚鹬站在沼泽地里。这灰白的涉禽，周身是灰如苔藓的斑驳。它们倾倚向前，鸟喙越过纤长的灰色长腿，伸入水中觅食。这身体除了灰，就只有白了；暗淡、沉闷的鸟儿，仿佛夏日绿意的幽魂，忽然便向上飞去了，身姿优雅而迷人。雨水渐渐从铅灰，然后是轻灰色的天空中落下。上午十一点突然的清朗与明亮恰恰意味着，降雨要真正开始了。雨下了整整一小时，直到灰茫又一次覆盖了一切。海滩闪烁着牛奶和珍珠母的颜色。大海安静地呼吸着，像一只熟睡的小狗。

11月28日

又一日雾气笼罩，什么也看不清，只有拖拉机的隆隆声在沉寂里回响。冷冷的西北风，稀薄而无力。

上午十一点，一只游隼飞上一座高耸的电缆塔的缆线，这缆线横贯了整条河谷。大雾中，他的样子模糊不清，但那弓身的动作和扑扇羽翼的样子我一看就觉得眼熟。他观察着四周田野里正在觅食的鸽，看了足足有二十分钟，然后又往南飞去了下一个电缆塔。白色天空下，他的剪影好似一只猫头鹰的形状，下缩的脑袋圆滚滚地陷进高高耸起的双肩之间，身形由肩膀处开始逐渐变细，直至短而粗钝的尾部。他又朝北飞了回来，越过河流上方闪烁着微光的雾气，羽毛的红金色光泽也渐渐没入了一片苍茫。翅膀几次长而有力地拍划，他轻松飞掠过大地，庄严而威风凛凛。

光线太暗，我无法跟随他前进了。我向小溪走去，想着过一会儿他兴许会回到这儿洗澡。欧乌鸫和苍头燕雀在北方林地前的山楂树林里争鸣，一只松鸦栖息在一株桤木上，正低头看着什么。在树篱的遮蔽下，我慢慢走向那片浓密的山楂林。我挤进山楂树丛，艰难向前，直到能看见潺潺流淌的溪水——松鸦一直看着的地方。透过山楂树枝组成的幽暗网格，我看见一只雌性游隼站在溪边的石头上，距离溪水仅有几英寸远，正专心致志地欣赏着自己的倒影。她缓缓前进，直到那双粗大而布满皱痕的黄色鹰爪完全浸入水中。她停下脚步，四下观察了一番，然后高举起翅膀，后仰直至背部，小心翼翼地蹚入水中，那副踩着小碎石头的谨慎模样，像是非常害怕滑倒似的。就在水位刚要没过她肩膀时，她又一次停下脚步。她喝了几口水，反复将脑袋快速蘸入水面，拍扇着翅膀，溅起噼里啪啦的水花。欧乌鸫和苍头燕雀停止了争吵，松鸦飞走了。

她在水中待了十分钟，渐渐没那么活跃了，然后便拖着沉重的身躯，摇摇摆摆地上岸来了。她那古怪的像鹦鹉一样的走路姿势，在羽毛浸水变重后显得更加笨拙。她用力抖甩身子，翅膀胡乱拍打着，跳跃几次，试图起飞，终于笨重地飞上了一棵悬吊于溪流之上的枯桤木。欧乌鸫和苍头燕雀又开始鸣叫，松鸦也回来了。游隼因浑身湿透而显得臃肿，看上去一点儿也不开心。和雄隼比起来，她的胸膛更厚，肩背更宽，双肩间的肌肉隆起也更大块。她身体的颜色也更深沉些，更符合一般图片上那些年轻游隼的样子。松鸦围绕着她扑振起翅膀，明显带有挑衅的意味。她拖着沉重的身躯向北飞去，松鸦追了上去，在她身后尖声嘲笑。

我在浅滩东北一棵枯橡树上又发现了她。这棵树生长在高地，鹰站在它最顶端的树梢上，可以看见从开阔的冲积平原一路向西，绵延好几英里的广阔世界。她环顾四周，然后仰望天空，确认安全后才开始整理羽毛，直到整理完毕都没有再抬头。她最先梳理的是胸部的羽毛，接着是翅膀下方、腹部、侧腹。梳理完毕后，她又开始狠狠啄扯起自己的脚爪，有时还会抬起脚来啄扯一番。最后，她在树皮上来回清洁、磨利了鸟喙，这才开始休息。她断断续续地睡到了下午一点，然后快速地朝东方飞去。

11月29日

中午，一只游隼从内陆飞来。我站在盐碱滩一旁的海堤上，看着它从我跟前飞过。它越过海堤，高飞、悬停，扫掠向下又疾冲向上，摆出一个个狂野的"U"字形。如此猛冲三次后，它又沿原路返回了内陆。我猜它或许是想惊起海滩上的猎物，但当我抵达那片海滩时，却什么都没有发现。或许它只是在练习瞄准某根木桩或石块，但我不明白为何它要如此刻意地飞来这个特定的地点。

我继续向东走去。阳光闪耀，但风依旧很冷。对鹰来说，确实是一个适合翱翔的好天气。

三个小时后，我又回到了那片盐碱滩，并在海堤脚下靠近高水位线的地方，发现了一只凤头鹛䴉的残骸。它也曾是重量可观的鸟，或许重达两磅半，很可能是被一次从相当高度俯冲而下的撞击杀死的。如今，它只剩不到一磅重了。胸骨和肋骨都光秃秃的，长长的颈椎骨也被啃食干净了。头部、翅膀和腹部未被动过。暴露在外的内脏在冰冷的空气中微微冒着热气——它们仍是温热的。虽然这般新鲜，却散发着令人不快的腐臭味。对人类的味觉而言，鹡鹩的味道实在不怎么好，有一股鱼腥臭味。

日落时，我正要穿过湿地，只见两只游隼从一间小茅舍的屋顶飞了过来，姿态饱腹而慵懒，并没有飞远。它们刚才一同分食了那只鹡鹩，现在要一块儿栖息了。

11 月 30 日

河畔躺着两只猎物的残骸：翠鸟和沙锥。沙锥半身没入浸水的草地，颇有些隐晦、神秘。翠鸟在河畔的泥泞里闪烁，像灿烂的眼眸。他伤痕累累，浑身是血，粗短的腿部僵硬而鲜红，像两根蜡做的棍子，冰冷地躺在河水的轻抚里。他就像一颗死亡的恒星，绿松石般冷峻、微弱的星光，穿透漫长的光年，终传至我的眼中。

下午，我正穿越一片由北方林地延展出来的坡地，突然看见几片羽毛在风中飞扬。一只斑尾林鸽的尸体，胸口朝上，躺在一堆柔软的白色羽毛上。脑袋已经被吃掉了，血肉被从脖颈处撕扯下来，从胸骨、肋骨、骨盆，甚至是肩胛带和翅膀的腕关节处撕扯下来。这只雄隼吃得很香吧。他的屠割技术非常完美。残骸仅有几盎司重了，也就是说，有将近一磅重的血肉被吃掉了。残留的骨头仍是深红色的，鲜血也依然湿润。

我意识到自己正蹲伏于这残骸之上，像一只笼罩着它的鹰。我的双眼迅速转动，警惕着那些四处游移的人类的脑袋。我是在模仿着鹰的动作，而我对此毫无觉察，就像身处某项古老的仪式——猎人正在变成他所追捕的猎物。我望向那片树林。树影深处，游隼亦蹲伏着，凝视着我，掐紧了一道枯枝的脖颈。我们存在着，在这些日子里，在这片野外，在这同样欣喜若狂又惊惧万分的生活里。我们躲避着人类。我们厌恶他们忽然举起的手臂，他们胡乱挥舞的癫狂姿态，他们古怪的剪刀似的走路方式，他们漫无目的的左摇右摆，他们墓碑般惨白的面孔。

12月1日

天空迷雾笼罩，游隼从我看不见的蓝色天顶翱翔飞过，盘旋向东，越过圈圈盘绕的鸥群。他无所事事地穿过清晨的阳光，飘荡在冰冷的东南风中，这样闲晃了半小时后，才突然以惊人的力量猛冲向下，坠至溪畔，惊起一群如星辰碎片般四散的小鸟儿。一只沙锥高鸣着，顺风飞速逃离，像一枚弹壳。斑尾林鸽喧闹的喊喳声骤然沉寂，随杳然离去的翅膀化作长长的叹息。我抵达小桥边时，欧乌鸫仍在大声叫嚷着，但天空已是一片空荡。南方所有的树木——它们在太阳低矮而耀眼的光芒中愈显荒凉——都因挤满了鸽子而沉重不堪，稠密、结实，好似一串串黑色的果实。

紧张的气氛逐渐缓和，但某种不安的平静仍持续了二十分钟之久。之后，鸽子开始返回田野，鸥和鸻又开始追逐耕犁，迁徙的麦鸡高高飞向西北，一派宁静安详。斑尾林鸽在两片小树林之间，以及树林和耕地之间飞翔着。它们永远学不会安静。它们翅膀上的白色斑纹从阳光下扑闪而过，对审视着这一切的游隼而言，无疑是一份诱惑，也是一次挑战。

我不停地搜寻天空，想看看是否有鹰在翱翔。我仔细观察每一棵树，每一丛灌木，在明显空寂的空中搜寻

埃塞克斯的鹰

着每一道弧度——而这正是鹰寻找他的猎物、躲避他的敌人的方法，亦是一个人有望找到他，与他分享这捕猎生活的唯一方式。望远镜与鹰一般的警觉性，暂时弥补了人类视觉的缺陷。

终于，远方又出现了一只类似鸽子的鸟儿——那之前出现的所有最后总被证实是鸽子——但这次，赫然是一只游隼。他越过南方林地，翱翔在一片森林环绕的开阔地域上空，翱翔在那上升的暖空气里。阳光下，他如此清晰、金亮，他游荡向上穿过暖空气，翅膀挥动有力，仿佛鱼鳍在波浪中轻快地摇曳。他荡漾着，犹如一小块银色的鳞片飘落在光滑湛蓝的天空表面。他将翅膀收紧，向后拢起，慢慢滑向东方，又似一把深色的刀刃缓缓切割过蓝冰。他向下穿透阳光，像秋天的叶子般变幻着颜色，从耀眼的金到黯淡的黄，从茶色到褐色，然后突然，在地平线的反衬下骤闪出一道黑光。

太阳渐渐西垂，南方熏燃起阵阵白烟。两只寒鸦高高飞过，其中一只忽然俯冲，螺旋向下，还翻着筋斗，坠向大地的姿态就像被枪击中似的，整个儿一坨翻滚的骨头和羽毛。它是在装死玩儿呢。在距离地面仅有一英尺的地方，它展开翅膀，轻盈着陆，华丽而淡然。

追随着不安的鸻，我跨过小溪，在西向的树篱中发现了那只雌性游隼。我悄悄靠近她，然而她沿树篱从一棵树移动到另一棵树，一路背对着阳光，这样她总能清晰地看见我，而我却始终被晃着眼。树篱走到了尽头，她又飞上了溪边的一棵树。她似乎有些困倦、慵懒，几乎不怎么挪动脑袋。她的双眼有着褐如陶瓷般的釉彩，此刻也正专注地凝视着我的眼睛。我看向别处，她立即飞走了。我虽又迅速转回视线，但她已然离去。鹰在被凝视的状态下是不会飞起的。它们会一直等待，等到这陌生眼神的束缚被打破的一刹。

鸥缓缓向东飞去，它们的羽翼在灿烂的霞光下宛若透明。三点，雌隼盘旋于它们之中，逐渐开始翱翔。河口正是涨潮的时候。涉禽们一定正在海滩上扑腾吧：旋飞、坠溅，像因为心脏的热血，向四面八方砰砰冲撞。我知道游隼也在某处观察着它们，她也看见了上千只鸥正朝这满溢的海水飞来，而她会随它们往东吧，我想。不再多等了，我以最快的速度骑车穿过河口，前往六英里外的一片山坡，那儿可以俯瞰整片河口。中途我两次停下,找寻那只游隼:她正高高盘旋于林木覆盖的山脊线上,并且正如我所愿,一路向东。当我抵达那片山坡时,她也刚好越过山脊,向下飘去。

借着透过望远镜小小透镜的光线——它穿透了三英里阳光普照的空气,我看见河口的莹莹海水被群鸟搅覆得黑暗而沸腾,游隼如一柄弯钩在一次次锯齿状的俯冲中高升又急坠。而后,黑暗的海水恢复了光亮,再然后,万物平静如初。

12月2日

潮水退去。泥滩反射着阳光,像是湿润的沙地而非泥地,鹅卵石海滩在蓝色潟湖的环绕下愈显明亮、耀眼。色彩在阳光下总是刺眼。深色田野上,一株枯木亦反射着光,像一块象牙骨。光秃秃的树木立于大地之上,仿佛凋零落叶上发光的叶脉。

一只游隼翱翔飞过河口,天空瞬时布满涉禽的羽翼。他骤降穿透阳光,冲入一片黑压压的杓鹬群,一刺而过,重回光亮。他飞于杓鹬身下,跟随它们上下摆荡，然后如一阵痉挛，猛袭向其中一只，直撞其胸口。它坠落在海堤旁，整个儿变了形，好像这身体突然被放了气。游隼滑翔下来，用鸟喙的利钩一下刺穿了死去的杓鹬的胸膛。

12月3日

一整天，低矮的云层都压在湿地上空，细薄的凉雨从海面上飘来。海堤和乡间小路上泥泞深厚，那是一种厚实的黄褐色软泥，如同漆料；表层渗出的黏稠泥浆，就像是从沼泽地里分泌出来似的，好似霉菌；章鱼一样的泥巴，在大地上伸展、紧攫、黏附、吮吸，吧唧作响；湿滑的泥巴，油一般滑溜而不可靠；泥巴沉滞；泥巴邪恶；泥巴渗入我的衣服，我的头发，我的眼睛；泥巴深入我的骨髓。冬季的东部海岸，不论潮汐线内外，人只能行走在水或泥泞里，没有一处干燥的土地。泥巴就是另一个基本元素。你会渐渐爱上它，渐渐变得像一只涉禽，只有站到世界的最边缘，陆地与海水的汇合之处，没有任何遮蔽，恐惧无处藏身，方能感受到喜悦。

河流的入海口，陆地与海洋同时迷失了自我，而双眼除了这海天一色，便什么也看不见了。灰与白相交的地平线，仿佛泊系于排排木筏之上。它们航向暮色，它们随波逐流，最后只有双耳仍能依稀分辨，那是赤颈鸭的低语，那是杓鹬的悲泣，那是鸥的鸣唳。

北方有一只鹰，盘旋于高地之上，正飞往栖息处。然而它实在是太遥远了，无法引诱我离开这片退潮的大海。夜幕初降，上千只鸥从内陆飞来，寻求纯净大海的安稳庇护。

12 月 5 日

结霜的树篱是珊瑚般的白骨色，在阳光的照射下，更显冷峻、阴郁。直到雾凇被阳光晒融、蒸发，直到树木开始滴水，直到迷蒙山涧回荡起模糊不清的、从忙碌农场上飘荡而来的声响之前，这寂静河谷是不会有任何动静的。游隼从小路旁一堆干草垛上飞起，向下飞去了河边。他刚才是在那儿晒太阳呢。

半小时后，我在小桥附近又遇见了他。他停在空中一根缆线上。我看着他飞起,低低飞过一条水沟,羽翼掠过僵硬的芦苇秆,刷下纷纷白霜。他扭身、转弯,悬停于一只黑水鸡上方。黑水鸡在芦苇丛之间的冰面上奋力滑行、翻滚。他没能捉住它。十四只绿翅鸭和一百只鸥从一片尚未冻结的水面上飞起。附近结霜的田野里还有许多温顺而饥饿的沙锥,它们太虚弱了,无力地鸣叫着。

一点,游隼向东方飞去,几次有力而坚定的拍击,他高高越过了这阳光弥漫的雾障。

12月8日

清晨的薄雾中透出几缕落叶般金灿的阳光,田野在蓝色天空下湿漉漉地闪烁着。雄隼从河畔一棵榆树上飞起,升入朦胧的阳光之中。他鸣叫起来,一种高亢、沙哑、压抑的呼鸣,"keerk, keerk, keerk, keerk, keerk……"边缘锐利,气息粗犷。

他越过麦茬地,向北飞去,一路背对着太阳,一会儿拍翅加速,一会儿高升滑翔。翅膀的紧绷和拉收意味着他发现了猎物。麦茬地里的斑尾林鸽停止了觅食，纷纷抬起脑袋。两百英尺之上，那只鹰正缓慢盘旋着，然后猛然倾斜，劈开空气，疾冲向下又急转而上。斑尾林鸽在他身下疯狂地扑腾着。他一个扭身再次俯冲，收拢起翅膀，径直斩切、刺穿了那片柔软纷乱的灰色鸟群。

鸟儿从四周所有的田野中飞起，看上去倒像是所有田野都被举上了天空。在这些纷乱、沸腾的翅膀之中的某个地方，鹰与鸟群纠缠在了一起，已是无从分辨。而这场骚乱平息后，我在方圆数英里内依然找不到鹰的身影。总是这样的，他总是悄无声息地接近，猝不及防地袭击，最后匿迹潜形地离去，隐于群鸟四散的烟幕弹中。

我在涨潮时抵达了河口。上千只闪耀的滨鹬嘶嘶作响，在深蓝的海水上空跃动。黑雁和赤颈鸭漂浮在潮水满溢的海湾中。猎人们出动了。在一束束红铜色的闪光中，在初升的黄昏暮色里，赤颈鸭不可抑制地鸣唳起来，一只落单的红喉潜鸟悲声恸哭。

河口四方回荡着砰砰的声响。游隼没有返回这里。他今天上午已有捕获的猎物，明智地待在了内陆。

12月10日

光线惨淡,狂风冷酷,云层愈压愈厚,雨夹雪纷纷而降。沙锥挤作一团,蜷缩在河流北岸一片浸水的草地上,像一群小棕衣修士挤在河边钓鱼。它们低低蹲着,身体覆盖住了弯曲的绿色腿部,我只能看见它们的脑袋——颜色与科罗拉多甲虫很相似,还有它们温柔的棕色眼睛。它们没有觅食,仅仅是将长长的鸟喙伸到浑浊的水面上,好似在细细品闻着一束花。我向它们走去,五十只鸟儿扑飞而起。在沙锥的世界里,没有犹豫,没有后知后觉;一旦它们敏感神经里的警报被拉响,它们便会猝然从泥地里惊慌跃起。而这次飞起,它们还制造了一声惊人响亮的鼻音:一声沙锥式的喷嚏声。它们紧紧围绕在一起,没有躲闪或急转,快速高飞远去了,就像一群椋鸟。一切意味着,鹰要来了。

一番搜寻过后,我在田野里一根木桩上找到了那只雄隼。他看上去昏昏欲睡,直到午后,当光线逐渐衰退,黄昏的暮霭渐渐覆没远方的树林,他才清醒过来。他在沙锥栖息的草地上空盘旋了一阵子，然而没有一只鸟儿飞起，直到他猛然一个俯冲，它们才噼里啪啦地从泥地里扑腾而起，像受潮的爆竹。最后一只飞起的鸟儿不幸被鹰追逐着，它们一起冲入天空，又猛扎向下，穿越田野，在柳树林间穿梭往返。鹰追随着沙锥的每一次折返与转弯，但他只是紧追在后，决不赶超。突然，他便停止了追逐，然后猝不及防地猛冲向那几百只田鹬——它们正在河流上方随意而散漫地转来转去。他依然飞得像一只沙锥，闪避、跳跃，好似一根松绑的弹簧。但他只是惊得田鹬仓皇四散，并没有攻击。

他在一根木桩上休息了十分钟，又迎着风平稳地飞走了。他飞得很低，半隐藏在天色渐暗的雾茫茫的田野中，脑袋和尾部都已看不清了，这令他看上去就像一只蝠鲼，在海底轻轻摇曳。鸥正朝南飞往栖息地。它们以鸟群为单位移动着，速度很快，每群都有三十至四十只鸥。然而它们不愿从我头顶直接飞过，事实上，它们一见到我便分散开去，左右站队，就像斑尾林鸽那样。我之前还从未见过鸥有这种行为。在清晨和傍晚反复遭到游隼的攻击，已令它们非常混乱疯狂，对来自下方的危险也更加敏感、多疑了。

我追随游隼一路向东。田鸫从我头顶呼鸣而过，翅膀噼啪作响。它们正飞往河畔的栖息地。在一段浅滩旁我惊起了一只白腰草鹬，它高高升入暮霭之中，鸣叫、转向、摇摆，好似一只微醺的沙锥。它的叫声是一种狂野的鸣唳，"too-loo-weet"，带着一种难以名状的欢欣鼓舞与孤独凄凉。白腰草鹬上飞之时，正是游隼俯冲之际，但他没有击中，偏了一码。他可能是追随着我来到这儿的，因为我能为他惊飞猎物。不过今天他所有的俯冲都稍显缓慢，也没那么精确。或许因为他并不真的饥饿，只是迫于习惯，要练习一下这追捕和猎杀的仪式罢了。

日落后，雾气散尽，夜空清朗。遥远高空中，传来阵阵好似擦火柴的微妙声响。我抬头。许多秃鼻乌鸦和寒鸦鸣叫着，缓缓向西飞去，安宁、高远，在清冷的深蓝色暮霭中，微小如初升的星辰。

12 月 12 日

高云缓缓覆盖了整片天空，太阳彻底藏了起来，清晨没入一片白茫。一阵冷风由北方刮来，地平线的光亮才逐渐清晰、鲜明。

一只银鸥的残骸躺在两座农场之间的小路旁，半身裸于路边草地上，半身覆于尘土沙砾中。游隼不是在夜里杀死了它，就是在黎明时分，总之是在有车辆经过之前。或许是它太过沉重，无法被携带到安全的地点，之后，来来往往的车辆便将它轧平了。它破碎的尸身仍然湿润，还黏着鲜血，颈部曾连接着脑袋的位置断裂了，露出一片血红。对鹰来说，这种带沙砾的乡村小路，看上去一定很像鹅卵石海滩；而光滑的公路隐约闪着微光，一定很像荒野高原上花岗岩的裂缝吧。人类所有或怪异或骇人的工业制品，对他们而言都是自然、纯洁、未被玷污的东西。所有静止之物都已死亡。所有移动、停下，而后便不再移动之物，都会缓慢地死去。对鹰而言，动作就如同色彩，它剧烈闪耀过双眼，犹如绯红色的火焰。

我是在十点发现那只鸥的，而游隼就出现在十五分钟之后。如我所料，吃下如此大的一只鸟后，他是不会飞远的。他沉重地降落在池塘旁一棵小树上，全身湿透，垂头丧气，羽毛松散而脏乱，尾部悬垂于身下，像一把湿漉漉的雨伞。这池塘又小又浅，里面随意扔着一些常见的人类垃圾：婴儿车的轮子、三轮车、碎玻璃、腐烂的卷心菜，还有清洁剂之类的瓶子，上面还黏着一层番茄酱的污渍。池水沉滞，满是油污，然而鹰很可能在里面洗过澡。他通常偏爱有一定深度的干净活水，甚至愿意飞行很长一段距离去寻找这样的地方。但有些时候，他似乎也会刻意选择一些脏兮兮的水环境。

三辆拖拉机在南方一片宽阔的田地上作业，其中一辆距离游隼仅仅几码远，但好像完全没有干扰到他。鹰会栖息在拖拉机作业的田地旁边，因为那是鸟类时常活动的区域，他们总能在那儿发现一些值得观察的东西，或一些值得捕杀的猎物，如果刚好很饿的话。他们已经学会，只要拖拉机还在运作，那些令人畏惧的人形便是无害的。他们并不害怕机器，机器的行为举止比起人类，实在是太好预料了。但是，拖拉机一停止，鹰便会立刻警醒；驾驶员一离开，鹰便会飞去更远处的栖枝。这也正是我抵达池塘边那片田地半小时后，那里上演的一幕。鹰缓缓向东南方飞去，高举翅膀，用力拍打，像举着沉重又难以操控的船桨。他飘荡向下，着陆在路旁一棵榆树的顶端，而直到我快走到树底下了，他才注意到我的到来。他惊讶地凝视着我，充满警惕，然后又朝池塘飞去了。他的动作依然缓慢而谨慎，好像害怕有什么东西会倾洒出来似的；滑行时，羽翼无精打采地下垂着，曲线柔软而卑微。这沉重而湿答答的飞行，就像是一只乌鸦而非游隼。每一次，翅膀如船桨般深深拍划至最后，翅膀的尖端还会轻轻点弹一下空气。

我发现他蜷缩在路旁一棵橡树上，就位于池塘和浅滩中间。我从他身下走过，他也没有动弹。他双眼紧闭，半干的羽毛在风中波动，坐姿笔直而僵硬，看上去邋遢不堪，昏迷不醒，仿佛已死去多时，还被虫蛀了。我拍了拍手，他这才惊醒过来，向下飞入浅滩旁的矮树林，但很快又急冲出来，再次飞回了这棵橡树。他就这样往返了三次。我离开了。让他在橡树上好好休息吧，我可以去往矮树林边缘继续观察他。他又睡了整整一小时，于下午一点醒来，开始整理羽毛，四处打量。羽毛干透后，颜色明显鲜亮多了。尾部细密分布有浅黄色与浅棕色的条纹；背部、翼上覆羽和肩羽是淡淡发黄的褐，其上横向覆有灼热的焦土色斑纹。这斑纹紧密而细长，表面还覆盖有一层明亮的金红色光泽。他的顶冠是淡淡的金色，轻微点缀有一点儿棕。翅膀收在两侧，羽翼的尖端超过了尾羽的底部。这对翅膀，在雄性游隼中也算是非常长的了。

他在一点半时离开了那棵橡树，但很快又被一只乌鸦追逐折返。飞行中，他大声鸣叫起来：一种尖锐、暴躁的声音。降落树梢后，他再次鸣叫：一种更深沉、更挑衅的叫声。下午两点，他变得烦躁不安起来，脑袋上下抽动，脚爪来回踱步。有好几分钟，他犹豫着该不该飞起，但当他终于飞起，他又立刻变回了那只迅疾、果敢的鹰。他扶摇向上，如一弯上升的弧月，升入北方林地上空，羽翼潇洒而华丽地拍击着空气——早些时候，他仅仅是轻抚空气而已。而那群一整日都在溪畔牧场上无拘无束地嬉戏、觅食的寒鸦，此刻已惊慌飞起，高高盘旋，不一会儿便匆匆四散了。

雨下了整整一个小时，而我仍待在那片矮树林里，独自等待着。三点，游隼回来了。他快速飞行着，狂野地冲进刺骨的北风，抛甩出一大群鸥和麦鸡。一只麦鸡被从鸟群中孤立出来，精瘦的褐色雄隼马上锁定了目标，紧追其后。他飞得如此之低，简直像一只在地面上奔跑的野兔，眼见着这两只鸟就要纠缠在一起了，忽然又转身分开。麦鸡的转身与平常并无二致，鹰却荡出了一个更大的弧度，但他疯狂地拍打翅膀，将身体鞭甩回来。不过一瞬，二者短暂的势均力敌便被粉碎了。鹰冲入天空，麦鸡跌撞向前。鹰一个翻转，俯冲向下，空气仿佛也被撕开了一道裂隙。然后，没有了。什么都没有了。不论它是怎样结束的，它都结束了。四周只剩一片寂静，还有风的嘶鸣。捕猎者和他的猎物，似乎都被阴郁的空气吞没了。

我由浅滩返回小路时，看见一棵修剪整齐的桦木顶端，好似有鸟儿翅膀的扑颤。我距离那棵树只有两码时，游隼忽然从树上飞出，翅膀如击鼓般癫狂地拍打着，仿佛要挣脱身体。那一瞬，他离我如此之近，我甚至能看清他翼下绸缎般的光泽和他丰密羽毛间的褶裥，还有那些棕褐色与奶黄色的斑纹。他向南穿越田野，不规则地转向、摇摆着，腿部下悬，似乎有什么白色东西在爪下扑颤着，如风中白纸。透过望远镜，我认出它正是那只死去的麦鸡，它被游隼用两只利爪紧紧夹住，半隐于尾羽之下，胸部朝上，脑袋向前，翅膀下垂摊开，展示着翼下的黑与白。鹰飞得颇为轻松，虽然携带着半磅重的猎物，只是偶尔会受到风的阻扰——狂风中，他会轻微下坠，翅膀的拍打动作也更加快速、短促。他降落在路旁一棵树上。当我在五分钟后再次打扰到他时，那只麦鸡已经变小了许多，更容易携带了。他径直飞入另一株修剪过的榉木。我不再追上去了，让他享用这顿美餐吧。那三辆拖拉机仍然在一旁的田间作业。

日落时，十只杓鹬飞入空中，高声叫着，朝东飘去。拖拉机返回了农场，最后几只鸥也飞往了南方。游隼高高盘旋于暮色之中，闪烁、摇曳，逐渐消失在远山的苍茫里。猫头鹰醒来了，没有鹰的河谷，回荡着它们的温柔细语。

12月15日

狂风由西而至，从平坦的冲积平原上呼啸而过，又轰鸣着翻滚过山林覆盖的黑色山脊，如海浪冲撞向防波堤，掀起阵阵空气的高浪。荒凉、赤裸的地平线，浮动在遥远的风的边缘，平静、缄默。我向前移动，它那清澈的宁静便向后退去；那是榆树、橡树、雪松、农场、村舍、教堂，还有电缆塔组成的幻象。电缆塔的高网闪着银光，犹如一把利剑。

上午十一点，雄隼陡直攀升飞入河流上空，然后折起翅膀，高耸肩膀，闯入狂风之中，在灰色云层的映衬下化作一枚小黑点，疾速飞过。野生的游隼热爱风，就如水獭迷恋水。这是它们生命的一部分。只有在风中，在水里，它们才算真正活着。我见过的所有野生游隼，在狂风中都飞得比其他任何时候更久、更高、更远。它们只有在洗澡或睡觉时才会避开风。这只雄隼在两百英尺高度上滑翔着，在狂风掀起的巨浪上展开翅膀与尾羽，一个顺风转弯，于空中划出一道长长的弧线。很快，他盘旋的圆形便逐渐向东延展，被风吹成了椭圆形,而他下方已集结了上百只惊慌飞起的鸟儿。关于鹰,最激动人心的事莫过于它总能在平静大地上激发出生命的力量——如魔法般召唤出一群群飞鸟,高升入空。当鹰高高盘旋之时,所有正在觅食的鸥、麦鸡、斑尾林鸽都从公路与溪流间那片广阔的田野上飞起了。农场仿佛隐藏于一片白茫的水幕之中,那是紧紧围绕在一起上升的鸥群,而白茫中的一点黑,那只棱角锋利的鹰一个骤降,将鸥群狠狠击碎,好似纷乱四溅的白色泡沫。我将望远镜下移,才看见我身旁的鸟儿们也都在注视着那只鹰。灌木丛和小树林里挤满了麻雀、椋鸟、欧乌鸫和其他鸫,它们望向东方,喋喋不休,骂骂咧咧。我沿小路匆匆向东,一路都是蜷缩在树篱间的小鸟儿,向空荡荡的天空发出声声刺耳的警鸣。

我路过农场,一群金鸻忽然飞起,如枪口升起的一缕硝烟。它们飞得极低,然后缓缓上升,像一片金色的翅膀。我抵达浅滩旁的小路时,发现池塘边的树林里挤满了斑尾林鸽。我从它们身旁经过,它们也纹丝不动,倒是惊出了那只游隼:他从这排树木最末的那一棵上飞起,蹿入风中,盘旋向东。斑尾林鸽迅速撤离了树林,朝北方林地飞去。但其实它们躲在树林中反而会比较安全。它们从游隼身下经过。只要游隼想，他完全可以俯冲向它们。斑尾林鸽飞得很快也很谨慎，但它们和绿翅鸭一样有一项致命的弱点：它们有时完全是飞向危险，而非远离它。

游隼于空中划过几道长长的弧和切线，缓缓飘荡向上，飞至小溪上空五百英尺处，然后，毫无征兆地，突然下坠：他仅仅是停了下来，举起双翅，垂直俯冲向下。他好似分裂成了两个部分，他的身躯就像是从绷紧的羽翼之弓中射出的一支利箭。这俯冲中有一种难以定义的邪恶的推动力，仿佛他是被天空猛掷而下的。事后，你仍会感到难以置信，怀疑它是否真的发生过。最精彩的俯冲往往如此，而且，也往往一无所获。几秒钟后，鹰从溪流上飞起，重新开始了他向东的盘旋。他飞得更高了，高高越过深色的树林和果园，渐渐淡出了我的视线。我寻遍田野，但没有发现任何猎物。斑尾林鸽在山楂树林里，沙锥在沼泽地上，因为对鹰的巨大恐惧而显得无比温顺，我靠近它们，它们也没有飞起。山鹑藏在最高的草丛中，紧紧蜷缩在一起。

又下雨了。游隼回到了溪畔。我看着他从小桥边一棵榆树上飞出，但在淅淅沥沥的雨和萧瑟战栗的风中，转瞬便没了踪迹。纤瘦，热烈，狂野如他。雨终于停了，风却狂怒般咆哮起来。站在空旷地带，想要保持直立都很困难，我只能躲到树林的背风处。下午两点半，游隼扫掠向上，飞入东方的天空。他笔直攀升着，像一只在惊涛骇浪中飞跃的鲑鱼，一举冲破了南方林地因强风撞击断崖而形成的汹涌气流的屏障。他下坠至这空中海浪的波谷间，又迎风破浪陡直向上，恣意纵情地将自己抛入空中，欣喜若狂地展开羽翼。在五百英尺高度他停了下来，悬而不动，尾羽紧闭，翅膀弯曲向后，翼尖几乎要触碰到尾羽的末端，然后，他以扑面而来的风之速度水平疾冲向前，震荡、摇摆、战栗不止，迎风闯入一片咆哮的汪洋，收拢的翅膀鞭打着、拉扯着，如同被水浸透的船帆。突然，他朝北方一头栽下，一个完美的弧度衔接着一次笔直的俯冲，他高扬着翅膀，愈来愈小，彻底消失。

他是将自己从空中猛烈地喷射了下来，狠狠地射入了一片黑压压的树林，速度如此之快，火力如此之猛，他清晰的黑色轮廓亦虚化成为一束灰光,一缕烟云。整片天空也仿佛被他拉扯,随他倾覆。这就是终结了。这就是死亡了。什么都没有了。不可能再有什么了。暮色早早降临,几近漆黑的微茫之中,恐惧的鸽子无声落下,栖息在血迹与残羽覆盖的林间小道上。

12 月 17 日

太阳低矮而炫目,南方如极地般耀眼。北风刺骨。夜晚的白霜尚未化去,于草地之上,白如盐粒,于清晨阳光之下,脆而易碎。

那只雌隼尝试性地迎风飞起,盘旋于白茫茫的田野上空。空气还不够温暖,尚不适合高飞翱翔,至少要再等待一个小时吧。而那之前,她只是在打发时间罢了。她漫无目的地徘徊着,从一棵树闲晃到另一棵树。你几乎能感受到一只鹰的无聊:她已经洗过澡,梳理完毕,既不饥饿也不困倦,她似乎只是在消磨时间,平白惹出一些事端,仅仅是为了找些事做。

这个清晨有些诡异,如幽灵一般,异常的纯净、新鲜。结霜的田野寂静无声。太阳毫无温度可言。白霜化去的干草地闻上去有一股草垛的味道。金鸻在附近轻柔地呼叫着。一只黍鹀唱起歌来。北风利如冰碴，吹透树篱的格栅，冲破荆棘的缝隙。一只丘鹬嗖地从水沟的黑暗中腾起，飞入刺眼的光亮。几次深重而急促的振翅过后，它轻拍羽翼，向北飞去。游隼追了上去，慢悠悠地，好似漠不关心。她没有回来，我便朝河边走去了。

中午时，她从柳树林间飞起，向上飘入风中。偶尔滑行，偶尔用翅尖轻轻划着圆圈，但划动的速度极快，好像它们只是在风中震颤而已。她已然从太阳逐渐上升的温度中知晓：可以翱翔了。她一路都在细细感受着空气微妙的变化，直到发现第一股上升的热气流。她非常缓慢地滑翔在一棵枯橡树上空，然后张开翅膀和尾羽，顺风转弯，于空中划出一道道宽广的弧形，向南飘荡而来，盘旋在我上方一百英尺的空中。她长而有力的头部就像一柄钩状的长矛，耀眼地闪过芦苇荡；在她审视下方的田野时，缓慢地随目光转动。脸颊上两道深褐色的髭纹在阳光下愈显光泽，它们延伸至鸟喙两侧，仿佛两道擦亮的皮革。巨大的黑色眼睛和眼前裸露的小片白色皮肤，闪烁着黑与白交织的光，有如湿润的燧石。低斜的阳光将鹰包裹着，在她身上绘出了迷人的画作：山毛榉落叶的红铜色与斑驳锈色，潮湿泥土的鲜亮褐色……她是一只体形健硕、翅膀宽广的鹰，无疑是一只雌隼。她如鵟[1]般展开修长的羽翼，让上升的热气流顺势将自己举起——那是从正在融化的冰霜、从阳光普照的田野里升起的热气流。当她紧绷肌肉急速转弯时，我几乎能听见空气从她身上唰一下掠过的撕裂声。

她迅速向南盘旋而去，盘旋的半径也变小许多。我还在担心阳光太过晃眼，我恐怕会跟丢她，她已然高高升起越过了太阳。她飞得更快了，滑行、振翅、不规则地改变着方向。有时，她交替向左右盘旋，有时又只朝单一方向顺时针盘旋。左右交替盘旋时，她总是专注地看向圆圈内部或下方；朝单一方向盘旋时，她会看向外部或直视前方。她侧着身体，于空中划过一道道倾斜的曲线。在农场建筑的屋顶上方，热气流上升得更快些，她趁势如抽水般快速猛推翅膀，陡直滑翔上升，就这样

---

[1] 鵟（buzzard）：鹰科鵟属鸟类统称，是一类中等体形的猛禽。——编者注

攀升到了一千英尺的高空中,并缓缓朝东南方飘去。然后,她停止了转圈。她飘浮于天空洁白的表层,在快要到达树林上空时,再次开始盘旋,在一千英尺高度之上又攀升了五百英尺,几乎要消失于高远的薄雾之中。好在她并没有真的消失。她突然滑行向北,好似匆忙逃离似的,偶尔慌乱地拍打几下翅膀,速度如此之快,不到一分钟已飞越了一英里,从南方林地上空横掠至河流上方,沿溪流的曲线一路飙飞,直到一头刺入地平线,惊起鸥群如白烟喷散。这一整段长长的飞行——覆盖了整整三英里河谷,她始终飞得如此之高如此之快,望远镜的取景框根本无法同时装下她和大地,即便我距离她已是如此遥远。我只能看见她映衬在天空之上,而要追查她的方位,我只有不断降低望远镜的角度至三十到四十度角之间,以辨认下方的地标。她已完完全全与太阳,与风,与高空的纯净融为一体了。

我走到她曾短暂下降的地方,那儿的鸟群仍处在惊恐不安之中。鸥沿河谷的边缘盘旋往返;麦鸡从东方飞来,又快速飞离。雌隼向河口飞去,如星辰一般遥远,我只能看见一枚紫色的小点,从天空的冰霜与烈焰中燃过，忽明忽灭，遁入微茫。

12 月 18 日

东风悄无声息地将白霜呼上了草地、树林和沉寂水面的边缘，太阳也没能将它融化。阳光耀眼，从钴蓝色高空照射下来，穿过淡淡紫罗兰色的空气，直至冰冷而苍白的地平线。

水库在阳光下闪闪发光，静如冰面，却被鸭子泛起涟漪。十只秋沙鸭从水中飞起，溅起晶莹的泡沫，华丽地升入空中。它们全都是公鸭，拥有修长的红色鸟喙、光亮的绿色脑袋和细长拉伸的脖颈。翅膀的黑与白之下，是它们沉重、精瘦、状如炸弹的身躯。它们无疑是鸭中之皇，悠远长空中，如帝王般雍容、华贵。

平静水面上不断传来鹊鸭扑打翅膀的嘶嘶声。它们不飞的时候，雄性鹊鸭便会用鼻腔发出一声声"ung-ick"，一种尖细、刺耳的声音，同时摇晃起它们有着沉重腭骨的深色脑袋，明黄色的眼睛在阳光下疯狂地眨动。骨顶鸡挤作一团，像一盘子滨螺。雄性斑头秋沙鸭有着一身魅影般迷人的北极之白，其上缠绕着稀疏的黑色纹理，它们沉入水中，就如碎裂的浮冰；飞上天空，便如纷纷扬扬的白雪。

我没有看见游隼，虽然他从未远离。我发现了一只红嘴鸥的尸体，它是今早刚被杀死的；仍然潮湿，鲜血未干。只有头部、翅膀和腿部是完整的，其他部位的骨头都被剔去了血肉。剩余的这点残骸闻上去仍然新鲜、甜美，像捣碎的生牛肉混着菠萝。这是颇让人有食欲的味道，不带一点儿恶臭或鱼腥味。如果我当时饿了的话，真有可能吃掉它。

12 月 20 日

下午，薄雾消散，阳光弥漫。一只苍鹭飞向溪畔枝头，长腿伸展向下，慢悠悠地在空中蹬踏着，像是一个人正顺着阁楼的活板门向下爬去，用双脚摸索着梯子。他触踏着最顶端的枝杈，用他如蜘蛛腿般细长的脚趾笨拙地摸索着四周，然后慢慢落稳，以长腿为支柱，弓身蜷起，像一把破旧的阳伞。

我走在南方林地的边缘，小鸫鸣叫起来。空气宁谧，鸟儿们在霜冻刚刚融化的田野里觅食。欧歌鸫来回跳跃着，用鸟喙狠狠叉出泥土表层的虫子。欧歌鸫这种鸟，身上有某种非常冷酷的东西，它们永无休止地聆听、戳刺着草地，目光专注，却也盲目。一只黄色鸟喙的雄性欧乌鸫盯着前方，番红花色的眼珠瞪得圆鼓鼓的，像一个疯癫的清教徒嘴里咬着一根香蕉。我走进了树林。

枯叶上结满了霜，踩上去更脆了。山雀的窸窣耳语吞食着静寂，那是它们在高高的枝头上觅食。一只戴菊飞过，化作幽暗林木间一道一闪而过的绿光。它头顶的花纹，好似一片薄薄的金色叶子；眼睛大而明亮，谨慎扫视着每一寸树枝，然后才决定该往哪边跳。它正熟练地捕捉着昆虫，蹦蹦跳跳，不知疲倦。它靠近时，我能听见它尖细如冰针的叫声，竟是出人意料的热烈，只是它一远去，这声音也很快消失不见了。一只雉鸡突然从欧洲蕨丛中飞出，掠过树梢，疾速蹿入空中，像一根紧绷的橡皮圈猛然松绑，瞬间弹出，震颤不已。

光线照耀进森林的谷底，有如静止的湖水。白桦林好似一片白茫的迷雾。一只燕雀鸣叫起来，上下摆动、轻拍着尾羽。那是一种夹带着鼻音的刺耳的"eez-eet"。他的下体是橙与白的交织；热烈得发光的橙，仿佛落日映照在银色的白桦树皮上。朱顶雀蹦蹦跳跳着从它们那尖锐而急促的颤音中飞出，倒挂于白桦树枝上，对准桦树芽深深一啄，又弹飞而去。一只白眉歌鸫轻快地穿梭林间，眼周的枯草色条纹围出了丹凤眼的形状，羽翼上的红色斑纹，仿佛涂抹的鲜血。

斑尾林鸽，这贪吃而单纯的造物，从每一条冰冻的犁沟中飞起，好似冬日呼出的灰色气息。它们早早飞去了夜栖地，只因低矮的阳光早早燃烧了起来，当它们下降飞入树梢时，身体被夕阳染上的灿烂的金已缓缓熄灭，衰退为黯淡的紫。太阳终是落了下去，鸟群和明朗天空的边沿都只留下一圈紫红色的微光。鹰常会追逐着斑尾林鸽的鸟群，就像从前印第安人追赶着水牛群，就像狮子追逐着斑马。斑尾林鸽就是鹰的小牛。

绿头鸭沿树林的边界飞往湖畔。我从望远镜中望向它们，这才在今天第一次看见鹰。一只雌性游隼，盘旋得非常之高远，在渐渐衰弱的微光中振翅、滑翔。她朝我所在的方向猛冲而来,如眼中瞳孔从白昼的灿烂骤入日暮的余晖般迅速扩大。先是如百灵一般大小,然后是松鸦、乌鸦的个头,现在是一只绿头鸭那么大了。而那群真正的绿头鸭则仓皇四散,飞扑向上。鹰从它们中间俯冲而下,又立刻摆荡向上,再次穿过天际,就这样凭借着俯冲的动力,在鸭群中上下来回旋绕着。然后,她猛地撞向一只绿头鸭。空中飘散下几根羽毛。它们扭打在一起,一同滑翔至小树林上方,后又斜扫向下,跌入白霜覆盖的林间小路。绿头鸭群继续沿树林的边界飞往湖畔。什么都没有改变,虽然它们中的一只已然离去。

沿山丘陡峭的斜坡向上望去,一群田鸫正高高飞往夜栖地。天色已近乎全黑。高大、灰白的松树拥有一种瘦骨嶙峋的安详。它们高高耸立于山顶的天际线上,给人一种幻觉,仿佛越过它们,一定会有峡谷,有迷雾,然后……然后便什么也没有了。寂静挂满了树枝。空气冰冷,带着一股金属的味道。雄隼滑翔至树间,就像一个暗影。他鸣叫了一声:这声音如此凿凿,像是宣告着某种终结,如铁闸门拉下时的铿锵。他发光的眼睛渐渐眯起,被睡意笼罩。他羽毛蓬松,看上去毫无危险,柔软得令人想拥他入怀。只有那双装甲的脚和带弯钩的脚趾尚未放松。它们此生都不会放松。

12 月 21 日

斑尾林鸽聚集在河流与小溪间那片宽阔的田野上。一百只绿头鸭穿过盘绕空中的麦鸡和鸥,向上飞去。在那一大片嘶嘶作响、混沌得分不清是烟雾还是翅膀之中的某个地方,杓鹬的鸣叫响起,又逐渐模糊消散。平静而晴朗的高空中,那只雄性游隼向东翱翔而去。薄雾从云端缓缓飘荡下来。

溪畔的树林里挤满了斑尾林鸽,远观如同一层灰色的苔藓。整整一个小时,没有一只飞起,有些甚至藏了更长时间。这片林子所有的树木,从南到北,都塞满了斑尾林鸽。事实上,远不止这片树林。它们排排静坐于树篱上,它们沉沉簇拥在山坡上的果园里,还有更高处的山林中——一直蔓延到山脊线——到处都是灰茫茫的拥挤在一起的斑尾林鸽。只有极其可怕且致命的鹰,才能做到仅仅是在它们头顶翱翔,便能将三千只斑尾林鸽驱逐出田野,并且整整一小时都害怕得不敢飞起。

我等待在小桥边。鸟群缄默。无风。太阳透过薄雾隐约闪耀着,仿佛一颗燃烧的月亮。我也躲进了我自己的沉寂。一点以后,风从北方刮来,天空也清朗了不少。一群麦鸡从南方林地上空掠过,低低飞过田野。是时候离开了,我想。我爬上那片山坡,在树林里搜寻着鹰的踪迹。宽阔的牧场向下倾斜,一路绵延至南方林地的高地林区;遥远的那一头,矗立着一棵孤单的小橡树,靠近树顶的一根树枝上有个轻微不自然的凸起。我从望远镜里望去,才发现这凸起正是一只游隼。他正在休息,卸下了防备,蜷缩作一团,好似一只猫头鹰。薄雾已散。风吹来了第一片小小的薄云。鹰抬头凝视天空,也凝视着这冰冷而清澈的午后光线。冬日的这个时候,在清冷而变幻莫测的微光里,你能清晰地看见光线在燃烧、剥落,如雪花般纷纷扬扬,向西坠落。你会忽然产生一种"太迟了"的感慨,而我肯定,鹰也有同感。他伸展羽翼,活动筋骨,终于在一点四十五分从树上飞起,翅膀高高扬起,脑袋急切前伸。

在农场建筑物上方,他发现了暖空气,并开始随之上升。整整二十分钟,我看着他在狭窄的树林河谷以及更远处的山坡上捕猎。他以一种复杂的图案移动着,那是一个个小而交叉的圆圈,就像锁链,而他如针线,交替向左、右穿梭着。每个圆圈进行到三分之一处,他都会急促而深重地拍打几下翅膀,节奏拿捏得明确而充满活力,然后双翼轻弹停摆,连成一线,随着他的绕圈滑翔而缓缓抬升。圆圈走到收尾处,翅膀已高举至背部,而他也准备好迎接下一轮振翅了。滑翔时的速度比振翅时要快一些。这些圆圈是那么完整、优美而平滑。

如此盘旋至八百英尺高度时,他停止了攀升,而后又继续以那复杂的盘旋之姿,仔细周密地穿越过河谷。松鸦和鸽子飞起了,但地面上其实并没有真正的恐慌。我身后的果园里,欧乌鸫叫嚷了足足有半小时。树林的南面是一面斜坡,背风,低斜的阳光铺洒了一地。就在这斜坡上空,鹰突然高高攀升,并拉长了盘旋的弧线,开始以更大半径的圆弧转弯、摆荡,就这样向南飘荡而去,直至一千英尺高度,才又顺风缓缓滑翔。在开阔的草地上空,他发现了另一股上升的热气流,随即卷入其中,随之上升,直至极其高远的高空,直至他的身影非常渺小。但他没有就此消失。在那辽远的苍穹上，他再次轻柔地倾斜向下，缓缓下滑至天际线的边沿，然后是又一次的陡直升起。他快速振翅，螺旋向上，姿势与节奏几乎能将人催眠，修长的羽翼仿佛永不知疲倦。他蜿蜒掠过山峦的尖峰，渐渐变小，在山的另一边缓缓下降。我与他之间越来越远的距离，在那一瞬间，彻底将他湮灭了。他离开了这片蓝色的天空，而他渐行渐远的曲线里，还满溢着力量、精准、柔韧与强健。

12月22日

白昼最短的一天：枯燥，寒冷。阳光只在黄昏前有过一阵突然而短暂的闪耀。溪畔躺着几只猎物：杓鹬、麦鸡、斑尾林鸽、寒鸦和两只红嘴鸥。下午一点，雄隼一次又一次向一只鸥发起俯冲，但鸥反应敏捷，快速闪避着。我看着鹰以一个个仓促且半途而废的"J"字形猛冲，从小山的北坡降了下去。之后便再没看见他了。

日落后很久，我还等待在山坡上，想着游隼。很少有游隼会前来英格兰越冬了，在这儿筑巢的就更少了。

十年前，甚至五年前，情况还大不一样。那时，几乎每年冬天都能看见游隼：在北肯特郡的湿地上，从克利夫一直到谢佩岛；在梅德韦河谷；从科恩河谷的人工湖链到米德尔塞克斯贫瘠的平原；沿泰晤士河从伦敦到牛津，甚至更远；在伯克郡和威尔特郡那些开阔的丘陵地带；奇尔特山沿线；在科茨沃尔德高耸的丘陵与深陷的河谷中；在特伦特河、尼尼河与乌斯河宽阔的冲积平原上；在那些沼泽湖群，在干旱的布雷克兰，在沃什湾的海滩沿岸；沿东海岸从泰晤士河一路到亨伯河……这些都是游隼传统的越冬地点，一代又一代的游隼曾将它们牢记心中，每年都会重返故土。然而现在，那些地方都荒芜了。没有后代会去往那里了。古老的鹰巢已濒临绝迹，世代相传的血统已一去不复返。

这里往西大约八十英里处，大地绵延升起，直抵牛津北部，而后又继续上升。远山渐显，在漫长地平线上延展；大地涌起，仿佛冻结的绿色巨浪，高悬于塞文河平原之上。科茨沃尔德的独特，在于它的空气和岩石，那是某种极其冷酷，同时又非常纯净的东西。我记得那些冬日山岭上的游隼，他们就栖息在如波浪般起伏的石灰岩壁上，在愈发浓重的暮色中闪烁着微光。直到周围所有荒野早已是漆黑一片，那微光依旧闪动，明明灭灭，仿佛那些蜂蜜色的岩石深处燃有零星微茫的烛火，随时都有可能熄灭。游隼如纹章般高高站立在山毛榉的树顶，望着被山毛榉淹没的地平线，望着被这地平线环绕起的冬日天空——广袤浩瀚的科茨沃尔德的天空，飞扬着成群的鸻，遮天蔽日，犹如地球表面飞散的碎屑。科茨沃尔德是属于它自己的地方，离群、孤僻，有着属于它自己的光线、寒冷、天空和云的王国。没有合适的言语能将它描述。我记得曾经跟随一只游隼闯入一片河谷，那天也是这样一个雾天。远山冰冷，风虽不猛烈，却好似永无止境，将一片片温柔的细冰拂上我的脸庞。但当我骑车一路向下，进入陡峭的河谷时，我陷入了一片从未敢想象的酷寒之中。一层层寒冰扑碎在我已然冻僵的脸上，空气带着一股铁的味道，坚硬且毫不留情，我仿佛在向下穿越冰冷无尽的深海。回想起那些冬日，我满怀眷恋与怀旧。冰封的田野上，还曾闪耀过敌对交战、势不两立的鹰。令人悲伤的是，那些日子再不会有了。

南方的白垩悬崖[1]，蓝色轻烟般的天空，围着太阳缭绕，冰冷的东北风又起。但在悬崖的背风处，空气却如热帆布一般闷热、窒息。强风席卷过大地，又咆哮着冲向大海，将海浪掀翻、撕碎成泡沫。海洋仿佛一面冷绿色的水墙，其上浮荡着翡翠绿与青草绿，点缀着深蓝如釉彩般的纹理，至远海又幻化作紫水晶与大块紫色的烟雾。石子海滩上满是纷飞的绿色泡沫，白色浪花嘶嘶作响，奔流倾覆。

我爬过白垩巨石和光滑的礁石，蹒跚穿过一片坚固、原始、清凉、由海浪塑成的沙地。寒鸦和银鸥在悬崖顶上喧哗。一只石鹨清澈的、带有金属质感的歌声缓缓沿崖壁飘荡下来。潮汐退去。白昼更加炎热而沉闷。狂风于海面上空两百英尺处隆隆作响，震颤不休。白色悬崖仿佛要被太阳晒焦似的，反射着光与热，令人目眩。我的双眼因不断尝试熄灭白垩那刺眼的亮白色，而倍感酸痛。下午三点，我已经放弃所有找到鹰的希望了，但就在这时，从港口前最后一座高高的防御堤背后

---

[1] 英格兰南部的海岸大多是白垩悬崖（Chalk Cliffs）。

飞出了一只雄性游隼。他冷冷地游荡向大海,顺风滑行、翱翔,直到被太阳灿烂的烟霞所遮蔽。我向悬崖走去。那只雌性游隼也忽然从悬崖顶部一块突起的岩石上飞出,向着雄隼高高飞去。他们一起高升,遁入遥远的天际。

那之后几天,我又见过他们多次。他们筑有窝巢,但既没有产蛋也没有幼鸟。他们每天只是蹲坐在悬崖上,要不就是在海面上空翱翔。捕猎都是在内陆地区进行的,在每天很早和很晚的时候,每次用时也不长。他们似乎厌倦了,枯竭了。他们是没有意义的。

他们的上半身,是大海最深沉的蓝;下半身,像阴影里的白垩,还粘着泥污的黄。在悬崖与浅滩上方湍流的空气里,他们能一直翱翔数小时之久——或许是为了将入侵者诱离他们的巢穴吧。当他们慵懒地飘荡在波光粼粼的海峡上时,他们近乎隐形,你是找不到他们的,哪怕用上放大六十倍的望远镜,哪怕身处最为纯净的夏日天空之下。他们从不歌唱。他们的鸣叫声粗粝而丑陋。但是,他们的翱翔就是一场永无止境的无声歌唱啊。他们还能够做些什么呢?他们现在是海洋之鹰了,他们在陆地上已了无牵挂。肮脏的毒药在他们身体里燃烧，像一根潜藏的导火线。他们的生命是一场孤单的死亡，再不可能重新来过了。他们如今所能做的一切，就是将他们的荣耀带向天空。他们是这家族最后的残喘了。

12月23日

雾天。明亮的白昼一寸寸从光明中隐退。姬鹬摇摇摆摆，从静滞的池塘边缘飞起。池塘里高高长满了成簇的芦苇，边缘还结了一层薄薄的暗冰。姬鹬一边微弱地呼喊着，一边有气无力、断断续续地扑腾着翅膀——它们犹豫着该不该飞起，最后还是草草下降，寻找隐蔽处，好像羸弱得再也飞不动了。我没能再次将它们惊起。沙锥一闪而过，如骤燃的火球，转瞬间便已离去。姬鹬缓慢地燃烧，闪烁，缓缓熄灭。

溪畔，一只白腰草鹬笔直上飞，从我头顶低低扑飞而过，翅膀僵硬、生涩，如蜻蜓般飘忽不定，白色胸膛在黑色羽翼间显得格外闪耀。它和鸫一般大小，纤瘦，看上去也很虚弱，却像节日的彩带拉炮般一冲而出。它们总是飞得这般急促，如锯齿般参差不齐，但这种急冲、闪避并非出于害怕，只是它们的天性使然。

北方林地一片安静。我看着一只旋木雀觅食。他下弯的鸟喙如鹰喙一般凶残，是尖细的利爪，危险的荆棘。他绕着一棵树的树干向上爬去，然后又斜飞至另一棵树的底部继续攀爬，就这样由东向西横切过树林，不放过任何一棵树，也不重复攀爬同一棵树。你只有在观察他很长一段时间后才能发现，他竟是这般的有系统、有条理。他或许略过了一些树，但最后总会一一找回它们。他垂直骑跨在树干上，两只脚爪如大蜘蛛般张开，向上移动的样子好似蛙跳。他是在树皮的缝隙中拣拾、凿挖昆虫，而那缝隙也被他闪闪发光的蛋白色胸脯所照亮。他的鸟喙是专为精细的探查而设计的，但他同样可以用它来挖凿、锤打，甚至可以在飞行时用它捕捉昆虫。他是用眼睛和耳朵来捕猎的，不是紧盯着树皮，就是将脑袋斜倚，倾听其间的动静。攀树时，他会将坚硬的尾羽抵在树干上，支撑起垂直爬升的身体重量，但也并非一定如此，尾部和树皮间也常常留有一到两英寸的间隙。他能侧向行走，也能倒立行走，就像普通䴓[1]那样。遇到树枝挡道，他也会犹豫一番，斜着脑袋，轮流检视过每一根树枝，才决定前进的方向。他的叫声尖锐而高亢，极具穿透力。他的下体接近纯白色，淡淡分布着一点儿绿，像新鲜去皮的洋葱。翅膀上的斑纹好似褪色的飞蛾，又像树皮，是一种灰与褐与浅黄的混合，仿佛拥有了树木的褶皱与裂纹、光亮与阴影。他在阳光下银光闪闪，像一只光洁的水鼩。也恰似一只水鼩，当一只红隼飞过，他迅速地藏入了一片沉寂。

光线移动至树林的边缘，然后缓缓漫过黄昏的田野。一只灰林鸮鸣叫起来，叫声从树林漆黑的心脏地带传至我耳中。这是一声深深的叹息：他张大鸟喙，进入长长的屏息停顿——直到再无法忍受，颤抖而空洞的歌声一泻而出。这歌声一路穿透树林飘至溪畔仍有回响，仿佛一举冲破了空气冰封的结界。我望着西方天空那些复杂而迷人的光线。一只苍鹭，一个昏黄天空中的黑色

---

[1] 䴓（nuthatch）：䴓能在树上倒立移动，是唯一一类能够头朝下尾朝上、长距离向下爬树的鸟类。

剪影，裁切出的弯曲脖颈与匕首般锋利的鸟喙，无声扫掠而下，落入溪流黑色的深渊。天空沉浸在灿烂的晚霞之中。

游隼滑翔着，温柔地穿过薄暮；翅膀的无声安抚，令暮色都安静下来。他搜寻着身下鸟类眼睛发出的微光，正好看见丘鹬明亮如星辰的瞳孔，从沼泽地上仰望着天空。他向后高举起翅膀，俯冲直向那颗明亮的星。丘鹬飞起，在鹰利刃似的身影下扭曲、颤抖，奋力逃离，但很快又被追上，紧接着一个劈砍，砰的一声重重坠地，几乎摔扁了。鹰着陆，踩在它渐渐松软下来的身躯上，用鸟喙紧咬住它的脖颈。我听见骨头崩裂的声音，像钳子拧断铁丝网。他轻推死去的鸟儿，将它翻了个身，丘鹬的翅膀也跟着翻转过来，身躯仰面朝天。我听见撕扯羽毛的声音，还有血肉的拉拽，软骨的撕裂与绷断。我还能看见黑色的血从鹰喙锋利的闪光中滴落。我走出黑压压的树林，走到树影稀疏的地方。鹰觉察到了动静，抬头观望。他白色裸肤环绕的眼睛在暮色中格外圆睁。我蹑手蹑脚，又挪近了些，跪在湿漉漉的沼泽地上。薄冰碎裂，嘎吱作响。日暮的微光中，白霜正缓缓凝结。

他低头撕扯猎物。他又抬头。我们之间只相隔了四码，但还是太远了，我们之间隔着的是一千英尺冰裂缝般深邃而无法跨越的距离。我像一只受伤的鸟儿，拖拽着自己的身躯，踉跄挣扎，四肢绵软。而他只是看着我，转动着脑袋，轮流用左、右眼看着我。一只水獭尖叫起来。有什么东西噼里啪啦掉进了冰寒刺骨的溪水。鹰在好奇与恐惧之间的微妙地带徘徊着，已是箭在弦上。他在想些什么呢？他真的在思考吗？这对他来说是全新的体验。他全然不知我究竟是如何到达那里的。我慢慢地遮住了自己苍白的脸。他并不害怕。他凝视着我眼中的白色闪光。他无法理解它们断断续续的闪烁。如果我能阻止它们的闪动，他会愿意停留吗？然而我无法阻止啊。一阵翅膀的扑动，他飞入漆黑树林间。猫头鹰鸣叫起来。我站在他的猎物上方，浸血的薄冰反射着星光。

12 月 24 日

东风凛冽，万物也好似变得坚硬，白昼仿佛一块无瑕的水晶。一缕缕阳光飘浮于大地之上，空气清透，一种无情的清透——坚固、悠扬、冰冷、纯净而疏离——如亡者的脸。

小溪附近,一只苍鹭躺在冰冻的麦茬地里。它的翅膀已结满白霜,上下喙也冻结在一起了。眼睛张开着,就像还活着似的,而身体的其他部分都已死去。所有的一切都已死去了,除却对人类的恐惧。我走近了些。我能看出它的整个身体都渴望着飞翔。但它再也不能飞翔了。我给了它安宁。我看着它眼中痛苦的阳光逐渐被云朵治愈。

对野生动物而言,没有任何一种痛苦,任何一种死亡,比它对人类的恐惧还要可怕。一只红喉潜鸟,浑身湿透,遍体油污,只有脑袋还能动弹,如同一块木头在潮水中漂流,但如果你向它伸出手去,它会用鸟喙极力将自己推离海堤。一只中毒的乌鸦,张大嘴巴,绝望地在草地上挣扎着,明黄色的泡沫从它喉咙里不断涌出,但如果你试图抓住它,它会一次又一次地将自己掷向空中,哪怕是一次又一次地狠狠摔落。一只野兔,因多发性黏液瘤而身体肿胀,散发着恶臭,只有脉搏还在骨头与皮毛组成的大肿泡里抽搐着,即便如此它也能察觉到你脚步的震颤，也会用它那膨胀失明的眼睛寻找你，然后竭尽全力将自己拖入灌木丛，因恐惧而战栗不止。

我们都是捕杀者。我们浑身都是死亡的恶臭。我们携带着它。它紧紧黏附着我们，如霜凝结。我们是无法摆脱它了。

中午，游隼高高翱翔于小山上方，麦鸡群盘旋着飘荡过天际。它们是今天上午刚从东南方迁徙而来的，而鹰已高高升起前去"迎接"了。他俯冲而下。一只斑尾林鸽从天空坠落，像早已死去似的，张开翅膀，砰的一声重重着陆，喷溅起一地冰冻的泥土。他在那儿待了足足有十分钟，张大鸟喙，仰望着天空，周身散发出紫色与灰色相交的微光，好似一棵花椰菜，生长在白色的田野上。

我向下走进林木幽深的狭窄溪谷。榉树和角树过滤了刺眼的阳光。陡坡上，结霜融化之处，有许多鸟儿正在觅食。丘鹬从溪边的荆棘丛中蹿挤出来。空气中似有似无弥漫着翅膀的喘息。一小片雾气从斑驳的阳光中一闪而过，像是高处某个东西飞过的阴影。距离我三十码处，透过繁茂的树林，我看清了它。它一跃而上，栖坐在一株橡树的枝头。那是一只雀鹰。那一刻我所感受到的欢愉，足以享用终生了，虽然记忆的颜色会慢慢褪去，犹如玻璃柜里一只鸟类标本的羽毛。从单筒望远镜里望去，我的眼睛与这小小的鹰的脑袋是如此接近，简直不可思议。它的脑袋，从比例上看，与山鹑或公鸡很相似；顶冠圆润，羽毛油亮，背部轻微拱起，弧度优美而平滑。鸟喙下弯，看上去就像是被用力推挤进脸上似的。灰与褐混杂的羽毛上布满浅黄色的条纹与花斑，它们在树皮或者阳光铺洒的斑驳树冠里，是很好的伪装。它降落树枝后，身体微向前屈，伸长脖颈，四下观望，脑袋迅速而灵活地左右转动着，突进、猛抽。对它那小巧的，甚至有些扁平的头部而言，它的眼睛可谓巨大：小而漆黑的瞳孔周围，环绕着一圈宽大的黄色虹膜，它们是一片熊熊燃烧的空茫，一种极端恐怖而疯狂的炽焰之黄，狂烈、沸腾，一如硫黄色的火山口。在树林昏暗的光线里，它们幽幽闪烁着，又仿佛凝固的黄色血液。

耀眼的疯狂逐渐褪去。鹰放松下来，开始梳理羽毛。然后，这双眼又一次被点燃了。它从枝头轻盈飞下，掠过树林，飞向东方。它高升又下坠，跟随地表的轮廓高低，紧贴角树林的起伏曲线，在高高的橡树间转弯、摇摆。它没有滑翔，而是快速地拍打着翅膀，快速而深重，却又非常安静，像一只猫头鹰，用初级飞羽的尖端轻轻弹点着空气。斑尾林鸽埋头寻找橡树果和榛子，没有注意鹰的到来，直至它从树上一跃扑至它们跟前。它们挣扎、反抗，但它们是赤手空拳又肥胖安逸的生物，根本无法与鹰的残忍利爪相抗衡。很快，它们就被压倒在地，被猛烈撕扯着的鸟喙处决了。

雀鹰潜伏在幽暗里——真正的幽暗里，拂晓之前的幽暗里，榉树和角树那灰尘深厚、结满蛛网的幽暗里，冷杉与落叶松那沉重而阴郁的幽暗里。它会藏入一棵树，就像是被扔在那儿很久了似的，让我想到我曾为了打栗子而抛上栗树的那些小枯枝。忽然，一根枯枝卡在了树枝间，然后便再也找不到了，你对此毫无办法。那只雀鹰也是如此吧：你看见它飞上了树梢，但你看不见它离去。你已经失去它了。

我在下午三点走出树林，发现游隼正盘旋于小溪上空，缓缓向西飘去。他的背部和翼覆羽在阳光下闪闪发光，仿佛被层层叠叠的坚硬壳质所覆盖；它们在他蓝黑色的初级飞羽间隐隐闪烁着,又似一件红金色的锁子甲。

　　夕阳西下,冷空气从地面升起,天光变得更加清亮灼目。南方天际逐渐由深蓝转为淡紫罗兰,然后是紫,最后稀释为薄薄的灰。风也渐渐停止了,凝固的空气开始结冰。东方坚挺的山脊已是一片漆黑,但还留有雾气微茫,像葡萄皮上的白灰。西方的天空短暂而剧烈地燃烧着。晚霞那悠长、冰冷的琥珀色上,月亮投下了斑驳的阴影。四周田野的残光之中,藏有某种野性的神秘,仿佛冻僵的肌肉将在黎明时分苏醒、复活。一股强烈的冲动驱使我躺下,躺在这令人麻木的浓稠的寂静里,好陪伴、宽慰那些在冬至的寒冷深渊里一步步走向死亡的生命:它们逃离了天空中的游隼,逃离了漆黑树林里的雀鹰,逃离了狐狸、白鼬、黄鼠狼,现在正奔跑在冰冻的田野上,逃离溪流薄冰下的水獭。它们的鲜血正从穷追不舍的浓雾中流下,它们脆弱的心脏正在浓雾握紧的利爪中痛苦哽窒。

12月27日

南方林地已是积雪深厚。雪中，树林愈显漆黑、干硬，鸟儿的细微声响也被积雪覆没了，只有小树枝在风中嘎吱作响，在神秘的光线里瑟瑟摇曳。一只雀鹰的呼叫拉响了警报。那是一声带鼻音的高亢鸣叫，像急促、尖锐的猫叫，又像一只夜鹰的歌声，只是被提速播放了出来。它忽高忽低，渐渐模糊、凋零、衰退，最后幽咽着消失了。沉寂再次笼罩。

那只雀鹰从树上轻轻飞出，弹去身上轻碎的雪尘，飞入林间小道，在一处隐蔽的斜坡后方下降浸入小溪。阳光已融化了那儿的积雪，有许多鸟儿在枯烂的落叶上觅食。忽然，所有的鸟儿都仓皇飞起，那只雄性游隼从一棵高树上俯冲下来。他什么也没有击中。雀鹰继续向前飞去，显然没有意识到他所面临的危险。游隼转身，直击雀鹰。雀鹰这才恍然大悟似的，翅膀猛烈撕扯着空气，强行冲进了树林的庇护。游隼紧随其后。角树林的静默霎时被一阵狂野的翅膀的喘息打破。游隼占据着树顶较为宽大的区域，雀鹰则穿梭在枝叶更为繁密的低处；游隼的速度更快，雀鹰却更灵敏。当雀鹰停落时，游隼也跟着照做了。他们在积雪覆盖的幽暗中凝视着彼此，雀鹰那橘黄色环绕的双眼向上，望着游隼那暗白色环绕的褐色瞳孔。鹰的眼睛，犹如遥远的野火，灼灼闪耀。他们是如此沉浸于这场罕见的战斗，以至于完全忽视了我的存在。

接下来的整整十分钟，他们势均力敌，在荆棘、桦树和角树间无休止地穿梭、巡回着。游隼不会冒险在这样狭窄的地方俯冲，所以只要还身处树林的掩护，雀鹰就算安全。然而他自己并不知晓这一点。只要游隼还在他的头顶飞翔，他是无论如何也感受不到半点安全的。突然，他猛冲出小树林，企图穿过开阔的田野，逃离这里。然而游隼立刻从树梢的高度俯冲而下，雀鹰还没飞出一百码，就被游隼给抓住了。游隼携带着他的猎物，降落至雪地上。

我后来又见到了他。他已经是一只成年公雀鹰了。他灰色的翅膀平摊在闪闪发光的淡黄色骨头旁，仿佛山毛榉剥落的树皮，片片掉落在剥光的柳条旁。虎纹似的胸口羽毛，暮色般铺散一地。

12 月 29 日

田野覆盖着三英寸厚的积雪,微微闪烁着清晨无力的阳光。许多鸟儿都离去了,或者,是寒冬令它们沉默了。空气荒凉、紧绷,没有一丝缓和或宽慰的迹象。

一只寒鸦在小路旁一棵树上蹦蹦跳跳,从一根树枝跳跃至另一根树枝,无休止地叫嚷着"chak, chak",一种又硬又脆的声音,像两块木头相撞——而这意味着,他看见了一只鹰。我沿积雪的小路向溪畔走去,那只雄性游隼从小桥旁一棵树上飞出,径直向我飞来,然后高高越过我头顶,环顾四周。这是第一次,我意识到他或许是在河谷里等待我的到来。我长久以来行为的可预见性,或许已使他对我更加好奇,也更加信任了。他或许已将我同那些没完没了的猎物的骚动联系了起来,就像我也是鹰的其中一个种类。不过,雪中,我可能很难像之前那样接近他了。

雪地的耀眼白光映照在鹰的胸膛上,反射出一种淡淡的金色光辉,连同他颈翎上的深褐色与淡黄色羽毛都被这光辉深深笼罩。他的顶冠好似一轮浅黄色的月牙,镶嵌着迷人的象牙白与金黄色。白茫茫的雪地上，两百只蜷缩着的绿头鸭有如一大片黑色的污迹，斑尾林鸽和云雀则像零零散散的小块斑点。鹰俯视着大地。他看到了一切，但并没有发起攻击。他栖息在路旁一棵树上，背对着我，蹲伏的背影好似一颗芜菁甘蓝，又像一只巨大的铜铸甲虫。我慢慢走近他，他虽看不见我，但听见了我靴子发出的嘎吱声。他扭过头来。我看着他朝东方稳稳飞去，身影清晰地印刻在茫茫白雪之上，印刻在耀眼的蛋白色天空之上，只是一刹那，又消失在树林的黑色林线之下了。

这就是他飞翔的方式[1]：内侧羽翼向外伸展，和身体呈四十五度角，它们移动的幅度不大，只是在外侧羽翼收拢向内时，轻微推拉向前，当外侧翅膀再次向外伸去时，又轻微向后收起。外侧羽翼则以一种类似快速划桨的节奏，于空中扇击、环绕着，灵活而柔韧。没有哪两次振翅是完全相同的，其中存在着无穷无尽的可变因素：深度、速度、环绕的直径……有时，一边翅膀似乎

---

[1] 此处描述的是作者仰视时的视觉感受，也就是游隼飞翔时，翅膀由身体两侧向外伸展以及向内收拢的过程。

会比另一边拍击得更深些，使鹰偏离方向，或左右倾斜。高度也是永不恒定的：总会轻微上升或下降些。游隼这种鸟，有着不同寻常的力量和属于他自己的奇妙而独特的风格：他会用他那修长而呈锥形（翅膀后端宽粗而前端细窄）的羽翼作桨，凭借一次次自在的前摆和惬意的后拉，滑翔，摆荡，潇洒离去。

我一路追逐着他向东，但没能再次找到他。北方的雪云在深沉的蓝灰色天空中显得格外苍白，但也格外明亮、平滑，且一直高挂空中，不曾有分毫靠近。小树林一整日都回荡着枪声，黄昏时，甚至每一排树篱下都列满了猎枪。斑尾林鸽找不到食物，也得不到休息，有上千只已然飞去了北方，但还有上千只留了下来。几只虚弱的鸫在水沟中觅食，侧面望去，脖颈纤细，羽毛疏松，体态清瘦。两只瘦削憔悴的苍鹭站在小溪尚有流水的浅滩上，摇摇欲坠。溪畔，一弯冻结了的绿松石色的波浪，如一只翠鸟矗立于一块石头上，然后碎裂、坍塌下来，随溪流漂荡、蜿蜒而去。

我一直躲避着人类，而如今白雪已经降临，躲藏只会更加困难。一只野兔飞奔离去，双耳伏在背上——又大又显眼，真是可怜。我尽我所能地掩蔽着自己。这感觉就像生活在一个陌生的外国城市，而这城市正在经历一场暴动。永无止境的枪炮的轰鸣，永无止境的雪地里的跋涉。你产生了一种不愉快的猎物的恐惧——或者，这真的令我感到不愉快吗？如今，我已然和我追逐的那只鹰一样孤独了。

1月5日

道路两侧高高堆积着一个个高矮不一的雪柱，它们曾是路面上深达十尺的积雪。道路因结冰而起伏褶皱，虽不透明却很光亮，犹如冰冻的河流。红额金翅雀在雪光明亮的树篱间闪动，如花火一般鲜艳。鸥和乌鸦在白茫茫的田野上来回巡视，找寻被困的尸骸。低矮的云层之下，上百只斑尾林鸽穿过薄雾，朝东北方飞去。

中午时分，浅滩旁，一只欧乌鸫大声叫嚷起来，这还是我今天听见的第一声鸟叫。叫声突然停止——游隼正缓缓朝北，飞入薄雾之中。农场附近的抱子甘蓝地里，有两千只斑尾林鸽正在进食。每一株秆茎都被三四只鸟紧抱着，其他鸟便围聚在它们四周，或扑振翅膀，或安静地坐在雪地里等待。附近的田野里黑压压地挤满了正在休憩的鸽子，将白雪都完全遮盖。几次枪击过后，空中坠下许多鸟儿的尸体，它们地面上的同类也骤然沸腾起来，咆哮、轰鸣着升入天空。白色天空瞬间黑漆一片，黑色大地终又露出雪白。站在一英里外，这翅膀拍打的剧烈声响就像一架飞机正要起飞；一百码外，这声响更是难以置信的巨大，那是山体滑坡一般的震耳欲聋。它吞噬了一切，吞噬了枪的砰响，吞噬了人的叫喊。树林和果园里，还有数以千计四散逃亡的鸟儿。我看着这数量庞大的鸟群在慌乱之中奔往北方和东北方，它们苦苦找寻着下方白色的尽头，却只能在猎枪面前纷纷下坠，仿佛巴拉克拉瓦的骑兵部队[1]。它们太过饥饿了，已是孤注一掷。它们的尸体高高堆擩在农场上，灰色脸庞疲惫不堪，眼中浸满了战败的泪水。

---

[1] 1854 年 10 月 25 日克里米亚战争中巴拉克拉瓦战役，英国轻骑兵向俄军发起死亡冲锋，猛烈如飞蛾扑火，触目惊心。后世普遍认为这是一次古典的英雄主义式行动，这样的牺牲虽然堪称壮丽，却又是那样的不值。也正因为此次战斗的惨烈和无意义，它在英国国内引起巨大的争议，以致易帅。

埃塞克斯的鹰

一只翠鸟悬停于小溪之上，翅膀快速拍扇着，好似悬浮在两片闪闪发光的银色水波之间。它半俯冲半下跌地向冰面坠去，鸟喙触碰到冰层，发出一声脆亮的撞击声，犹如骨头碎裂。它可能是看见了冰面下的鱼，却没有意识到冰的存在。它腹部朝下平躺着，不知是被震晕了，还是已经死去。它的身体平软摊开，好似一只色泽鲜亮的蟾蜍。一分钟后，它终于醒来，滑行几下，又飞上了天空，就这样虚弱地飞去了小溪下游。

有零星几段水域还未结冰，但它们也很快会被冰封的。去年夏季，翠鸟曾在这浅滩沿岸筑巢，而浅滩最终会汇入小溪，蜿蜒流淌，穿过南方林地。那些又高又细的树木之下，湿软的土地因金凤花而闪闪发光。高处的坡地上，绽放的蓝铃花好似蓝色的薄雾，笼罩着低处的金黄。一只翠鸟颤抖而尖厉的歌声——仿佛它在歌唱的同时还在深深地呼吸——透过树荫向我坠落下来，漫过蜿蜒的浅滩向我流淌过来，然后，眨眼间，那只翠鸟就生生出现在我面前了。它悬停，折返，无声无息。水面斑驳的阳光绿影中，它如金属碎片般反射着微光，像一只金龟子。那是一种萤火虫似的光芒，仿佛它藏身于水下，包裹在一个泛着银光的气泡之中，周身散发着翡翠蓝的幽光，令阳光的反射都变得氤氲……而现在，它正在皑皑白雪的耀眼光芒中慢慢死去。很快，它就将被埋葬于它永远无法刺穿的冰雪之下，被碾压、沉积进深厚的冰层，冰封于它出生的漆黑洞穴之下。

白，如霉菌在眼中生长，沿神经扩散，恍如疼痛，蔓延全身。

1月9日

阳光照耀。这是今年第一个有阳光的日子，也是我有生以来最晴朗亦最寒冷的一天。一只苍鹭矗立于浅滩以北的小路上，膝盖深深地埋入了雪中，狂风亦无法撼动他。他长长的灰色羽毛依然平静而整齐。雍容、高贵，虽早已冻僵死去。他迎风站立着，在他那小小的冰雪棺墓上。他于我仿佛已是非常久远的事物了。我已然比他活得更久了，就像口齿不清的猿比恐龙活得更久。

一只虚弱的黑水鸡悄无声息地走过冰封的溪流，那副蹑手蹑脚的样子，就像患有关节炎似的。这是迈向死亡的步伐，然而对旁观者而言，哀伤之中，不乏滑稽。正在觅食的红腹灰雀给白茫茫的果园染上了一抹色彩。丘鹬突然从小水沟松软的积雪中猛冲而出。

一点，一只伏翼蝠快速掠过小路上空，它旋转、俯冲，好像在捕捉昆虫。然而，天气如此之冷，根本不可能有昆虫出没。或许它是被难得的阳光唤醒了，正在一场夏日的梦境中捕食吧。

白茫茫的田野上散落着如黑色石块一般的鸟群：大块头的绿头鸭、黑水鸡和山鹑，形状较窄的丘鹬和鸽子，还有呈斑点和条纹状分布的鸥乌鸫、鸫、小雀鸟和百灵。它们毫无隐蔽。对鹰而言，一切都变得简单了。黑白的大地在他们眼中，就像一部黑白默片，不时跳出嘶啦噪点。会移动的黑，即为猎物。

雄性游隼顺风猛转而下，惊起一波如疾风骤雨般上飞的鸟群。就在这黑色波浪向上分裂开来时，游隼一头猛扎，刺穿了这波浪的心脏——鸟群的心跳停止了，鸟儿们纷纷坠落雪地。空中，只剩下一只斑尾林鸽被游隼携带着，在鹰如捕鸟夹般的利爪中挣扎、颤抖。渐渐，羽毛被血染红；渐渐，鲜血缓缓滴落。

1月18日

沉滞，朦胧，无云；小小的太阳，在白雾天空中愈显苍白、干瘪。冰封的河流碎裂、碰撞、摩擦，形成一块块钻石形状的浮冰。但到黄昏，钻石又会重新封入河流的刚硬。那些小池塘如今只是一些冰块罢了，它们甚至可以被直接取走，只是池塘便从此干涸了。

下午三点，我找到了那只雄性游隼。他在河流遥远的另一端，正以一种奇怪的方式，悬停、俯冲、闪掠过雪地，跳跃里有一种极其柔韧的舞蹈般的轻盈，像一只大夜鹰。斜阳映衬下，他轮廓漆黑，就那样摇曳、舞动在属于他自己的暮色之中，着实有些古怪，一如我今早在河畔遇见的那只白腰草鹬。

我走近些，才看清他做出那些古怪而滑稽的动作的原因。他正追逐着一只虚弱的矶鹬，企图追至它筋疲力尽，再也无法飞起。那只矶鹬在鹰身下拼命闪避，翅膀僵硬地扑飞着，像一只水甲虫奋力划动的腿部——是的，它此刻就像它自己的猎物。

渐渐地，挣扎不那么激烈了。矶鹬颤抖着坠落雪地,已是筋疲力尽。鹰猛扑向它,五分钟便完成了拔毛和进食,随即飞走了。雪地在最后一缕夕阳中燃烧着红光,逐渐转为橘黄,然后又消退回白。矶鹬的残骸如同落日的余烬,给雪地染上了一摊鲜亮的橘红色血渍。

1月25日

今天,我沿河岸步行了十英里。地平线被薄雾笼罩,蓝天上,日光冰冷,北风轻柔。我在雪地上艰难地穿行着,积雪已没过我的脚踝,白光令人目眩。雪中,银鸥平静如沙漠中的骆驼。它们没精打采地飞起,缓慢、倦怠,好似极不情愿似的,就像不得不让路的牛群。它们身体的白,在茫茫白雪的反光映射下,如幽魂般虚无缥缈。所有鸥都聚集在城镇附近,没有一只在旷野徘徊。十五只黑水鸡拥挤在一条小水沟中。几只田鸫飞上一棵柳树,抖落枝头的残雪。它们纤瘦而憔悴,但叫声依旧很吵,与干瘪的身躯颇不相符。一只白鹡鸰在冰面上舞蹈,步履轻快而平滑。寒鸦与秃鼻乌鸦在农场附近觅食,非常温顺。小䴘在尚未冰冻的一小段水道中游泳，一见到我便潜入了水中。它们就像那些棕褐色的科拉科尔小舟[1]，底部肥大，状如水壶。

田野中央，有六只野兔蜷缩在山楂树下。突然，三只向左飞奔而去，另三只猛蹿向右。枪响如冰块崩裂之音。一只游隼飞过，又疾速离去，翅膀剧烈拍击着，微弱地闪着光，像一只陡直起飞的水鸭。柳树林里挤满了斑尾林鸽，好似一片冻结了的紫与灰的烟雾。六只雉鸡噼里啪啦地从灌木丛中扑腾而出——有两个人正在砍伐、燃烧灌木。他们手持长柄钩镰，毫不留情地砍劈着。烟雾迂回缠绕，穿过冻僵了的蓝色空气。一只体形硕大的沙锥缓缓飞过河流，猛然蹿进一片树篱。它降落时，展开的外侧尾羽闪现出一抹白。它可能是一只斑腹沙锥。

云雀、草地鹨、芦鹀和苍头燕雀栖息在河畔的小树林中，已是虚弱不堪，奄奄一息。一只鸫鹪蹑手蹑脚爬过木质教堂屋顶的斜面，从钟楼的横板处溜了进去，那副偷偷摸摸的样子，神似一只旋木雀。一只黑水鸡从山

---

[1] 科拉科尔小舟：一种在威尔士和爱尔兰地区用的木结构圆形小船。

楂树树梢上猛冲向下，脚先着地，溅起喷雾般纷乱的雪尘。蓟草杂乱，刺穿平整的雪地，生硬地冒了出来。三只红额金翅雀正扭动着脖子，用尖嘴镊出一颗颗蓟的种子。它们振翅，悬停于蓟的头状花序上方，就如鹟[1]一般。它们的叫声破碎在茫茫雾气之中。

低斜的午后太阳照耀着南飞的鸥。它们几乎是透明的——那灿烂而神圣的光辉挖空了它们纤细的骨骼，串起了它们通透的骨髓——它们是如此的缥缈、空灵。

两只死去的苍鹭并排躺在雪中，像一对枯朽的灰色拐杖。眼珠已被挖去了，尸身破碎不堪，可以看出曾被多种不同形状的牙齿、鸟喙和利爪撕扯、啄咬过。水獭留在雪地上的痕迹引领着我，直至一摊鱼类的血迹和一条狗鱼[2]的鱼骨。我曾见过一只黑水鸡被一条狗鱼拖扯向后，一路拽至水下。那条鱼是从冰窟窿里一跃而出，径直扑向黑水鸡的。黑水鸡摔倒翻滚，沉入水中，就像

---

[1] 鹟（flycatcher）：一种能跃起在空中捕捉昆虫的鸟类。
[2] 狗鱼（pike）：狗鱼是分布在北半球寒冷地区的淡水鱼，属生性凶猛的肉食鱼类，除了捕食别的鱼外，还会袭击蛙、鼠或野鸭等。据说一天可以吃和自己体重相当的食物。

一艘被鱼雷击沉的舰艇。

我站在一座木质谷仓旁,手里捧着一只冻僵、干瘪的白色猫头鹰。它是我从屋顶的椽梁上抱下来的,就像它是一个花盆似的。它又冷又干,硬而易碎,还有些腐臭,毕竟已经死去很长一段时日了。有什么东西砸中了谷仓的房顶,滑落下来,掉落在我脚边。原来是一只斑尾林鸽。鲜血从它眼中涌出,像鲜红的眼泪,在脸上划过一道惊悚而扭曲的弧线。另一只眼睛还盯着外面的世界,这世界驱策着它,在雪地里不停打转;翅膀扑颤着,像是想要抱紧什么,但半边大脑已然死去。当我将它捧起时,它还尝试着转弯、转弯,像一辆玩具火车,无意义地驶离它的轨道。我杀死了它,将它扔在雪地上,然后离开了。空中,那只边叫边盘旋的游隼迅速下降,飞至它的猎物。

这漫长的、然而正在消逝中的苍白午后,终于由西边开始,被落日一点点染红。夕阳好似一个萎缩的苹果,干瘪、垂死。暮色渐渐吞没了远方的群山,吞没了伸入高山云杉和皑皑白雪中的山间小路。田鸫、白眉歌鸫,还有几只疲惫的鸟儿一起,向下飞入了漆黑的河谷。对它们而言，这可能就是最后一次了。一只灰林鸮的歌声从冬青和松木间响起，声嘶力竭。夜深沉。一只狐狸呼叫着，从我面前如火焰般燃烧而过。雪地里好似有火把的光亮，走近才知，那光芒来自一地的鲜血和雉鸡的羽毛。血红色与赤铜色的碎屑散落一地。

与血有关的一天：太阳，雪地，鲜血。血红色！这是一个多么无用的形容词啊。没什么红能比雪中流淌着的鲜血，红得更加美丽、更加浓烈。很奇怪，眼睛竟会爱上被意识和身体所厌恶的东西。

1 月 30 日

黎明破晓。透过结霜的窗玻璃，我看见几只红腹灰雀正在苹果树上觅食。一片混沌之中，只有它们的胸膛如一团烈焰，绽放着光芒。渐渐地，一抹忧郁的红色烟霞终于从东方天际弥散开来。

雪落之际，欧亚鸪吟唱起来。除此之外，一片沉寂，钢铁一般的沉寂。一只小鸮从树篱中蹿出，奔跑至小路中央，停下，看着我，愁容满面，眉眼凶狠。它的脑袋真大，积雪斑驳的小路上，仿佛只有这一颗孤零零的显眼的大脑袋在瞪着我。然后，它疯狂地扑回了身后的树篱，好似突然意识到自己刚才做了一件多么危险的事。这是令人麻木的一天。阴郁而寒冷。

我向山下骑去，快速经过一个谷仓。干草垛和松散的稻草堆掠过我身旁，化作忽然闪过的一片黄，似阳光下倏然甩过的金色头发。麻雀尖叫着，四散纷飞。原来是一只雀鹰骤然劈砍下来，如一道灰光疾速闪过，又像掰弯的树枝，瞬间抽弹回来。我也曾在弯道和小路上模仿过鹰的这种猛冲，将鹰和鹰的猎物都吓了一大跳。

我朝海岸线骑去。沿途的农场里挤满了一群群麻雀和其他雀类，但农场之间的路上却很少有鸟儿出没。一小群红额金翅雀旋涡似的冲出雪地，飞入一个气味温暖的谷仓。它们轻盈地舞蹈着，犹如雪花；有节奏地鸣啼着，犹如滴落在铁皮屋顶上的雨水。

浮冰和翘鼻麻鸭在灰暗的海面上隐隐发光，二者是同样的洁白与耀眼。百灵虚弱，饥饿，非常温顺。一些小鸟儿在水沟和盐碱滩上觅食，这些地方，植物的草尖还能勉强从雪地里冒出来。四周是一种苦涩的寂静，或者说，一种迟缓的死亡。万物都将沉没，没入这灰暗的月光之海，没入这冰封的边缘。

2月10日

纯粹的一天。日光无瑕，蓝天纯净。石板屋顶和乌鸦的翅膀闪动着灼灼白光，如燃烧的镁。小树林是一片淡紫与银白的交织，根部的积雪还未化去，顶部的黑枝根根锋利，直插天空凝固的蓝。空气依然寒冷。风从北方升起，有如冰冷的火焰。这是袒露无遗的世界，这是创造的时刻，一道彩虹倾泻于巨石之上，铺就了森林与河川。

游隼朝北飞越河谷。他离我足有半英里远，但我能看见他翅膀上的棕与黑，还有他背部闪闪发光的金。尾部覆羽是淡淡的奶黄色，就像有一根稻草盘绕在他尾羽的根部。我想他可能会顺风返回这里，于是我走入河流附近的田野，打算在那里等待。我站在一片山楂树篱的背风处，透过树篱望着北方，也躲避着凛冽的寒风。中午，地平线上升起了几片积雨云。它们虽洁白，但随之而来的云层却显得灰暗、厚重。积雪融化的地方，热气流正在上升。

鹰一定已经盘旋一大圈了，只是他飞得太高，我没有看见。之所以这样认为，是因为下午一点时，他再次逆风飞翔，穿越过开阔的田野，已然身处两百英尺的高空了，却仍在快速攀升着。他轻松地划着双翅，不久便开始了滑翔，且每一次滑翔，他都会随风上升五十英尺，如此直至五百英尺高空，他展开翅膀与尾羽，一个缓慢而庄严的转身，开始了悠长而华丽的盘旋，而每一圈盘旋又会将他推高一百英尺，同时亦有风将他轻轻送往南方。不过半分钟，他的高度就翻了一倍，身影已是非常之小，离我所在的河流更是非常之远了。又过去半分钟，我几乎已看不见他了——他已然身处田野之上两千英尺的高空中了。上升的暖气流将他推送得如此之高，在风中渐渐冷却。他开始在滑翔间隙快速地拍击起翅膀，并逐步缩短了盘旋的半径。飞翔的愉悦变成了认真的捕猎。他轻快而灵敏地于空中摆出一个个复杂的"8"字形循环，交织、穿梭，翅膀锋利地弹击、拍打着，空气也仿佛充满了弹性。他穿过太阳，短暂地藏身于那光耀之中，但我很快又在太阳另一端发现了他，攀升得更高、更小了。我身后的树篱里，一只欧乌鸫突然狂乱地叫嚷起来。他准是猛然发现了游隼，哪怕相隔如此遥远的距离，他也难忍极度的痛苦与恐惧，疯狂大叫，上蹿下跳。鹰已是极其渺小了。我想，他肯定是要就此离开，前往海边了。然而，就在他几乎从我视线中完全消失的刹那，他一个回摆，又滑翔了回来。他下降回到风中，直到我刚好可以看清他翅膀的形状。若不是光线如此照顾，我根本不可能再看见他了——要知道，我正以六十度角仰望着一只半英里外的鸟。

他悬停，静止，在分股散开的热气流之间游移，弯曲的翅膀不时抽动、收缩着。他停留了整整五分钟，固定如晴朗天空中的箭镞倒钩。他的身躯静止而僵硬，脑袋左右转动着，尾羽一张一合，翅膀鞭打、战栗，如强风中的帆布。他侧滑向左，稍作停顿，然后自转一周，径直向下——这动作只可能是一次极其壮观的俯冲的开始。绝不会错的，这看似随意的飘荡下坠是一个危险的信号。他下坠着，非常平滑，保持着五十度角倾斜；速度不慢，但他明显有所克制，维持着一种优雅、美妙的平衡。没有一丝唐突或生硬,他下坠的角度是缓缓变陡的。事实上,根本没有角度可言,只有一条完美的弧线。他稍稍倾向一侧,慢慢开始旋转,仿佛也在期待那即将到来的俯冲所能赐予他的喜悦与辉煌。他张开的脚爪朝向太阳,闪耀着金光;他转过身来,利爪也渐渐失去光泽,转而朝向身下的大地,且再次收紧了。整整一千英尺,他就这样下坠着,划着弧线,慢慢旋转,身体微微后仰。然后,他加快了速度,并终于开始了垂直俯冲。他还有一千英尺可以下坠,但这一次,是全然彻底的自由落体。他如一缕黑光穿透耀目的阳光,那身影竟是心形的,像一颗烈焰中的心脏。他越来越小,越来越暗,从太阳之上纵身跃下——雪地里的山鹑抬头望向那颗黑色心脏——他正急剧扩大,径直扑向自己,它甚至能听见那翅膀的嘶嘶声飞速升级为咆哮。不过十秒,鹰已直降地面,而这俯冲带给我的一切幻象:华丽的建筑,拱形的祭坛雕饰,巨大的扇形穹顶,一切都被吞噬、淹没在天空炽热而巨大的旋涡之中。

对山鹑来说,接下来的故事是太阳猝然被遮蔽的黑暗,是头顶翅膀邪恶而漆黑的狂舞,是咆哮骤停,是熊熊燃烧的刀刃长驱直入,是恐怖至极的白色面孔从天而降——那鹰爪,那脸庞,那鸟喙,那怒瞪着你的凶狠眼神,紧接着,是难以言表的巨大痛苦。白雪在混战的脚爪间飞溅,白雪落入张大的无声尖叫的鸟喙,直到鹰那仁慈的鸟喙一瞬切开山鹑紧绷的脖颈,将那因恐惧而颤抖的灵魂释放。

对鹰来说,是踩着猎物柔软而松弛的尸身休息,是撕扯、拔去闷塞的羽毛,是滚烫的鲜血从鸟喙的尖钩上滴落,是盛怒之火逐渐熄灭,化作身体内部一颗小小的、坚硬的核心。

而对旁观者来说,对几个世纪以来被庇护着,远离了这种饥饿、这种盛怒、这种痛苦和这种恐惧的旁观者来说,是那些军刀战马的记忆从天而降,是借着这猎人之躯感受到的猎人的喜悦——正义的猎人,仅以他熟悉的方式杀生取食,将以果腹。

2月17日

高地之上，山峰已剥落出褐与白的斑驳，但低地的积雪仍有一英尺厚。狭窄的水渠中已有融水流淌，涓涓穿过六英寸厚的冰层。

如今，这片河谷中已没有欧乌鸫和鸫了，也没有了欧亚鸽、林岩鹨和鹪鹩。秋天的上百只云雀，如今只剩下两只，而且都很虚弱。当时的三百只苍头燕雀，现在只留下三只。寒鸦数量已减半。五十只斑尾林鸽在枪口和冰雪下侥幸存活，但也已非常干瘪、虚弱了。乌鸦总是追随着斑尾林鸽，等待着它们的死亡。两对红腹灰雀也熬了过来。树林里还存活有几只蓝山雀和沼泽山雀，以及一小群长尾山雀。溪畔的田野中还有八十只绿头鸭和四十只红腿石鸡。

我发现了十三只斑尾林鸽和一只绿头鸭的残骸，都是最近才被游隼捕杀的，而且都是直接在雪地上被拔毛吃掉的。那只绿头鸭躺在距离南方林地仅一百码的开阔田野上。可以看出，击落猎物后，游隼就着陆在四码开外的地方：积雪之上，几条长长的划痕尽头有两个深深的脚印。划痕两侧，还留有羽翼尖端轻微拖行过的痕迹。残骸附近是成串较浅的脚印。两条细微的平行线条，是鹰的尾部在雪地上拖行过的证据。三个前趾的脚印短而粗壮，后趾有三英寸长，明显嵌入雪中更深。此外，还有一只狐狸的足迹在残骸附近徘徊，最后又返回了树林。它可能是闻到了绿头鸭的血腥味，在鹰进食结束后，又溜过来啃了啃剩余的骨头。

2 月 22 日

雪继续缓慢融化，鸟儿们陆续返回了河谷。今天，有三百只田鸫来到溪畔的小树林。欧乌鸫和苍头燕雀也重新出现在树林里，还有一只云雀在歌唱。一百只绿头鸭与二十只斑尾林鸽还有一只疣鼻天鹅一起，在一大摊土豆上觅食，我一靠近，它们便齐齐飞走了，并且在重返食物之前巧妙地伪装成了同一个鸟群。雪地上还有许多狐狸和野兔的脚印，大多都被碾碎、压扁了，我想是动物们在其间翻滚过，估计是嬉戏吧，就像小狗玩耍那样。

我发现了更多游隼的猎物：六只斑尾林鸽和一只秃鼻乌鸦。其中一只斑尾林鸽是在一两个小时前刚刚被杀死的，积雪还在不断汲吸着它的鲜血。翅膀、胸骨、腿部和骨盆躺在一大摊随风飘扬的羽毛中间。游隼留下的深深趾印，皱巴巴的与一只乌鸦蜘蛛般的脚印以及一只狐狸的掌印交织在了一起。狐狸和乌鸦明显曾尝试将鹰驱离他的猎物，雪地上留有一大片它们踩踏过的痕迹。而鹰那粗糙带鳞的脚趾和厚实凸起的爪垫曾帮助他紧紧抓住猎物，这也在雪地上留下了深深的压痕。鹰留下的这些奇形怪状、粗壮厚实、坑坑洼洼的脚印与其他鸟类的足迹非常不同。我将手掌放置于游隼曾站立的地方——这是他刚刚站立过的地方——感受着那份强烈的亲近感和认同感。雪中的脚印奇怪得动人，它们几乎算得上是一种可耻的背叛，背叛了创造它们的生物，就好像它们身体的一部分被完全暴露在外，毫无防备。河谷里到处都是被寒冷天气杀死的鸟儿的脚印，这些可悲的纪念物。但就连它们也快被太阳慢慢吞噬了。

中午，雄隼盘旋于阳光薄雾之中，随东南风飘荡而去了。我尝试着跟随，但积雪实在是太过深厚了。沟渠和溪谷都已被雪填满,无可辨认,你很有可能毫无征兆地陷入六英尺深的雪坑之中。

整个晴朗的下午,有小鸮鸣叫,有喜鹊从阳光中扑闪而过,有迁徙的鸥朝东北盘旋而去。它们飞得太高了,如果不用望远镜,我根本看不见它们,只能听见它们的高声呼鸣从空荡的天空飘降而下。

2月27日

最近的天气总是万里无云。冰冷的东风如长矛般锋利,好在太阳温暖且灿烂,高挂广袤晴空。积雪正在逐步退去,干涸的双眼终于又一次见到了绿。一种奇怪的陌生的绿,仿佛是绿色的细雪飘落在白色的大地之上。

已有两百只斑尾林鸽返回了河谷,松鸦又开始惹人注意,田鸫的数量也在增长。最近能看到一些林岩鹨在小路上觅食了,而欧乌鸫随处可见。一只欧歌鸫和四只云雀歌唱了一整日。我惊飞了七对红腿石鸡和数不清的鸟群。

我在溪畔和两片小树林之间的田野上,一共找到了三十只猎物的残骸：二十六只斑尾林鸽、一只黑水鸡和三只田鸫。几乎都不太新鲜了，且此前一直被积雪掩埋着。但其中有一只非常新鲜的斑尾林鸽，它是在溪水仅存的冰沿上被拔毛吃掉的。过去这两个月，斑尾林鸽一直很瘦弱，分量严重不足，因此，游隼不得不捕杀更多数量的斑尾林鸽，以获取他们所需的食物量。

下午三点，雄隼曾盘旋于浅滩以东一群秃鼻乌鸦中间。后来，我又看见他栖息在一棵橡树上。透过树枝，我看着他铜棕色的背部闪烁着明黄色的阳光，好似一个巨大的、倒立着的、金灿灿的梨子。

3月2日

这已经是连续第十八个无云的晴天了。碧空如洗，仿佛再无任何东西能将它遮蔽。东南风强劲而冰冷，但阳光的温度使人相信，积雪已衰老了许多，很快会被彻底击溃，化作涓涓雪水，滋养大地。

中午，斑尾林鸽和寒鸦从北方林地中飞起；乌鸦哇哇大叫着，飞上树梢的岗哨。小桥旁，苍头燕雀大声叫骂了足足有十分钟，那是一声声单调的"pink，pink"，渐渐消散在阳光铺洒的静谧之中。之后，我便什么也没看见了。我猜鹰应该已经开始顺风翱翔，于是沿浅滩北岸一路寻找着，终于在半小时后，在一棵枯橡树上找到了他。他闯入风中，开始盘旋，振翅的幅度越来越小，最后只剩下翅膀的尖端还在微微震颤着。我以为他要开始翱翔，然而他只是快速朝东南方飞去了。穿过北方林地的那条小路崎岖起伏，途经一条陡峭的深沟，因此有着很好的避风效果。游隼已经有经验了，他知道暖空气会从小路两侧那些阳光普照、温暖无风的陡坡处升起，所以他渴望翱翔时，便常常会飞去那里。

他缓缓飘荡至果园的天际线上，开始顺风盘旋。伴随着一次次长长的滑翔，他逐渐摆荡向上，穿过南方冰冷的白色天空，飞入温暖的蓝色穹顶。热气流随风摇摆、波动，而他以绝妙的技巧，轻松地随之攀升。他那拥有修长翅膀和粗短脑袋的身影逐渐缩小、变暗，仿佛一颗钻石冰冷的坚硬棱角，渐行渐远。他悬挂、飘荡在高远的天际；他慵懒，警觉，至高无上。他俯视着大地，看见大片果园在他身下缩小成为黑色细长的线条和绿色的条带；看见黑漆漆的树林紧密相连，绵延直至远山；看见绿色与白色的田野逐渐汇入褐色的土地；看见银色小溪与弯曲河流的线条缓缓伸展、拉直；他还能看见整片河谷，渐渐变得平坦、宽广；看见地平线尽头如污渍般零星的遥远城镇；看见河口涌动着蓝与银交织的水光，轻舔绿色的岛屿……而远方，越过所有这一切的远方，他看见大海的平直线条，闪烁、漂浮在褐与白相间的大地尽头，如一道水银。他向上攀升，大海亦随之高升，掀起一片炽热耀眼的光之风暴，仿佛在对鹰，对这被陆地困住的鹰发出雷霆怒吼般的召唤：自由！

他漫无目的，漠不关心，冷眼旁观着这一切，只跟随他眼中深深的中央凹——那闪闪发光如猎枪瞄准镜般的中央凹——摆荡、倾斜。他一心留意着那些一闪而过或喷涌而出的翅膀，随时准备瞄准、猛冲。而我一心留意着他，满怀渴望，心驰神往，仿佛他会将他所见的一切反射下来给我：那些辉煌灿烂却被他完全忽视了的画面，那片山川尽头的辽阔大地。

他穿过太阳，我只有看向别处，避开那炽烈的紫光。而我再次见到他时，他已高高飞于太阳西侧，置身于天空那宛如剥了层皮似的湛蓝之中了。他飞得那样高，我只有用望远镜才能看清他。他的头部就像罗盘的指针，死死坚守着北方，飘荡，稳住，悬停空中。翅膀紧闭，向后收拢，然后又张开，向前伸展，宽大如一只猫头鹰的羽翼；尾羽闭合，呈锥形逐步变细，犹如一枚飞镖，然后张开，又宽大如一把扇子。我能看见他翅膀上的缺口，那是他在十二月脱落的羽毛，还未长出新羽。他倾斜飞过太阳，由一抹漆黑一瞬化作熊熊烈焰，闪耀着钢铁的白光。我知道，在两千英尺的灿烂阳光之中，他已蓄势待发。他指挥、控制着河谷里的鸟儿，没有一只敢飞行于他身下，而他纵身一跃，坠入风中，缓缓穿过太阳。我不得不再次移开目光。当我回头寻找他时，透过一片绿色与紫罗兰色缠绕着的星云一般的眩晕光线，我只能看见一小点灰，从太阳之上疾速飞落，闪烁、旋转、下坠，砸入一片浩瀚无垠的沉寂，然后，撞出一大片喧哗纷乱、翅膀狂舞的鸟群。

我忽然意识到自己的重量，这感觉，就像我刚才一直漂浮于水上，而现在我上岸了，晾干了，我又穿上了衣服，我依然如此不堪。鹰翱翔了整整二十分钟，欧乌鸫和山鹬也在我身后的树篱和田野里叫嚷了整整二十分钟,直到鹰的俯冲令它们猝然沉默,死一般的沉默。四周唯一的声响,就是积雪融化的沙沙声——一种微弱的颤抖,好似干草丛中的老鼠——以及一条石块遍布的浅滩,叮叮咚咚的低音吟唱了一路,终于汇入溪流。

鹰已离去。我走过田野,隐约感到一种心满意足。我在等待他的归来。他通常会在一天之内,数次返回他最喜爱的栖息地点,虽然从十二月底开始,我便和他失去了"联系",至今也没有恢复,但他明显还记得我,而且和从前一样允许我适当靠近,显示出一种特别的温顺。欧歌鸫、蓝山雀和大山雀歌唱起来,一只大斑啄木鸟咚咚锤捣着树干。整个下午,上百只迁徙的鸥都在朝东北方高高盘旋,飘荡着,鸣叫着。

下午三点,我感到脖颈背后隐隐有一种针刺感,这意味着有什么东西正从背后凝视着我。这种感觉,对原始人类而言一定非常强烈。我没有转身,只是朝左肩后方瞥了一眼。两百码外,鹰站在一棵橡树的低枝上,身朝北方,却扭过头,越过左肩,凝视着我。有一分钟甚至更长时间,我俩都静止不动,对彼此感到既困惑又好奇。我们分享着彼此间这份奇妙的纽带——不约而同地,在这里发现了彼此。但当我试图靠近,他立刻飞起,并快速穿过北方果园飞走了。他正在捕猎,而捕猎者谁也不信。

半小时后,他从东边飞来,掠过果园上空,粗暴地着陆在一棵苹果树上。他从不在着陆前放慢速度,他只会在距离意欲到达的栖枝大约一英尺的地方,展开翅膀,熄火停住,轻轻落下。我站在果园西南边的角落里,背对着太阳。鹰完全忽视了我。他修长的黄色脚趾移动、伸屈又鼓起,想要紧紧握住树木最粗壮的那截树干。脑袋抽动、扭转,头顶的羽毛竖起,好似皇冠。深色的髭纹如浮雕一般突显,映衬着脸颊的白。他正在捕猎。他明亮的双眼闪耀出盛怒的火光。我早就知道。果园里所有的鸟儿都在议论这件事。山鹬呼喊,欧乌鸫训斥,远方的喜鹊、松鸦和乌鸦咒骂、抱怨,却压低了音量。

鹰起身朝小溪飞去,越过它,又高高升起,斜切向上,穿梭入风。他倾斜、摇摆,绕出了一个个急剧的螺旋。他的翅膀松弛,振翅速度却很快,就像是他在从里到外抖甩着翅膀似的。太阳已经低垂，空气也非常冰冷，对鹰而言，这并非适合翱翔的时段，但在三百英尺高度他开始了水平滑翔，顺风摆出了一个个悠长而自在的圆弧。我几乎看不见他了。他已飞得非常之高，越过河流一英里之遥了。在我周围，事实上果园里所有的鸟儿都陷入了极大的恐慌，比早前严重得多。它们低低蜷缩在一起，无休止地叫喊着，发出刺耳而疯狂的警告。只要鹰还高飞于空中，不论多么遥远，鸟儿们都不会感到一丝一毫的安全。但是，只要鹰躲在它们看不到的地方，它们便会认定鹰已离去，并瞬间遗忘与鹰有关的一切。

在充分的盘旋与悬停过后，他在东南方发现了他想要的猎物，随即以一个长长的下降滑翔，缓缓向它滑去。距离日落只有两小时了。西方的天空已是一片金色的烟霞，广袤的耕地被一层灰茫的薄雾笼罩。鹰横穿强风，振翅，滑翔，速度稳步提升，然后一个前倾，开始了一次小角度下滑，速度极快，翅膀向后、向内收紧，直至他将自己塑成了一枚锋利的矛尖，俯冲直下。在他前方，一群椋鸟扑腾飞起，以最快速度拼命朝南方飞去。但鹰只一瞬便已猛冲越过了它们。从远处望去，倒像是椋鸟群在鹰身下疾速后退，仿佛它们从来没有拼命逃离过。他以闪电之姿劈过耀眼的天空，燃烧、熄灭在树林的黑暗里，之后便再没出现了。然而，他离开很久以后，南方的天际线上依然不断有乌压压的鸟群升起又坠落，犹如一场战役的残暴与火光之上，那些平静升起、飘荡四散的硝烟。

3月5日

这雪仿佛是新石器时代的产物，被温暖的南风侵蚀，最后连坟冢都土崩瓦解了，只剩一些残片在空中飘舞。整条河谷都涌动着流水。小水沟变成了浅滩，浅滩变成了小溪，小溪变成了河流，河流则是一长串流动的湖泊。麦鸡和金鸻回来了。一整天，麦鸡群都盘绕在西北的天空。我从望远镜里望向它们，又在它们上方发现了数量更加庞大的鸟群，它们飞得如此之高，肉眼是很难发现的。

下午三点半，我已经放弃寻找游隼了，正沮丧地坐在那棵枯橡树旁的栅栏门上。他忽然从我身边飞过,翅膀的鼓振令我欣喜万分。他的猛冲、螺旋、沉浮、摇摆与扫掠中,无不流露出一种生机勃勃的活力,一份轻快美妙的热忱。他落在我东边的一棵树上,回头看了我一眼。我有一种被找回的感觉。他蹲伏在低矮的树枝上,乖戾、焦躁、侧着身子,这意味着他正在捕猎。橡树树枝的扭曲与繁杂之中,你很难一下分辨出他的身影。他如坐针毡地休息了五分钟,便朝东方的果园飞去了。他上升,下坠,随风改变着方向,偶尔也会突然俯冲向一群刚从小树林里飞起的田鸫。我跟随着他,穿过长长的果园小路。欧乌鸫仍在告警,几百只田鸫争执不休,但鹰已经离去了。我又返回了栅栏门附近。

下午四点半,一大群寒鸦如乌云密布,笼罩在小溪上空。游隼从中穿过,鸟群四散纷飞。他是顺着风,一路从南方天际华丽地扫掠、航行至此的。他的翅膀高高举起,呈"V"字形,摇摆,滑翔,速度极快,全凭风力飘荡在空中。我看着他朝北方的果园掠去,掠过果园边界的白杨树林,于空中划过一道巨大而壮观的抛物线,下降,下降。之后,我便再没看见他了。

经过一整日漫长的步行，我发现了四十九只猎物的残骸：四十五只斑尾林鸽，两只雉鸡，一只红腿石鸡，一只欧乌鸫。只有最后那两只是新鲜的，其他都被埋于雪下很久了。

3月6日

南风温暖，吹拂万物苏醒。太阳和煦，空气轻透而清新。黄鹂在小路上歌唱，果园里聚集了好些苍头燕雀。红嘴鸥从南方来到了这片河谷，高高翱翔在河流上空。它们随河流的弯道改变着方向，逐渐盘旋高升，越过山脊，随风飘荡去了东北。它们比麦鸡群盘旋得还要高——对了，麦鸡也是最近才又从海岸边回到这里的。有些麦鸡会飞来河谷的田野，与已经聚集在这儿的一大群同类会合，但大部分会坚定地朝西北方飞去。

下午两点，我已寻遍了所有游隼常栖息的地点，但都没有发现他。我站在北方果园附近的田野中，闭上眼睛，尝试将我所有意念凝聚成晶，化作璀璨透亮的棱镜，然后，进入鹰的意识。我踩在长草地上，空气温暖，土地踏实，长草闻上去有一股阳光烘烤的味道，我沉没了，我陷进了鹰的肌肤、血液、骨骼。大地变成了我脚下的树枝，太阳照耀在我眼睑上，沉重却那么温热。像鹰一样，我听见了人类的声音，我憎恶这声音，那是从冷酷无情之地传来的面目不清的恐惧。我就要在这沉重的恐惧中窒息了。我与鹰分享着同样的捕猎者的渴望，渴望一方无人知晓的荒野家园，四周只有猎物的身影与气味，在一片漠不关心的天空之下。我感受到了北方的召唤，迁徙的鸥亦神秘莫测，令我着迷。我感受到了身体里那份奇妙的憧憬——离开，离开。我沉没了，沉睡了，缓缓进入了轻如羽毛的鹰的睡眠。然后，我的苏醒亦吵醒了他。

他从果园中急切地飞起，高高盘旋于我头顶上方，俯瞰着我，闪闪发光的双眼无畏无惧。他降低了高度，左右转动着脑袋，对我感到既困惑又好奇。他就像是一只野生之鹰，痛苦而忧心如焚地震颤着翅膀，盘旋于一只被驯的笼中之鹰上方。然后，突然，他在空中抽搐起来，仿佛被枪击中。稳了一稳后，他将自己粗暴地从我头顶猛然拽离。在恐惧与痛苦之中，他开始排便，阳光闪耀下，粪便坠落如一串白色项链，而他在粪便尚未落地前便已匆匆离去。

3月7日

没完没了的风和雨。我浪费了一整日，轮流躲在一棵棵空心树的背风处，在棚屋和谷仓里，在破旧的货运车下。我见过鹰一次，或者只是我以为我看见它了。它像一枚遥远的箭头，一瞬射入一棵大树之中。光线被无数晶莹的雨点折射，他的身影也被模糊、扭曲了。

一整日，云雀仿佛难以抑制地歌唱着。红腹灰雀时而咕哝，时而尖叫，叫声贯穿了一片片果园。偶尔，还能听见一只小鸮从一棵空心树中发出闷闷不乐的呼喊。这就是全部了。

3月8日

我在凌晨四点就出门了。残夜昏沉，温暖的西风还沾着湿气。猫头鹰在拂晓前漫长的幽暗中鸣叫着。六点,第一只百灵歌唱起来,紧接着,几百只百灵叽叽喳喳,升入东方既白的天空。它们是从雀巢中笔直飞起的,仿佛最后的残星,升入灰白的天际。晨光熹微,秃鼻乌鸦哇哇叫嚷起来,鸥朝内陆飞去。欧亚鸲、鸫鹩和欧歌鸫也苏醒了,鸣唱声弥漫四野。

在海岸线附近一片平坦的沼泽地上,我迷路了。田野水汽氤氲,好似一片绿色的薄雾。小雨就从那薄雾里飘荡过来,轻柔、安宁。四周都是水的声音、水的气息,你忽然产生了一种感觉,仿佛这大地也沉默寡言,离群索居,陷入了深深的寂静。在这样的地方迷路,尽管短暂,却是真正的解脱——从熟悉的道路,从遮蔽万物的高墙的桎梏中,解脱。

七点,天又放晴了。旭日初升时,我正好爬上了海岸堤坝。太阳迅速刺穿了海平面:一轮巨大的,红彤彤的,充满敌意的,从海中浮起的太阳。我看着它略显沉重地升入天空,光芒从中喷涌、洒射而出,向四面八方散去。它再也不是一个球形了。

一只白尾鹞从夜宿的盐碱滩上升起,朝堤坝飞来。它低低悬停于一片枯草地上方,翅膀带起的风,使枯草萧瑟地摇摆着。它身体的颜色也像这摇摆的草：那是灰褐、淡黄和红褐色的交织。翅膀末梢为黑色，长长的褐色尾部上分布着或深或浅的条纹和斑点。尾羽基部，尾上覆羽明亮的白色在阳光中闪烁。它缓缓飞入风中，压低高度，拍打了两次翅膀，然后展开羽翼直至背部，使身体呈现一个"V"字形，开始滑翔，深黑的初级飞羽铺展开来，轻微向上卷起。它再次悬停，随即向下滑翔而去，以一道长而倾斜的曲线，划过海堤高耸的石壁。它左右穿梭着，飘浮于长草之上，这草地还闪烁着小雨初歇的晶莹。它轻盈、柔软、安静地飞过摇曳的长草，凝视下方，寻找着分散或压倒的草茎——那是猎物的踪迹。不知不觉，它已经飘荡去了很远的地方，转瞬便没了踪迹，恍如一道阴影：阳光洒下，阴影便陡然消失了。

　　渐渐地，风停了，气温也有所上升。阳光穿透薄如羊皮纸的高云，灿烂地铺洒下来。视野扩大了：地平线随晨光渐长而愈显清晰。越过广袤的沼泽地与盐碱滩，灰茫茫的大海呢喃着泡沫、渐渐退去，遥远的滩涂在阳光下闪闪发光。偏远的农场与村庄，散落在空荡荡的内陆田野的最高处，沿地势延绵。几只红脚鹬在海堤旁宽大的水坝上来回奔跑、追逐着……大雨将至，但这一刻，万物静止。

十点半，一群小鸟儿从田野中喷溅而出，像炸飞的尘土。一只灰背隼急降，猛冲，射穿它们，有如利箭。它是一只体形纤瘦的隼，飞得非常之低，横扫过海堤，盘绕过盐碱滩，然后一掠而上，陡直螺旋攀升，翅膀因快速震颤而模糊不清，长如尖刺的躯体亦随之抖动。它开始了盘旋。它飞得很快，但盘旋的弧度也非常宽大，因此上升速度不快，还显得有些吃力。如此攀升至三百英尺高度，它以一道长长的弧线终止了盘旋，半悬停着，蓄势待发，然后一个前倾，蹿入风中，朝一只正在田野上空歌唱的云雀猛冲而下。它早早看见了这只云雀从田野中升起，而盘旋向上，就是为了达到可以袭击的高度。从后方看去，这只灰背隼的翅膀显得非常直挺，上下拍扇的动作也似乎很轻浅，但这却是一种狂烈的震荡，远比其他隼要快得多。不出几秒，它已飞扑至云雀身旁，它们缠绕、颠簸，向西方落去。云雀仍在歌唱着，一切看上去就像是一只燕子在追逐一只蜜蜂。它们冲下天空，如锯齿般弯曲绕折，彻底消失在远方田野的绿海之中。

这速度，这身姿，这舞蹈般的动作——如此灵动、优雅，很难令人相信，饥饿是这一切的起因，而死亡是它的终点。捕猎飞行之后的杀戮，伴随着一种撼人心魄的力量，仿佛鹰在刹那间走火入魔，杀死了他最心爱的东西。而濒临死亡的鸟儿们的反抗与挣扎，或者说，这种不顾一切将自己从死亡中拯救出来的行为，亦非常美丽。这美丽越是惊艳，这死亡就越是骇人。

3月9日

我沿河口北岸的海堤行走着，清晨的太阳低矮、刺眼，风很冷。那只雌性游隼突然从海堤的背风处一跃而起，吓了我一跳。原来她一直藏身于此啊。我就站在她正上方，俯瞰着她那修长、渐细的羽翼和她宽厚隆起的背部。她向上飞起，无声无息，像一只短耳鸮，然后轻快地掠过湿地，身体大幅度地摇摆着，仿佛在两面垂直的高墙间穿行，不得不倾斜身体，轮流立于左右翅尖之上。就这样飞出很远之后，她缓缓滑翔，降落在长草地上。我没能再次找到她。她刚才是在阳光下熟睡吧,或许她刚刚洗过澡,所以才没有听见我的脚步声。

下午,大雨倾盆。游隼飞到海堤旁一棵枯橡树上。她蹲坐着,看着海水涨潮,看着涉禽们纷纷聚集到盐碱滩上。我离开时,她仍待在那儿,蜷缩着,忧郁着,而大雨正滂沱。一只赤颈鸭鸣叫着,随潮水漂荡而至,涉禽们嘈杂的叫声愈发响亮。

3月10日

清晨大理石般冷峻的阳光中,云层缓缓聚拢、高升。而风侵蚀着它们,片片剥落,化作瓢泼大雨。涨潮的河口曾闪烁着蓝与银交织的光,但此刻,只剩下一层晦暗、稀薄的灰。

雌隼低低飞过湿地,骤降,转向,织入风中,仿佛她是在隐形的树枝下飞行,在隐形的树林间急转——像一只巨大、困倦的灰背隼。阳光照耀在她光滑迷人的背部和羽翼上:它们深暗的红棕色,是小公牛的颜色,是一片片染红了北方耕地的红色土壤。初级飞羽深黑,微微泛着点蓝。深褐色的髭纹轻微卷起,像两个逗号,在她白色脸庞的映衬下,又好似人类的鼻孔。翅膀向前后运动时,羽翼间肌肉的隆起也在羽毛下轻微地起伏着。她看上去非常温顺,却也非常危险,像一头野牛。红脚鹬光鲜亮丽,矗立于草地上,注视着她飞过。它们相当平静,除了双腿——那些明亮的橘黄色的双腿,在身下剧烈地战栗、抽搐着。

一小时后,在一只杓鹬的窜逃与悲鸣中,雌隼缓缓攀升,盘旋于湿地上空。她滑入一股上升的热气流——这股气流生成的大团白云在强劲的北风中游移,而雌隼展开挺直的翅膀,上升,上升,升入一片恍惚,仿佛一位即将离去的神明,飘浮于高远清空之中。我看着她的身影,逐渐渺茫,遁入寂静,亦能感受到她缓慢升空时的那份喜悦与宁静。她越升越高,身影越来越小,盘旋的弧度也被风拉伸着,愈加宽大,直到她化作一枚锋利的小黑点,切割过白色的云层,成为蓝色天空中的一点微茫。

她漫无目的地飘荡着,冷漠而怀有敌意。她在风中保持着平衡——那是两千英尺的高空,有白云从她身边经过，又继续朝南飘往河口的高空。她慢慢收拢了翅膀，稳稳滑入风中，仿佛是顺着一根缆线在向前移动着。这种对咆哮之风的掌控力，这种庄严、高贵的飞翔之姿，令我忍不住欢声雀跃，兴奋得手舞足蹈。现在，我想，我已见识过游隼最好的一面了，我已没有必要再追着它不放了，我可能再也不会想要寻找它了。我当然错了。我永远不会满足了。

遥远的北方天空下，雌隼倾斜向下，缓缓切割过太阳，将阴影投射向大地。她拍扇了一次翅膀，滑翔得更快了。渐渐地，更快了。她将身体收紧，首尾平直一线，仿佛被挤压过一般。然后，一个完美的身体下弯，她突然俯冲向大地。我的双眼紧紧追随着这最后的垂直骤降，我的脑袋也猛地一抽，伸拉向前。我看着她身后的田野如电光般疾速涌起，我看着她远远越过榆树林、树篱和农场建筑，然后，彻底离去了。我被独自留下了。四周空空荡荡，什么也没有了，只有风在呼啸，太阳亦不知所踪。我的脖颈僵硬，手腕冰凉，眼睛疼痛。不重要了。那光芒已逝。

3月11日

我一整日都在河口南岸游荡。我走过湿漉漉的田野，我在高高的树篱和满是百灵的温暖天空中寻找着鹰。我什么都没发现，但今日于我仍是开心的一天。

平坦的河口平原以西，是连绵起伏的圆拱形小山，其间是深陷的河谷。下午六点，小山上的天空因落日而光芒四溢，山间的河谷则被阴影笼罩，愈显阴郁。雄隼从我所在的小路下方一闪而过，穿过幽暗的树影，盘旋向上，飞入光亮之中。他飞得很快，几次侧身、急转过后，便以螺旋之姿陡直攀升，翅膀用力抽打着，轻微震颤着。很快他就高高越过我头顶，飞入极其高远的天空了。他能看见山峦沉没，陷入阴影笼罩的河谷；远方的树林向四面八方升起；城镇和村庄仍沐浴在日光之下；宽广的河口奔涌向一片深蓝；大海灰暗而苍茫……一切于我而言紧锁的事物都向他敞开着，那么清晰，那么闪耀。

他盘绕着，攀升着，然后，突然如一颗子弹猛射向前，狂野地劈砍向北方，骤降、扭曲、急转，修长的羽翼在空中飞跃、弹跳。他已被一只饥饿的鹰的愤怒吞噬了。

光线缓缓消退，潜伏的暮色逐渐吞没了所有的猎物。最后一只百灵升起了，而夜晚——这被遗忘了许久的夜晚，仿佛在一瞬之间倾覆了大地。它抛洒出的巨大黑影，彻底罩住了双眼的炽烈。

如火星灼烧过天空，痛苦不堪的鹰终于在身下发现了一片鸟群沸腾的大地，因此重获了新生。低空的绿色平面上，金鸻疯狂地鸣叫起来，而游隼嘶嘶穿透它们，如燃烧的烙铁。

3 月 12 日

河谷又浸满了洪水，雄隼也转移去了南方和东方，到那些地势更高、气候更好的地方捕猎、洗澡。我在从河谷去往狭长河口的路上发现了他，他正翱翔在强劲的北风之中，翱翔、悬停，朝南方飞去。北风催促、驱赶着我，在盘绕曲折的小路上疯狂地骑着车，追赶着空中的分叉形斑点。我跟丢了他，然后又追上了他，因为他正巧停下脚步，翱翔于一群觅食的鸥和鸻之上。秃鼻乌鸦筑巢于树冠宽阔如伞的榆树上，冲着三月咄咄逼人的太阳哇哇大叫着。山林的淡淡黑影，有如木炭映衬在清透的绿光中。

我掠过山间，又闯入深深的河谷，眼见着雄隼顺着太阳耀眼的光线一扫而下，冲入了远方的湿地。我一路紧追，一道道莱斯特郡的绿光疾速掠过。迷人的绿色田野带来一阵湿润感，冲洗、滋润着我一路被大风肆虐的双眼。嗡嗡作响的车轮在我身下狂奔俯冲，我亦随之被卷入一阵猛烈的风。这是捕猎的速度。正是它，怦怦追在乘着翅膀逐猎的鹰的身后：快！我记得自己曾在春天新绿的草地上这样奔跑过，在我还是个孩子的时候：越过那些被人遗忘的、荒废了的战前农场，穿过野生的树篱和那些灿烂但无人搭理的野花野草——它们曾闪动着鹰与小雀鸟的生命之火。

远山转动，旋绕，分裂开来；狭窄而绵长的河口闪烁着银光，陡然出现在我眼前，如一柄光剑，直刺地平线。所有远方的湿地都浮上了海面，而海面是薄薄的一层蓝。我停了下来，伫立于这层层涌起的绿色湿地上，看着游隼朝那光之缝隙疾冲而去——那是大海。他掠过这绿色大地，如水上漂石，又像飞驰跳跃着的明亮火星。

3月13日

一只槲鸫在浅滩旁歌唱。这是我今年的第一只槲鸫。它的歌声浓郁而醇香，只是忽然便停止了。它冲入矮树林中，大声训斥着什么，声音干哑而短促。然后，我见它追逐着一只游隼飞入那棵枯橡树。

那是一只雄隼，我还从未见过他。比起在这里过冬的那只雄隼，他的翅膀更短，体型也更加结实；身体的颜色更深，以棕褐色为主，没有红色或金色的羽毛。此外，他的翅膀和尾部亦有缺口，那是换羽后新羽还未长出的缘故。有很长一段时间，他什么也不做，只是不断抬头望着天空。他高仰着脑袋，凝望着空中迁徙的鸥有如高高飘荡的斑点。

一小时的无所事事过后，他轻柔地从树上飞起，滑翔飞入正前方那片绿油油的玉米地，但几乎没作停留就又飞起了,脚趾上悬挂着一只粗壮的红色蚯蚓。一只鸥尖叫着猛冲过来,为了避开它,鹰迅速弯下脑袋,同时抬举起脚爪,三大口吞下了那条蚯蚓。他返回了橡树,那只鸥也飞走了。早在一个星期甚至更久之前,就有鸥群在这片田野上空飞翔了,它们会不时下坠,捕捉些虫子饱腹。或许是好奇心引诱着这只旁观的鹰,他竟模仿着鸥做了同样的事。就在这天下午晚些时候,他三次掠过田野,捕捉蠕虫进食。下午还下了一场雨,许多蠕虫都爬到了土壤表层。

而其他时候,他就只是睡觉,将脑袋埋入胸脯的羽毛中,睡觉。很无趣,好似一只猫头鹰。下午的瓢泼大雨也没有打扰到他,虽然他很快就浑身湿透了。在初降的暮色之中,他飞去了更高的枝头。那是北方果园边界的一棵榆树。我还站在那棵橡树底下,透过雨天昏暗的光线,勉强还能看见他。他虽已极度困倦,还是会被极其轻微的声响或动静惊醒,然后全神贯注地盯着树下的一群山鹑。山鹑鸣叫不休。他的羽毛沉重地垂挂着,像湿答答的皮毛。他看上去就像一个印第安猎人,披着一身乱蓬蓬的水牛皮,只露出一个脑袋。

3月14日

海水缓缓退去,在河口南岸的海滩上留下一个个浅水滩,闪烁着银蓝色的光泽。滩涂逐渐扩大,阳光之下,金光闪闪。三只杓鹬着陆在这泥滩上,优雅地踱步,走向潮水边缘。它们焦躁不安,转动着脑袋,像风中多疑的小鹿。它们身体的颜色如沙砾,如泥土,如鹅卵石滩,如盐碱滩上干枯的长草。它们的双腿则是大海的颜色。

一只游隼飞过,悬停于海堤上方,而一群山鹑正蜷伏于堤上的长草中。这是一只周身色彩堪比狮子的雄隼,凶猛、骄傲,正用他那明亮、漆黑、水润的眼睛,俯瞰着下方。宽大的翅膀与胸膛相连接处,腋下的羽毛厚实而斑驳,点缀着钻石形状的斑点,有如一只雪豹。这只琥珀色的鹰在阳光下短暂地燃烧而过,飞往了内陆。

我爬上荒野的长坡,向海湾东部走去,不久便发现一只雌性游隼,正栖息在一棵橡树的树顶。她的羽毛湿漉漉的,想必是刚在浸水的田野里洗过澡,现在正在晾干吧。她宽厚的胸脯交织着棕褐色与黄褐色的箭头状斑纹,但下部的羽毛颜色更深,黄色也出现得更少;它们浓密而松弛地覆盖了那根树枝。她握紧的脚爪闪闪发亮,如光滑的黄铜。她的脑袋不知疲倦地转动着。从她所在的高枝上,她可以看见田野、海湾,还有那绵延几英里的黄褐色海滩上所发生的一切。

她一直不屑于理我,直到我距离她已是非常近了,她才突然回头,双眼直视着我。我又走近了些。没有一点迟疑或慌张,她展开翅膀,随微风飘去了。她伸直修长而渐细的初级飞羽,展开宽大如扇形的次级飞羽,它们灰白条纹的翅面在气流中微微波动、闪烁。她滑翔着,翅膀温柔伸屈,这只壮硕的鹰,就这样在树林之上泛起涟漪,在海湾淡蓝色的水雾之中划过一道波痕。她随微风摇摆、浮沉,飘荡向下,穿过轻柔如飘带一般的河口天空,飞入了明亮的海天之间。

厚重的云层又压低了些,整个下午都很乏味。昏暗光线中的一抹芥末黄,是一只短耳鸮从小水沟中安静升起,漂浮向上,像初升的月亮,没有一点儿声响,只有被它拨开的草地发出轻柔的沙沙声。它转过猫一般的脸庞，正对着我，然后拍扇起它斑驳如蛇皮的翅膀，穿过沼泽地，远远离去了。

涨潮的海水给海湾也注入了满溢的灰与光。那只短耳鸮缓慢地拍打着翅膀，飞行于它自己的倒影之上，看上去就像有两只猫头鹰，渴望穿过这闪闪发光的水面，与彼此相遇。其中一只高高升起，越过海堤，另一只深深沉入了海底。

3月15日

西南风狂烈而灿烂，阳光细碎，白日云心。鸻盘旋于强风之中，如一片金色的星云，逐渐消散在北方湛蓝的天空。天际线在大地的尽头延展，边缘如钢铁般清晰。低空中的鸟儿早已被它湮没，而它们高空中的同类还久久沐浴在日晕的明亮光辉中。麦鸡群升起，向翱翔的鹰涌去——此时，鹰尚未显露出他尖钩般的鸟喙和锋利的鹰爪——就像鱼群涌向一只醒目鲜活、光辉灿烂的落水飞蝇。它们被鹰引诱着，飞上天空，然而还在上升，就被杀死了。其实只要飞入高空，它们便安全了，然而它们还在上升，就被杀死了。

中午十二点半，那只深褐色的雄隼栖息在树篱中。那是一片稀疏、凌乱的榛树篱，由东至西，将北方果园一分为二。他刚洗过澡，正沐浴在阳光中，而他的同类——那只金色的雄隼正在河谷中巡猎。这只深褐色的雄隼偶尔也会飞入强风，悬停片刻，但很快又会降落树篱。下午两点，他终于以更加坚定的振翅飞离了树篱，翅膀向前快速而短促地戳刺着。他悬停片刻，突然俯冲，羽翼半合，径直坠入了几棵苹果树间的枯草丛，同时伸长脚爪，展开翅膀。当他再次升起时，身体微微弓着，翅膀的拍打也更加沉重了。他向小溪飞去，身下携带着一只红腿石鸡和一根长长的红色草茎。那只红腿石鸡正在吃食草籽，鹰察觉到了它的动静，在它尚未完成进食前便猛扑向它。那根草茎就这样被连根拔起，与这鸟儿一起被带离了大地。

一小时后他又回来了，栖息在开阔耕地边缘一棵苹果树上。我在三十码外坐下，望着他，远离了所有的掩蔽。他不安地凝视着我，两分钟后，径直朝我飞来，就像要发起袭击似的，但最终只是掉头向上，蹿入风中，悬停于我头顶上方二十英尺处,俯瞰着我。我蜷伏着,在毫无遮蔽的浅草地上,畏惧着,祈祷着。一只老鼠也不过如此了。他那热切、敏锐、刀刃一般的脸庞近得令人恐怖。还有那闪亮的野性的眼睛,那么陌生,那么冷漠,转动如褐色星球,镶嵌在两条眼窝似的长长髭纹中间。他的脸孔在天空的映衬下显得格外鲜明而锐利,颜色有如一只獾。我无法将视线从他眼中迸裂的光芒上移开,从他尖钩般刺穿一切的鸟喙上移开。许多鸟儿都掉入了这咄咄逼人、越勒越紧的目光的陷阱,许多至死都还深深地凝视着他。他返回了苹果树,略显失望。我离开了。让他独自待一会儿吧。

两点到五点间,他时而栖息在榛树篱中,时而悬停于果园上方,从未离开我的视线。他总是栖息在最高处的树枝上,不论它多么纤细、易折。于是,一整个下午,鹰都与树枝一起,在强风中左右摇摆,上下沉浮。他努力保持着水平视野的平稳,为此总是略显诡异地伸缩、扭动着脑袋和脖颈,仿佛他视野中总有某个恼人的障碍物,而他只有不断越过它,才能观察到上方或四周的情况。他那巨大的柠檬黄色的脚爪笨拙地紧握着纤细的树枝，两只脚爪叠放在一起，光滑的鳞纹在阳光下闪闪发亮。当他转身正对我时，像熟透了的谷穗，沉甸甸的，已有些困乏。他的胸脯如此宽厚、健硕，从前面甚至看不到翅膀。浅黄色的咽喉部位淡淡分布着一些褐色斑点。往下，胸膛的羽毛呈赭石色与黄褐色，其间纵向分布着一些巧克力色的条纹，在阳光下隐隐闪烁，如暗色的铜。脸部深褐色的髭纹，仿佛从颜色稍浅的眉骨上倾泻而下。头顶的竖条纹有如红棕色和浅黄褐色的细密木纹，还泛着一点儿灰。颈背处的颜色就更淡了。球茎状的眼睛是森林土壤一样的深褐色，深深镶嵌在眼窝那淡淡绿松石色的裸肤中间。蜡膜[1]是黄色的，嘴基为灰色，钩状的喙尖为蓝色。

他几乎不看我，也不理睬我手臂的动作。他正凝视着长草丛，专注地聆听着，好似一只猫头鹰，面部羽毛直立，耳羽循声起伏。如果他刚才吃掉了那只红腿石鸡，应该不至于这么快感到饥饿，然而他此刻却明显在以捕猎的警觉洞察着周遭万物。有时，他会抬头看看那

---

[1] 蜡膜（cere）：连接鸟喙与前头部间的柔软皮肤。

群翱翔向东北方的鸥。它们认得他，发出刺耳尖叫，四散离去。偶尔，他也会扭头望向果园北部。然后，突然，他再次朝我飞来，悬停于我头顶上方，显得那么好奇，那么冷漠，就像我们向下看着一条鱼：隔着水波，它与我们相隔如此之远，远到我们决不会害怕它，除非跌落水中。他的翼下呈奶黄色，覆盖着细小的褐色网纹和一层隐约的银色光泽；腋羽和次级覆羽的内翈点缀着颜色更深的褐色斑点，还有一些钻石形状的斑纹。

狂风呼啸，他无法翱翔，但仍凭借着惊人的力量和对风的掌控力，坚持不懈地悬停于空中。他几乎停遍了果园上空的每一个角落，消耗着自己对捕猎的强烈欲望，但始终没有迈出果园一步。三点半，他栖息枝头，看着几百只鸽高高盘旋过河谷上空。另一只雄隼又开始捕猎了。四点，这只果园之鹰更安静了。他停止了悬停，缓缓向下，飞入一棵榆树。一番梳理羽毛过后，他张大鸟喙，像鸽子咕叫时那样鼓起喉咙。这种张大嘴巴、如青蛙似的喉咙鼓动持续了整整十分钟，与此同时，他不停扭动着脖子，用一只脚爪用力划挠着喉部的羽毛。终于，他吐出了一丸未消化的骨头和羽毛，然后继续睡去了。半小时后，他穿过田野，飞入那棵枯橡树，再次睡去。但这次，是彻底地休憩了。

风小了，云团愈显乌黑而巨大。那只金色的雄隼低低掠过田野，如一束微光，一阵翅振的狂潮，便飞上了一棵榆树最高的枝头。他那悠长如划桨的翅膀拍击方式，与那只褐色雄隼短促如戳击的翅振非常不同。我好像在拿一只俄罗斯猎狼犬与一只牧羊犬对比。他稍稍休憩了一会儿，又像一枚红金色的箭头，猛然楔入了另一棵树，然后猛冲、跳跃、振翅，飞去了北方。那只褐色雄隼还在橡树上沉睡，丝毫没有注意到另一只鹰的来去。

五点，风彻底停了。傍晚非常平静。整片河谷仿佛终于从狂风中松脱，此时正轻轻摇曳，缓缓向南方飘去。

3 月 16 日

清晨六点，距离日出还有一小时。我停下脚步，看着一只仓鸮摇摇晃晃飞上小路。黎明的微曦中，它的轮廓逐渐从灰茫中脱离，一点点变得洁白、清晰起来。它越过小路，温柔地向河流飘去。露水潮湿的田野上，呼吸间都是浓稠的寂静。第二只仓鸮从路旁的草丛里升起，缓缓经过我身边。擦身而过后，它才慢慢转过圆圆的白色脸庞，回头张望。懒洋洋的大脑袋略显惊讶，漆黑如梅子干般的瞳孔闪动着黑光，隐藏在一副悲伤小丑的面庞和羽毛下。然后，修长的白色羽翼上扬，将它重新拾起，送入了冷杉林。那里，夜色仍然浓重。

河口空气冰冷、清冽。我看着潮汐涨落，看着涉禽觅食、休憩，鸭子沉睡，而太阳又向西偏移了，低低悬挂在榆树生长的岛屿之上。

距离日落还有一小时。我躺在海堤的石坡上，面朝西沉太阳的金红色火光。潮水在泥滩上徘徊、消失。空气愈发凛冽，你开始闻到夜晚到来的气息。忽然，一阵翅膀的咆哮有如悬崖崩塌，轰然没入大海——海滩上所有的鸟儿都飞起了，地面瞬间空荡，化作一片翅云之下的明朗之境。赤颈鸭从海堤背后的湿地上扫掠升起，从我头顶飞过，发出一阵震耳欲聋的啪啪声，像木板砰一声砸向泥地，像鸟粪雨点般砸向地面：那是翅膀粗粝、刺耳的呼啸。这鸟群忽然便四分五裂，崩塌瓦解了。一只赤颈鸭摔落在湿地上，身体扭作一团，已是瘫软无力。它小小的金色脑袋悬挂在它耷拉下垂、战栗不止的脖颈上，看上去是那么不真实，仿佛从它身体里溢涌出来的应该是木屑，而非这滴滴答答的鲜血。它不再动弹了。它只是碎了，坏了。

我离开之前，游隼一直没有回来取它的猎物。事实上，我根本就没有看见它。它的俯冲是那样的迅疾、突然，以至它就在我头顶的天空中杀死了那只赤颈鸭，而我却完全没有看见它。（我在第二天上午又回到了那里，而它已将猎物吃食完毕，又离去了。那只无头的赤颈鸭，仰躺在地上，显得悲壮而慷慨。黑色的血迹上，它乳白色的骨头在阳光下隐约闪烁，柔软的羽毛在风中飘起又坠落。）

薄暮时分，我又看见了一只仓鸮，正在小路与河流之间的草地上寻猎。整整二十分钟，它以一条条长而笔直的线路，在草地上来回穿梭，飞行于草地之上六英尺处，快速而均匀地拍打着翅膀。它翅膀的平稳律动中仿佛藏有某种奇妙的抚慰。暮色更深了。仓鸮的身影显得更大、更白，初升的月亮也逐渐由深暗的橘变成了明亮的黄，在树影间飘浮。仓鸮降落在一根门柱上，平静、温和，好似陷入了沉思。但我知道，它正凝望着我，从田野的灰茫之中，凝望着我。它弯钩状的鸟喙从心脏形状的脸盘上伸出来，好似一只利爪。漆黑的眼睛四周环绕着一圈酒红色。它从我头顶飞过，在春天夜晚的第一缕寒意中，忽然鸣叫起来：一种嘶哑、凄厉的尖叫，拉扯得如此之长，尾音却依然刺耳。然后恐惧散去，夜晚又回归了静寂。但已不是同样的静寂了。

3月17日

东风不止，云展云舒，天空辽阔无边际，万物也更显清透明亮。午后冰冷的狂风中，光线尤其灿烂夺目，直到距离日落仅剩一小时，才逐渐减退，淡入黄昏暮霭之中。

我向海角走去——那里，河流温柔的水光将与大海荒凉的明亮相交汇。一只体形颇大的雌性游隼低低飞过水面，向停泊在河流中游的一排空置货船飞去，然后一个猛冲，降落在其中一艘货船的桅顶上。她在那儿停歇了五分钟，又朝河口南岸飞去了。

四点半，光线已非常昏暗。一只短耳鸮在沼泽地上空觅食，而一只仓鸮正从它下方经过。那只体形较大的鸮狠狠俯冲向体形较小的鸮，仓鸮下坠躲入草丛，待了足足有十分钟。这次交锋过后，这两只鸮便彼此保持着距离，互不侵犯，各分得半边沼泽地。光线渐渐凝固了。那只褐色的鸮已无可分辨，那只白色的鸮却愈显皎洁。它们的捕猎方式完全一致，或许是在寻找同一种猎物。

向西半英里，农场附近的树林里有斑尾林鸽成群飞起。一千只鸟儿骤然升空，紧紧簇拥，而后轰然四散，如一场爆炸，掀起巨大而沸腾的火光。一只游隼正在捕猎。可惜我离得太远了，实在看不清。

初升的暮色中，我穿过沼泽地，走上通往村庄的小路。突然，一声声嘶力竭的惊鸣令我停下脚步。那是一声刺耳的"chow-week"，来自西边田野上一只落单的麦鸡。它悲喉着，疾速窜过低空。而它身后，几乎紧贴于那犁沟之上，那只精瘦的雄性游隼如离弦之箭，闪烁着金光。他紧追其后，翅膀高举过背，深深拍击，动作凶狠而残暴。麦鸡使出一系列突然的急转，借机拉开距离。游隼的转弯虽甩出了更大的弧度，但速度也更快，转眼又追上了它。麦鸡冲向灌木丛的庇护，而游隼拔起高度，悬浮于它上方，如黄昏空中的一枚小黑点，俯冲直下。这是一记骇人的重击。麦鸡砰的一声砸进土里。这两只鸟总算是分开了：一只因死亡而瘫软在地，另一只则因暴怒、震惊而神经紧绷。这只落单的麦鸡太过沉浸于它的求偶飞翔和歌唱，因而迟迟没有回归鸟群。鹰用脚爪拖拽着死去的麦鸡，穿过渐暗的田野，朝沼泽地飞去——那只白色的鸮还在沼泽地上空捕猎。

3 月 20 日

清晨的细雨悄然停歇。小雨化作了水雾，水雾又被云雾取代，不变的是空气里的潮湿和无聊。东北风冰冷。

那只深褐色的雄隼在上午十一点回到了果园。他在一棵榆树上吐出几颗未消化的食丸，然后便飞走了。我在树下的草地上找到了几颗这样的食丸，每一颗都含有老鼠的皮毛和骨头，还有一些斑尾林鸽的羽毛。十二点半，他又出现了，并在果园及周边度过了这一天余下的时光。现在，他已经长出两根蓝黑色的成年鹰的羽毛了，分别位于两只翅膀的中间；还有两根蓝白相间的羽毛，位于尾部中间。

整整三个半小时，他潜伏在高高的枝头，从箭杆杨，到桤木林，又到溪畔的橡树林，专注地凝视着下方果园的草地，伺机而动。栖枝的高度对他而言非常重要。他着陆在一棵箭杆杨的最高枝上，环顾四周，然后又飞去了另一棵比它仅仅高出几英寸的树。几番对比、目测后，最终选择了这一排中最高的那棵树。他的步法非常精准、敏捷，可以说是优美。哪怕是最细软、最易折的树枝，他也从未失误，从不踉跄。我经常站在距离他的栖枝仅有二十码的地方，而他的目光会越过我的头顶，望向我身后的果园。他毫无畏惧。如果我突然拍手或大声呼叫，他或许会低头扫视我一眼，但也只是一眼而已。即便没有望远镜，我也能看清他的眼睛，和他羽毛上所有的细节。而用上望远镜，我就能看到最为细微的特写，比如围绕在他鸟喙基部微微颤动着的刚硬嘴须。背部、上体和次级飞羽上匀密分布着深褐色与浅黄褐色的斑纹，还轻微带一点红。尾上覆羽呈红棕色，比尾部和上体的颜色更浅一些，初级飞羽则为纯黑。肩羽是独特的：覆盖着黑与金相间的斑纹，闪动着明亮的金色光泽，如一匹光滑的绸缎，就算距离遥远，光线昏暗，它也非常显眼。

他的脑袋不停转动着。在对周围的环境有过充分的了解后，他会偶尔飞起，蹿入风中，悬停二十至三十秒，然后又返回栖木。没有俯冲，没有任何形式的袭击，但每当他飞起，远方的山鹑便会呼叫起来，而那些近处的鸟儿却躲藏在高高的黄色草丛中，悄无声息。我在鹰悬停过的地方惊起了不少鸟儿，只是那时他已经返回了栖木，对追逐似乎也完全提不起兴趣。一小群麻雀藏身于灌木丛中，高高仰起它们愤怒的小脸，向鹰发出刺耳的尖叫，焦躁不安地跳来跳去。但鹰完全忽视了它们，正如他忽视了我那总是上仰着的空洞的脸。他全部的注意力，都狂热地集中在他那莫名其妙总是落空的捕猎上，或者说，捕猎的假象上。

时针从两点转动到三点，他也变得越来越警惕、焦躁。三点，他终于飞起，朝东南方飞去，很快离开了我的视线。他的"果园捕猎"显然已经结束了。一小时后，他飞上了一棵枯橡树，并在那儿一直待到了暮色降临。他一共抓住并吃掉了六只蠕虫。过程都很相似：他掠过玉米地，用鹰爪抄起一只蠕虫，带回橡树枝头，用一只脚爪压制住它，然后慢慢地，小口小口地吃掉它。他在做这一系列举动时，显得非常悠闲、从容。那副模样，就像是位美食家，在细细品尝着某种珍稀的时令佳肴。他在早些时候已经吃过更为实质性的猎物了，而虫子，就像老鼠，仅仅是零食而已。不过，换羽期的游隼似乎都无法抵抗零食的诱惑。

3月21日

一只灰林鸮躺在南方林地的边界处，早已死去。我举起它宽大的翅膀，粉翶[1]噗噗掉落，一如灰尘。当我

---

[1] 粉翶（powder down）：一种特殊的羽毛，羽尖会不断破碎为粉状颗粒，这些粉粒有助于清洁、护理羽毛。

将这又轻又干的尸体扔向一旁时，它长长的脚爪钩住了我的手套，诡异又带点神秘的意味，就像这脚爪仍然活着。它柔韧、有力的腿部，被羽毛覆盖直达脚趾，最后就终结于这弯曲的尖钩，这锋利、坚硬，如钢针一般的脚爪。它们仿佛是永生不朽的。它们会在破碎的骨骼、飘零的羽毛都灰飞烟灭后依然存在着，野草将在掩埋它们的土壤之上高高生长。

我在溪畔一株黑刺李下，发现了一只刚刚死去的斑尾林鸽的尸体，花瓣飘落在逐渐凝结的鲜血上。两片树林之间有一条小径，小径沿路多是些荆棘树篱，也零散生长着几棵橡树和榆树。小径南端有棵枯树：一棵二十英尺高的榆树，朽烂严重，无枝无叶，顶部参差不齐，就像一颗断牙。就在这长满青苔的断牙上，那只颜色较浅的金色雄隼蹲坐着，正在休憩。我一靠近，他便朝东方飞去了。他盘旋了几周，然后以一系列陡直的滑翔、停顿，向我飘荡下来。我就站在那棵枯树旁，看着他下落。他那大大的圆脑袋仿佛悬浮于两片僵硬的翅膀之间，越来越大，那双眼也越发清晰，从黑色的面罩中肆无忌惮地直盯着我。瞳孔没有扩张，眼中没有丝毫畏惧，这下坠亦没有丝毫闪躲，他只是稳稳降下，从我身旁滑翔而过——在距离我仅有二十码的地方。他的视线从未离开我的脸庞，越过我后还扭过头来，确保我在他看得见的地方。他并不是害怕，也没有被我不断举起、放下望远镜的动作和不断调整位置的行径惊扰到。他无动于衷，最多有点好奇。我想，我如今在他眼中，应该一半是鹰，一半是人吧。我值得他时不时飞过来看一看，但我永远得不到他全部的信任。一只残疾的鹰？或许吧。不能飞，亦不能干净利落地捕杀猎物，叫他摸不透，脾气还很古怪。

白色的高积云碎裂开来，在太阳底下融化。我追逐着鹰，一心期盼他能翱翔高空。一点半，他厌倦了被追逐，缓缓滑翔升高，迎着温暖的气流展开翅膀，高高飞离了我的视线。我看着他盘旋，飘荡，飘浮向上，最后只剩一枚锋利的黑点，刺穿澄碧的苍穹，然后，什么都没有了。用上望远镜，我才又找到他，他在山林之上那些轻如羽毛的白云表层，划过一道悠长而优雅的弧线。我平躺在干燥的土地上，看着他逐渐变小，逐渐消失，看着他在空中创造出一幅幅迷人的图案和涂鸦，转瞬即逝，如潮水拍打沙滩留下的卷曲线条，终将被世界遗忘。阳光温暖，树篱绿影斑驳，百灵在翱翔之鹰的身下高声歌唱起来。终归，这世界还存有一丝心的坚定。

鹰升入了山林之上更为轻薄的空气里，而我心满意足地躺在田野的低声细语中，等待他的归来。二十分钟后，他从东方飘荡而至，开始缓缓下降。他蹿入风中，来回穿梭于小径上空，循环绕出一个个"8"字形，盘旋于小径两侧的田野之上。每一个"8"字形完成后，他都会径直滑翔向小径，然后流畅而快速地滑入风中，翅膀收拢，平缓转弯，开始下一个"8"字形盘旋。他是将这条长而笔直的小径当作定向线了。他就这样下降了一千英尺，但即便已经下降了一千英尺，他仍然只是头顶上空的一枚小黑点，透过望远镜，你也不过能辨认出他是一只鹰而已。他飞得如此轻松，如此威严，他征服了风，他乘风而来，他用他翅膀温柔的曲线驯服了风，他主宰着所有来势急遽的狂风暴雨，他掌控着所有湍急气流的深凹涡旋。

他一个猛扑，朝北方林地笔直滑翔而下，再无任何束缚了，他就像一只遽然重获自由的鱼。一只斑尾林鸽正飞行于北方林地上空。它抬头,疯狂转向,仓皇逃离;那黑点骤降,疾速扩大,重返本色。金色的脚爪一瞬击出,身体亦像手枪般,因后坐力而猛地向后一顿。灰色羽毛喷涌四散,飘落空中;斑尾林鸽翻滚坠落,砸入树林。鹰离去了。天空冷清,空无一物。

下午晚些时候,我找到了那尸体。它仰面朝天,躺在一片湿软的草地上,被高高的白桦与角树所环绕。鹰的足迹深深印刻在周围的泥地上。斑尾林鸽的脚爪依然干净。它已被掏空内脏,吃得只剩下骨头了,就像一艘象牙船。

3月22日

云高而风凉,地平线一览无遗。中午十二点,那只果园雄隼栖息在他经常停留的那棵榆树上,身下是一群叫嚷不休的欧乌鸫和苍头燕雀。他迎风而上,开始悬停,在强风的拉扯中奋力拍击着翅膀,天空便从他充分张开的飞羽和尾羽的缝隙中透射下来。他厌倦了,遂滑翔向南,低低越过果园,越过田野,惊起了几百只正在觅食的寒鸦和斑尾林鸽。它们疯狂上飞,惊慌四散,彻底离开了那地方。寒鸦螺旋向东,斑尾林鸽攀升向西,飞出了我的视线。

雄隼又回到了果园,在树顶上观望了整整一小时,直到几只乌鸦从一棵白杨树上飞出,向他追来。他开始加速,翅膀的拍打也更加持久、坚定。那以后,他明显更加活跃,也更加警惕了。游隼的一天常会有这样的时刻,他明明已经饿了,但就是不愿开始捕猎,或者说,他还没准备好捕猎。如果此时的他被打扰,不论是被人类还是被围攻过来的鸟儿,他都会抛下一切犹豫,立刻开始捕猎。

摆脱那群乌鸦后,他飞回了刚才栖息的榆树,但这次选择了更高的枝头。他身体前倾,脑袋快速地左右转动着,脚爪也坐立不安地来回踱步,紧握树枝。当他终于扬起翅膀,俯冲向下时,双眼早已锁定了猎物:一只他早就在果园里见到过的猎物。他小心翼翼地飞行着,轻柔地迎着风,缓缓滑翔过一片空地,停住,悬浮于二十英尺高的空中,然后温柔下坠,袭向猎物。随后,我见他沉重地升起,低低穿过树林,爪下携带着一只红腿石鸡，一对远离了隐蔽处的红腿石鸡中的一只。我追在他身后。他掉落了猎物，但又马上翻身接住了它。这重拾猎物的速度快得惊人，我只看到他一闪而下又迅速飞起，就像一次眨眼。他飞出了果园，越过了小溪，快速而深重地拍打着翅膀，在几乎要触碰到地面时，又振翅升起，就这样下跌，弹起，起起落落，好似一只啄木鸟。一只红腿石鸡重达一磅甚至一磅半，而这只雄隼已携带着它飞行了至少一英里，且速度还保持在每小时三十至四十英里之间。

3 月 23 日

今天和昨天完全是两个季节。强劲的西风与温和的阳光下，今天一整天都暖洋洋的，黄昏的薄雾升起，飘散着醇香。河边的草地上有三百只金鸻正在觅食，此外还有一些麦鸡、鸥和田鹬。它们缓缓移动穿过草地，像放牧的牛群。突然，所有鸟儿都飞起了，仿佛它们身下有张大网猛地一弹，将它们全部抛甩向天空。小鸟儿扑进了小树林，鸥和金鸻升上了天空。六只沙锥与金鸻一同飞起，跟随金鸻高高盘旋。

透过这扑颤着的羽翼之网，我看见游隼从阳光下一闪而过，一只金鸻摔落下来。我花了很长时间才找到它，而那时，鹰早已离去了。那只金鸻是从下方被袭击的，身体的侧面有一道伤口，就像被一把薄刃的刀子刺中。胸口的部分血肉已经被吃掉了。它的一条腿是萎缩、残废的。游隼总能准确无误地从一大群表面看起来并无二致的鸟儿中，选中那只畸形的或不正常的个体，实在令人难以置信。或许，最为轻微的身体病恙或羽毛的变异，都能毁灭性地影响到一只鸟的逃生能力。或许，一只残病的鸟本就不愿苟活。

我走进果园。那只深色的雄隼疾速闪入溪畔一棵桤木，看着我从苹果林间走过。他飞上了榛树篱，而我在距离他十二码的地方坐下。我们对视了一会儿，但他很快便没了兴致，开始专心致志地盯着草地。当他笔直地从我身旁飞过时，我从他翅膀的急促扑拍中意识到：他锁定了猎物。他悬停，一头扎入草地，再次升起时，脚下多了一只老鼠。他携带着它穿过草地，飞入那棵枯橡树，并在那儿吃掉了它。他高高仰起脑袋，凝望着耀眼的南方天空——那里，那只金色游隼正翱翔前往海边，而鸥正高高盘旋。一直到那浩荡如云的飞鸟的轨迹越过了远山，他才起身，返回了溪畔。

不论他是在果园上空悬停，还是在桤木枝头休憩，我一直站在离他很近的地方，却被他完完全全地忽视了。他专注地看着我脚边的草地，肯定是看见或听见了某些我毫无察觉的动静，虽然我就站在两码外，而鹰在三十码外。他的目光追随着这一动静，然后猛一抬头，迅速飞起，悬停于距离我十码开外的草地上，向一侧翻身，收拢翅膀，猛冲向下。这是一次仅仅六英尺下降距离的俯冲，但他的俯冲方式与从六百英尺高度俯冲并无差别。他撞向草地，但冲击力甚微，柔软、无声，就像一只猫头鹰。然后轻盈升起，携带着一只硕大的死老鼠。他飞上一棵苹果树，在那儿两大口便将这猎物吞了下去，先是脑袋，然后是身体的其余部分。所有这些就发生在我眼前，距离我还不到二十码，而我甚至都不必保持静止。

他休息了十分钟，又开始在果园的北半边盘旋，就在池塘和那片榛树篱之间,那里的草长得更矮些。他仔仔细细地排查了那片土地,看上去比以往任何时候都更热情。吃下第二只老鼠后,他胃口大增,饥饿感也更强了。整整半个小时他都盘旋于阵风之中,完全没有休息。但其间他只俯冲了一次,还失手了。阳光普照的果园显得非常安谧,交织着淡淡的琥珀色光线。我能听见的唯一声响就是欧歌鸫和欧乌鸫的歌声,因距离遥远而极其微弱,偶尔能听见一只黑水鸡的鸣叫,还有风中树枝的嘎吱作响和沙沙摩挲。唯一的动静就是鹰那对修长的翅膀,于阳光之下,无声抽拉。它对我而言是无声的,但对浅草地上的老鼠,对长草丛中沉默的山鹑而言,鹰的翅膀刮擦过空气划出的刺耳声音,是如电锯般惊悚的哀号。不过,比起哀号,安静更令它们恐惧,当这翅膀的咆哮停顿于它们上空,当它们等待着那即将到来的撞击——正如我们,在战争中,学会了畏惧炸弹飞行时那份突然的安静。你知道,这是死亡正在降临,但你不知它将降去何处,或者说,不知它将降临在谁的身上。

阳光温和,云淡风轻,这是温暖的春日。苹果树纷繁的枝杈间，游隼光芒熠熠，耀眼如西斜的落日。我在果园中穿行，他一路跟随着我，悬停于我上方，期盼着我能为他惊飞一些猎物。我走至溪畔，一只短尾鼬蹦蹦跳跳跑过草丛，穿过悬钩子，嘴上叼着一只水鼠。它不得不将下巴高高抬起，以免水鼠拖划草地。这柔软的水鼠，如此肥大，因死亡而愈加松弛，体形是那只身形细长的短尾鼬的两倍。此景就像一只老虎叼着一头肥硕的阉牛。我离开了。让鹰好好捕猎吧，这只短尾鼬将是他的一顿美餐。

那一只雄性游隼，拥有万里无云的天空、宽广的河谷、山岭、河口和整片海洋；拥有二十英里天堂般梦幻的捕猎大地，一百万只鸟儿任其选择，还有一万英尺温暖有风的高空任其驰骋、翱翔。而另一只雄隼——同样强健，有着同样锋利的鸟喙和尖利的脚爪，却只拥有果园僻静的一角，一英亩的草地和苹果树林，几只老鼠，偶尔可能有只山鹑，蠕虫，此外就是睡觉。他就像是被这片小小的、四方对称的树林给催眠了一般，像一个赌徒，无法抗拒再次掷出骰子的诱惑，满心期盼这一次，好运将会降临。

我沿小溪向那棵枯榆树走去，想看看那只金色的雄隼是否已从海岸返回。他不在。我就在田野的一角坐了下来，等待他的归来。那棵巨大的橡树将阴影投洒在我眼前一片光秃秃的土地上，我能看见小鸟儿的身影在树冠的幻影间扑飞、闪动。要不是一只翠鸟从我头顶飞过，我几乎要睡着了。它向下飞去了溪畔。我还从未见过一只翠鸟映衬着天空的样子，之前所有相遇，都是在河流附近，有河流反射的水光自下而上照亮它们。而如今它高高飞过干燥的土地，映衬着白云无光的表面，看上去只是一只很虚弱的鸟儿，谈不上什么美丽。野生的造物，只有在它们真正归属的地方，才算真正活着。离开那地方，它们或许会如舶来品般短暂地绽放光芒，但那双眼会越过这光芒，永远寻找着它们遗失的故土。

下午一点，雄隼从东方滑翔而来，降落在田野遥远另一端的一棵小橡树上。太阳在我身后闪耀着，我躲在黑刺李树篱的阴影中向他爬行，直至距离他只有四十码。他面朝太阳，不久便困乏了，懈怠了，整个身体都蜷伏在腿上。他将一只脚收入羽毛中，就这样睡去了，虽然还是会频繁地醒来，梳理羽毛，环顾四周。鹰的睡眠都很浅。他们会因微风吹落一片树叶，长草摩挲摇曳，一块阴影的变长或缩小而惊醒过来。他们是亡命之徒，他们已然从一切事物中逃了出来，却唯独逃不过恐惧。

太阳西沉了，鹰也被一层琥珀色的光泽笼罩着。他的羽毛平整、光滑，在微风中泛着涟漪。他端坐在树枝筑起的网中，像一个华丽的铜质花瓶，周身泼洒着金色的釉彩。从我所在的角度看去，在纵向的颊部髭纹与横向的深色贯眼纹的交会处，他的大眼睛微微向外凸出着。他每次转动脑袋，眼周裸露的蓝灰色皮肤都隐约闪动着白光。橡树和榆树，天空和云朵，全都倒映在这深褐色的明亮双眼中，仿佛一幅微型画，刻画在蛋白般光滑的釉面上。说来也怪，这又是一双无比慵懒的眼睛。有时，它们就像被暮色笼上了一层淡紫色的灰茫，像望远镜镜片上的矿物镀膜，或李子深色外皮上的薄薄白霜。

从三点半到四点，鹰变得愈加警惕了。他收紧尾羽，来回挪动着双脚，环顾四周，不时抬头迅速扫一眼天空。然后，毫无预兆地，他突然飞起，盘旋于田野上空,摆出一个长长的滑翔,好似意欲开始翱翔。但这滑翔最终演变成了一次疾速下坠的俯冲。我顺着他俯冲的方向望去,一对红隼映入眼帘,它们正低飞于小溪上方。游隼冲向它们,而红隼齐齐下坠,蹿入一棵树中。那只雄性红隼朝南飞去,发出声声刺耳的尖叫,雌性红隼留在了树上。游隼向北方飞去,携带着一只老鼠,那是其中一只红隼掉落的猎物。游隼之所以袭击红隼,是因为他正在捍卫他的领地:他决不允许有其他猛禽出现在这里。要不是看见那只掉落的老鼠,他很可能已经杀死其中一只红隼了。他总是无法遏制这种本能的冲动:追上它,捉住它。

游隼返回了栖木,但没有丝毫的松懈。那双眼已不见了刚才的慵懒,转而出现了一种浅褐色的光芒,恍如寒冬严峻的阳光穿透浓密的树林。他盘旋升入温暖的蓝色雾霭,顺风翱翔而去了。空气浓重,带着一股甜香,如花粉随风游荡。

我知道,今天他是不会回到这里了,我身边所有的鸟儿都知道。斑尾林鸽又出动了,这次是整个鸟群一起穿越两片树林之间的田野。它们飞得极低,紧贴地面,事实上，它们距离地面仅有一码，且绝对不会超过这一上限。它们太害怕鹰的俯冲了，因为有太多斑尾林鸽就死于穿越田野的旅程，死于从一片树林转移到另一片树林的途中。那对红隼飞上了那棵枯橡树，怯生生地鸣唳着。我在树底的荨麻丛中发现了一些吐出的食丸，既有红隼的也有游隼的。游隼的小团粒里含有许多斑尾林鸽的羽毛，还有一些沙砾石子，每颗直径都有大约八分之一英寸，边缘和棱角还颇为尖利。他应该是在溪水里洗澡时吞下这些石子的，它们可以帮助消化。

我花了一个多小时，来回搜寻远方的山脊，而与此同时，我四周全是鸟儿在歌唱或觅食，一片平静、安宁。我是被地平线囚禁的人。我羡慕鹰，羡慕他视野的广袤无垠，羡慕天空在他眼中无边无际。鹰生活在空气的弯曲弧面上。它们球状的眼睛亦从未见过如我们人类这般灰暗、平直而单调的视野。

河口正是涨潮的时候。大地上的光芒渐渐褪去之时，便是天空被满溢的海水照亮之际。如果游隼在，他会降落于那些三五成群、正在熟睡的涉禽之上吧，而它们的翅膀会升入这落日余晖，一如祭祀时升起的灰烟。

3月25日

层层白浪扫过熔岩般的蓝色海水,又如火舌舔舐着温热的海堤。涨潮了。河口阳光灿烂,飘扬着闪闪发光的飞鸟,一片灵动明亮。一群翘鼻麻鸭随潮水漂荡而至,有些漂浮在海湾中,有些栖息在绿色的沼泽地上,一团团硕大而雪白。红脚鹬和云雀唱起歌来。麦鸡群打打闹闹,蹦蹦跳跳。剑鸻或凝望着海浪,或游弋其上,银光流动,有如飞梭的鱼群。还有一只剑鸻在渐窄的海滩边缘深深地歌唱,"cook-a-doo, cook-a-doo, cook-a-do……"翅膀随歌声摇摆起伏。针尾鸭乘着海浪高高到来了,缓慢、威严,带着一种贵族式的优雅:身体棕白相间,性情疏离冷漠,颈部纤细修长。海面上散落着一个个绿树环绕的岛屿,令直插地平线的灰白海堤的棱角都显得温柔。远方有杏花绽放,明媚如海中珊瑚。

几对山鹑干巴巴地从海堤上飞起,掀起一片哗啦啦的喧哗。起初,它们那好似极度干渴的鸣叫声还很不协调,但之后,翅膀的用力拍击开始迫使它们发出一种渐弱的嘶哑喉音,这声音一路伴随它们飞至一片树篱,落入隐蔽之中，才逐渐烟消云散。它们就像老旧的发条玩具，缓慢、嘈杂、吱吱呀呀地走向寂静。

大潮覆没了盐碱滩，涉禽飞上了天空。微光闪闪，轻盈浮动，仿佛银与灰的光点，忽而倾泻而下，似纷纷大雨，又汇成旋涡，盘旋升起，如海上掀涌的波浪。我不断听见一种古怪的鼾声，每一声的末尾还冒着气泡，好像有人在吸气之后却开始咕噜咕噜地漱口。不时地，我还能看见水面上浮现一小串气泡。终于，那黝黑的、胡须浓密的口鼻部浮出了水面，然后是一整个光滑、油亮的脑袋。一只海豹啊。他看着我，吸了口气，又潜入了水下。他慢悠悠地在海湾里戏水、闲晃了一圈，便游回了开阔的河口。这是幸福的生活，一只海豹的生活，在这里，在这片浅海水域里。和无数生活在空中的和水下的生物一样，它活得似乎比我们幸福。我们没有基本元素。我们倒下时，没有任何东西能支撑起我们。

一只死去的鼠海豚搁浅在鹅卵石滩上，沉重如一袋水泥。它光滑的皮肤上散布着一些粉色和灰色的斑驳，舌头发黑，坚硬如石。它的嘴巴张得很大，像一双鞋底开裂的旧靴子。牙齿看上去好似一个阴森的皮箱上的拉链。

我发现了十六只游隼的猎物：鹅卵石滩上，有三只红嘴鸥，一只红脚鹬，一只赤颈鸭；沼泽地上还有五只斑尾林鸽，两只赤颈鸭，一只秃鼻乌鸦，一只寒鸦和一只翘鼻麻鸭。那只翘鼻麻鸭躺在一长串羽毛的末端，这些羽毛都是被游隼俯冲时惊人的冲撞力劈砍、撕扯下来的。还有一只红嘴鸥躺在一座避暑山庄的草坪上，已经被拔去了羽毛，吃得只剩残骸了。它倒在一大堆白色羽毛的正中央，像一朵凋零的白花，散落了一地的花瓣。

下午晚些时候，一只雌性游隼飞来了河口。她精瘦，威严，与杓鹬一般大小。在她上方的高空里，一群灰斑鸻正飞行于太阳之下，一如舟鲫[1]蹿游于鲨鱼前方。游隼滑翔着，逐渐开始了翱翔。她在温暖的西风中盘旋向上，渐渐消失在遥远天际泛蓝的薄雾之中。什么都没有发生。退潮了。涉禽们拥挤在渐退的潮汐线上，鸥群开始从内陆飞来。半小时后，我正透过望远镜看着一群椋鸟从我头顶高高飞过，却发现它们之上更高的高空

---

[1] 舟鲫（pilot fish）：又称领航鱼，栖息于热带和暖温带海域，有与大型鲨鱼共生的习性。

中，有一枚黑色斑点，一动不动。虽是一动不动，却在逐渐增大，且速度非常之快——是那只雌性游隼，她正在发起一次令人惊叹的俯冲。她径直朝我猛冲而来，已不是一只鸟的形状，更像是一个疾速下坠的脑袋，是一个鲨鱼的脑袋正以惊人的速度从天而降。如果你仔细聆听，这俯冲一开始还伴有一种极其微弱的叹息之音，但很快就变得坚硬、粗粝，最终化作声声刺耳的悲鸣，就像强风呼啸过高空钢索。一只大黑背鸥掠过我眼前，向海滩飞去，瞬间遮挡、模糊了游隼的身影。它黄色鸟喙上的红色斑点在阳光下闪闪发光，冰冷、黯淡的双眼俯瞰着下方。它有着这种鸟类最常见的表情：完完全全的漠不关心。然后，是砰的一声巨大的撞击声。这只鸥就像被锻打的热铁块一样弯曲变形了。它的脑袋猛地一抽，扑通垂落。游隼击中了它的脖颈。

在观看了一场漫长的，几乎可以说是平缓的下降过程后，这最后的一击可谓迅猛，令人眼花缭乱。游隼用她的后脚趾一把钩住并当即扯断了鸥的脖颈。当她从这猛击中飞离时，身体还震颤不止，好似劈砍时从原木上飞溅出去的木渣。然后，她以一个温柔的曲线，轻轻拂过河面，重新掌握了平衡。那只鸥从一百英尺高空滑落下来，速度很慢，直至狠狠摔落在鹅卵石滩上，才彻底瘫软不动了。游隼降落在它身旁，开始进食。血肉很快就被剥去了，新鲜的骨头直插天空，就像一艘遇难的沉船，残杆犹立。

3月27日

一种温柔的、回音一般的哞哞声，从海堤旁一棵小橡树上传出。那是一棵空心树，有着矮而粗壮的树干，树顶的繁枝便从那中空的树心中生长出来。我走到树下，被树身的轮廓遮挡，只能看见一只小鸮的头顶。他知道我在那儿，且为了看清我，他在一分钟后爬上了一根树枝。我们之间大约间隔了十英尺。他眨着眼睛：先是两边眼睛一起，后来便只眨动左眼了。他深深地弯下头部，直至膝盖，就像某种快速的屈膝礼，而后伸直脖颈，将它拉得又细又长。他眼部上方那条毛茸茸的白色斑纹亦不断移动着，有如皱眉。然后他看向了别处，就像突然感到尴尬似的。

他向更高的枝头挪去，挪动时，双眼一直盯着自己的双脚，但还是抬头又看了我一眼。我慢慢举起望远镜。他吓了一跳，低头回避，但又难掩好奇。有那么几分钟，他一直直视着镜头。他圆圆的大眼睛虽非常明亮，却有些呆滞无神，仿佛它们不过是画在脑袋上的装饰而已。黑色的瞳孔与鲜亮的黄色虹膜宽度一致。他经常眨眼，灰色瞬膜[1]会展开、盖住眼球片刻，有些令人恶心，就像一个玩偶闭上眼睛。渐渐地，他似乎没法将注意力集中在我身上了。我感觉我对他而言已无多大意义。我就像那些用特技摄影术[2]拍下的日常物品照片，如果你认不出它是什么，它就什么也不是。终于，他耗尽了对我的兴趣，看向了别处，然后很快便遗忘了我的存在，扑扇着翅膀，飞回了树洞。我在树外，他在树内，而且他对我也无话可说。

对身形如此之小的鸟儿来说，小鸮的腿部是惊人的

---

[1] 瞬膜（nictitating membranes）：鸟类有一种半透明的眼睑，覆盖在结膜上以保护角膜及清除异物。
[2] 特技摄影术：利用特殊技艺完成的技巧摄影，比如快速摄影、慢速摄影、合成影像等。

粗壮、有力；它们看上去毛茸茸的，就像小兽的腿。当小鸮栖息枝头时，整个身体看上去完全不成比例，简直就像一颗长着两条腿的脑袋。你得尽量做到不将它们拟人化，然而你无法否认，观察小鸮是件非常有趣的事。飞行中的它们就只是猫头鹰而已，但栖息时，它们看上去真是天生的小丑。它们自己并不知道这一点，当然了——这就让它们更加滑稽了，因为它们总是一副愤愤不平、义愤填膺的样子，浑身上下都满溢着戾气。它们尖锐的脚爪和坚硬的鸟喙并不好笑，它们是杀手，这才是它们存在的理由。但每当我在树上近距离看见一只小鸮时，我都会忍不住放声大笑。

薄暮时分，在捕猎开始之前，它们又是另一副模样。它们的春日歌声恍如单一的木管乐器的吹奏，高高低低，空灵回荡，充满甜蜜的感伤，就像一只遥远的杓鹬在睡梦中呼唤。猫头鹰们彼此回应着这歌声，于是它一路越过田野，越过河谷，越过暮色弥漫的树林……然后，春天的夜幕降临了，带着冷冷的青草味。

那只小鸮在焦躁中睡去了。我沿海堤走向河口的尽头。阳光静谧，退潮的海水波光粼粼。远处一片耕地上,有什么东西正像蛇一样蜿蜒滑行。原来是只短尾鼬,它正追踪着猎物的气味,敏锐而迅速地移动着。它翻过犁沟,跳过田垄,又扭头折返,如此循环绕圈,有时已远远跑入了田野之中,转头又朝耕地边缘跑了回来。它蹲伏,奔跑,弹跳,匍匐,因激动而微微颤抖着,仿佛能在气味中看见生动鲜亮的色彩,就像一个不断尝试从迷宫中逃生的人。它一跃跳上沼泽地,朝一只野兔飞奔而去,红褐色的背部如风中麦田,波动起伏。那只兔子因患病而全身肿大,无助如一只陷入泥沼的小牛。然而短尾鼬并没有杀死它。它活了下来。它是被自己那即将降临的死亡给拯救了。可能就连它的敌人也恐惧它现在的样子。

一对琵嘴鸭降落海湾。它们脚蹬水面滑行了很长一段时间,才将腹部撞向水面,划过嘶嘶的水花。公鸭的腹部是一种浓郁的紫,一如主教的长袍,阳光下愈显鲜艳。他沉重地漂浮着,悬着一个硕大的鸟喙,好似寻血猎犬累赘的吻部。深色的头部闪动着墨绿色的光泽。

我在鹅卵石滩上发现了两只斑尾林鸽的残骸,都是最近才被游隼杀死的。大潮高涨,仿佛恶鬼作祟,将一只无头的大黑背鸥的尸骸冲刷上岸,挂在海堤旁一面带刺的铁丝网上。就算对雌性游隼来说,这也真是一次了不起的猎杀。要知道,一只大黑背鸥重达四至五磅,一只雌性游隼只有两磅到两磅半重。哪怕是眼前这只无皮无头的鸥的残骸,也与一只多肉饱满的斑尾林鸽一般重了。这种大型的鸥是杂乱无序又心不在焉的捕猎者。看到它死去,我一点儿也不难过。

二十只斑尾塍鹬正在潮汐线上觅食,其间还混杂着几只杓鹬和灰斑鸻。一只塍鹬显得非常不安,它飞过泥滩,疯狂地冲刺、翻转,不断摇甩、猛劈它长长的鸟喙,就像击剑运动员挥舞手中的花剑。然后它直奔鸟群而去,毫无规律地在一群群涉禽间横冲乱撞,将自己猛抛向上又俯冲向下,惊飞了滨鹬,也吓跑了盐碱滩上的鸭子。它似乎是有意在模仿一只鹰的袭击。它的动作和捕猎的游隼惊人地相似,若不是我早看见了它长长的鸟喙,若不是距离还不算太远,我真有可能把它当作一只鹰。奇妙的是,就在一小时后,那只雄性游隼从内陆疾飞而来,俯冲向涉禽,方式与刚才那只塍鹬如出一辙。他追逐着一只塍鹬飞行了好几分钟,最终和它一起消失在岛屿的尽头，还保持着紧紧追赶的姿态。

四点，雄隼与雌隼一同翱翔于河口上空。一只苍鹭从觅食的浅滩上飞起，沉重地飞向它位于内陆的鸟巢。我期待着那两只游隼能俯冲向它，演绎一幕令人惊叹的壮观场景，就像那些有关鹰猎的书中常常描述的那样。但他们没有俯冲。雌隼完全没有理睬那只苍鹭。雄隼从它身旁猛冲而过，从下方发起了袭击，但也只是围着苍鹭的脑袋叫嚷不休，就像一只猴子。当苍鹭终于吐出那只鱼时，雄隼疾速下坠，几次尝试想要抓住它，但都没有成功。他遂又翱翔向上和雌隼会合，他们一起盘旋向北，越过沼泽地，飞出了我的视线。

月光洒满河面，又一天结束了。繁星初显，众鸟鸣啼，微光闪烁，弥漫了整片河口。内陆西边的天空中，还盘绕着最后的红色晚霞。

3 月 28 日

西南风刮了一整日。清晨，洒满阳光的温暖空气升腾向上，凝成云朵。十一点，两百只斑尾林鸽从果园中噼里啪啦地飞起——那只褐色雄隼从南方飞来了。我正好走进果园东端。我们在溪畔相遇了。整整一小时，他观察猎物的踪迹，悬停，换了很多棵落脚的树，还捉住了一只老鼠。对我，他依旧非常冷漠，但每当我移动，他总会跟随在后，或升起一定高度，将我保持在他视线范围之内。他已经找到了我对他而言的意义，虽然我并不知道那是什么。我是他的一位行动缓慢、濒临死亡的同伴吧，就像卡列班之于他的爱丽儿[1]。

我每回见他，他都在尝试翱翔，但天气条件实在不利，他的几次尝试也都缺乏决心，只是试探性的。今天，十二点半时，他又试了一次。他飞入三百英尺高空，转弯，开始顺风滑翔。他尝试将这滑翔拉伸，延续为一次向上攀升的盘旋，但他飞得实在太快了。他顺势从果园上空一闪而过，向后收拢翅膀，俯冲落在了那片榛树篱上。接着又是半个小时坐立不安的飞翔和悬停。他再次返回了那片树篱。我背靠一棵苹果树坐了下来，远远看着那只弓着身子、满脸不悦的鹰。太阳炽热，草

---

[1] 莎士比亚传奇剧《暴风雨》中的人物，怪物卡列班和精灵爱丽儿分别代表着恶与善。

地干燥而温暖。云雀开始了歌唱,白云在空中飘荡。小溪下游,一只绿啄木鸟鸣叫起来。鹰抬头望向天空,来回踱步,又向下看了看树篱。他没有发现猎物的踪迹,但还是起飞了。他飞得非常轻盈,似有浮力,羽翼毫不费力,仿佛只是在乘风而行。然后他一个侧身,急转向上,像一只沙锥,优雅而轻巧地点触着空气,在滑翔的平滑之中寻找着翅膀微妙的支撑点。

果园的矮坡上有一处轻微的地表凹陷,那里没有树木生长,野草也显得稀疏、低矮。但也并非一无是处:那片土地位于背风处,有暖空气从中升起。那只雄隼就在这凹陷之上展开了翅膀和尾羽,缓缓倾斜身体,滑入一次长长的盘旋,半周过后,便顺风飘荡而去了。他越飘越高,很快就高高飘至果园北方的尽头,成为空中一个小小的黑色剪影。在连续几个礼拜的躲藏、停落和悬停之后,他终于得到了释放。他飘荡着,飘荡着:他已挣脱枷锁,他已重获自由。

一个粗暴的急转弯,他突然停了下来,迎着风,高挂在一千英尺的高空中。整整五分钟,他悬浮空中,一动不动,双翅后掠,随风翕张,如漆黑的船锚泊系在雪白的云端。他俯瞰身下的果园,扭动、摇晃着头部,动作灵活且极具威胁性,就像一条蛇从石缝里伸出脑袋,四下观察。强风不能撼动他,太阳亦无法推动他。他就这样稳稳地,固定在天空的裂隙之中。

突然他便松动了,又掉进空气里,伸直翅膀,缓缓向更高处盘旋而去,缓慢、平稳,保持着平衡,而后又一次停了下来。他现在只是一个小黑点了,就像远方一只凝视着我的瞳孔。他平静地飘浮着,飘浮着,然后,像突然断弦的音乐,他开始下坠。

他先是朝左侧下滑了两百英尺,停住。一段长长的静止过后,他又转向右侧下滑了两百英尺,再次停住,于空中切出一道深长的锯齿划痕,从一侧羽翼滑行至另一侧羽翼,缓慢而陡峭地从天而降。没有一丝犹豫或克制,他只是任凭自己坠落,坠落,然后蓦然停止,像一只悬挂于蛛丝上的蜘蛛,或一个沿绳索下降的勇士。终于,这漫长呼气般的降落结束了。他又回到了紧紧包裹着大地的厚重空气里。

我想他应该要休息了,但他却在开阔的耕地上空再次飞起,或许是无法抗拒这片被太阳晒得暖洋洋的天空吧。他攀升的速度非常缓慢，毕竟他还缺乏练习，尚不熟练。他将翅膀向外拉紧，伸展至它们的极限，脑袋伸直向前，双眼凝视上方。完成第一圈宽大的盘旋后，他才稍微有了些信心，逐渐放松下来，开始俯瞰下方。在一片巨大的白色云团下，他朝北方飞去，扫荡，盘旋，逐渐变小。但他仍不愿离开果园，也不愿和云团相伴。他又慢慢滑翔了回来，穿过一千英尺洒满阳光的空气，降落在溪畔一棵树上。他终于休息了，在整整四十分钟的飞行过后。他没有睡觉，但我靠近他时，他也完全没有注意到我。他并没有在看任何一样东西。他的眼睛虽是睁着的，却也是失焦的，茫然的。他朝南方飞去了，就像一个梦游者，恍惚迷离地注视着前方，翅膀也只是轻轻从空气中掠过，并无更大动作。太阳照耀在他身上，他闪烁如一片银色的水波，泛着紫褐色的微光，湿润如雨后的耕地。

他盘旋于那排白杨树后方，渐渐又开始了翱翔。这一次，他横穿过风，迅速朝西北方攀升而去，很快便高高越过了河谷。他滑翔，旋转，悬停，振翅，似乎终于从他对果园的痴迷之中清醒了。自由！你无法想象自由意味着什么，直到你看见一只游隼如离弦之箭，冲入温暖的春日天空，随心所欲地徜徉在无边无际的光亮之中。他乘着河流上方喷涌的气流直上云霄，有如执行战斗任务般威猛。像绿色海洋里的海豚，像湍流中的水獭，他穿透一个个深邃的空中潟湖，向上，向上，直抵卷云构筑的白色岛礁。我的手臂酸痛，已无力再追随他，他便模糊成了一个微茫的黑点，从望远镜明亮的圆形视野中消失了。但很快我又找到了他，而且他的身影正越变越大。逐渐地，稳步地，他的身影越变越大，从河谷上方几千英尺的高空中纵身跃下，回到了果园——他尚未准备好彻底地离开它。他由一枚小黑点变成了一个模糊不清的影子，一只鸟，一只鹰，一只游隼，然后，一颗带翅膀的大脑袋。风从他身体两侧呼啸而过。伴随着一次猛冲，一道闪掠，一阵翅膀的嗡嗡震颤，他着陆在距离我仅有十码的树篱上。他端坐高枝，梳理羽毛，环顾四周。半小时酣畅淋漓的飞翔过后，他竟一点不感觉疲惫，甚至有些意犹未尽。如今，他有一整片河谷可供选择，但他最终还是回到了这片果园，这片我所在的果园。这是我们之间的纽带：不可触摸，无法定义，但它真实存在。

已经四点了。太阳依然温暖,天空风轻云淡。雄隼抬头望去。顺着他的视线,我看见一只雌隼从东方盘旋而至。阳光的纯净之中,她握紧的脚爪和脚爪上的灰白覆羽闪烁着象牙与黄金的光泽,整个身体都笼罩在一种阿兹特克式[1]的辉煌之中,仿佛这身体是由黄铜浇铸而成,没有浮力,没有蓬松的羽毛,也没有中空的骨骼。雌隼看见了雄隼的翱翔,她是从河谷前来与他会合的,而这正是他飞翔的目的。他从果园中升起,与她一同飘荡在我头顶上方,飘荡着,鸣叫着。他们粗犷的叫声有如石块,坚硬地敲击着坚固、冰冷的天空。游隼通常会在初次抵达他们的过冬地点时发出鸣叫,而再次鸣叫,便是离开的时候了。渐渐地,他们慵懒而松弛的盘旋变得愈加紧凑。不一会儿,盘旋的速度已是非常之快,一只鹰高高飞于另一只鹰之上。在一道又一道长长的扫掠弧线中,他们朝东南方高升而去,快速的滑翔与深如劈砍的振翅交替出现,每一个动作都吐露着他们的紧迫与

---

[1] 阿兹特克文明:14—16世纪的墨西哥古文明,也是中美洲古老印第安文明的一部分。

决心。太阳和风再不能操控他们了。他们拥有了属于自己的力量，也知晓了自己应该前行的方向，终于。

现在，他们已经能够看到荷兰的海岸线了，它就在一百英里之外。他们能看见蜿蜒的斯凯尔特河的入海口在风中召唤，能看见那堤坝的白色线条，还有远处莱茵河的微光，在即将到来的夜色中闪烁、流淌。他们就要离开这里了，离开这些熟悉的树林和田野，河流和彩色的农场；离开这片河口，离开环绕着它的绿色岛屿，瞬息万变的泥泞海滩；离开退潮时黄褐色的盐碱滩，涨潮时笔直延展的海岸线，阳光下棱角分明的大陆尽头……这些鲜活的图景将会淹没在一片轰然倒塌的色彩中，被挤压成一道彩虹，从此被安置在他们记忆的地平线下。而另一幅图景将会升起，虽然此刻还如同海市蜃楼一般缥缈、扭曲，但它终会变得清晰的。漫长的大陆海岸白茫一片，遥远的岛屿还躺在黑暗之中，悬崖和山脉将从黑夜里航行而出。它终会变得清晰的。

3月29日

两百只金鸻正在玉米地里觅食,它们仔细聆听着土地的动静,不时猛戳向下,好似大型的鸫。它们中的许多已经换上了夏羽,黑色的胸腹衬着芥黄色的背部,阳光下尤其耀眼,就像黑色的鞋子半掩埋在毛茛花瓣的碎片之中。我在河岸边发现了一只野兔的残骸。它已死去多日,皮毛都被剥去了,只剩一地裸露的骨头。一些纤细的骨头上有被游隼的鸟喙啃出的三角形缺口,可能它在被游隼发现时已经死去了。不过,更有可能的情况是,它是被两只游隼一起猎杀的。我之前也遇到过这样的野兔尸体,通常就是在三月,换羽期的游隼会捕杀许多哺乳动物。

欧亚鸫在河畔附近的小树林里歌唱,歌声清澈如春日溪水,新鲜如生菜卷曲、脆嫩的菜心。像古老拨弦键琴的叮咚琴音,它们的歌声里有一种朦胧又明亮的怀旧意味。树林闻上去有一股树皮、灰烬与落叶的味道。小路尽头,是冰冷天空的斑驳光影。一只雄性红腹灰雀蹲坐在一根弯曲的落叶松的树枝上,伸长脖子,努力够到上方的树枝，然后用鸟喙熟练地一折、一扭，摘下一朵嫩芽，细细咀嚼。之后他又向下望去，倒悬着脑袋，从一根低处的树枝上采下了几朵嫩芽。他是一只红黑相间的小胖鸟，慵懒、闲散，虽然偶尔也会努力哼上几嗓子，那歌声却是一种深沉沙哑的"du-dudu"，而且每次歌唱，那些肥胖的赘肉都会随歌喉轻微震颤。他就像是一只贪婪地咀嚼着山楂树叶的小公牛。尽管如此，他用鸟喙拉拽、扭折、摘下枝芽的动作，还是令我想到了游隼，想到了他们拧断猎物脖颈时的样子。不论被毁灭的是何物，毁灭的方式都相差无几。而美，不过是在死亡的深渊上升起的烟雾。

我向小溪走去，想去找找那只金色的雄隼。从24日起，我便再没在这河谷中见过他了。下午一点，一只红隼悬停于南方林地附近的田野上空。他的翅膀在风中战战兢兢地轻弹着，像手指轻轻触碰一块滚烫的热铁；起起落落，又像一把火腿刀的刀刃。他降低了高度，悬停空中，翅膀从腕关节处弯曲向后，浅色的翼角在阳光下隐隐闪动。然后，他猛然俯冲直下，翅膀扳起，如降落伞般高高飘扬（红隼在俯冲时，不会像游隼一样将翅膀贴于体侧）。他直到最后一刻才将身体摆正，接着砰的一声，重重砸向草丛之中某个东西。他升起，朝一个鼹鼠丘飞去，准备在那里进食，鸟喙上叼着一只瘫软、灰暗的猎物。我试图走近一些，但他立即飞离了，将猎物也抛之脑后。那是一只鼩鼱，很小，很轻，柔软的灰色皮毛上还留有红隼紧握的脚爪的痕迹。我将它重新放回了鼹鼠丘，希望我离开后，鹰还会回来找它。

整整两个小时，我等待在那棵枯树旁的一棵光榆下，但游隼没有出现。一种古怪的呜咽声环绕在我头顶的天空中，起初还非常微弱，渐渐响亮起来。那是一只沙锥的嗡鸣声。我在五十英尺的高度搜寻着他，但最终找到他，是在五百英尺的高空中了。他小得就像一只百灵，但盘旋得非常快，弧度非常广，在阳光下闪闪发光，忽明忽暗，切割过白色的云层，像一颗黑亮的钻石。每隔二十秒，他便会倾斜向下，做一次小角度俯冲，同时极力展开尾羽，好让风穿梭其间，发出那种古怪的好似梳子划过纸巾的呜咽声，这便是沙锥的嗡鸣。这嗡嗡声中往往有八至十个可辨认的单音，而第四个或第五个通常是最高亢的。它们会渐强至最高点，然后逐渐消散，随沙锥恢复水平盘旋而消止。这声音是惊人的响亮、鲜明而充满活力，就像有一连串巨大的箭镞从我头顶疯狂地闪过。这又是那样一种不祥之音，仿佛某种神谕从天而降，总是给我一种无处可逃的感觉。在盘旋、嗡鸣了五分钟之后，那只沙锥最终降落在溪畔湿软的沼泽地上。三月，只要水位高涨，你总能在这一带见到沙锥。但它们从不留下来繁衍后代。

半小时后，这嗡鸣之音又开始了。那只沙锥盘旋到了比刚才还高的空中，高到我只能勉强看见他。我观察着他，同时又发现了第二只沙锥，就盘旋于他身下。举起望远镜的刹那我才惊觉，是那只雄性游隼。他正迅速向沙锥攀升而去，而沙锥却毫无警觉，直到鹰离他已不到五十英尺。他这才停止了嗡鸣，以极其陡直的角度向上猛冲、闪躲，就像他是从地面上笔直惊飞似的。鹰紧追其后，沙锥向下蹿飞，但鹰立即俯冲向他，迫使他再次向上攀升。这些小把戏反复出现了十或十一次，直到两只鸟儿都升入了极其高远的空中，几乎消失不见。他们就位于河流上方，我期待着那只筋疲力尽的沙锥能做出最后一次逃生的努力——坠落到下方的芦苇荡。然而，他坠落得非常突兀，就像是被击中了，径直翻滚、掉落下来。鹰一个侧滑，恰到好处地直切沙锥。在河流上方五百英尺的空中，这两片下降的剪影终于合二为一，并作一只漆黑的鸟儿。我看着这只鸟短暂地攀升向上，然后缓缓下降，回到溪畔。鹰将猎物带去了那棵枯榆树，并在那里完成了拔毛、进食。阳光照耀在他羽毛的涟漪上，有如金色的麦田。他进食完毕，休息了一会儿，便朝东飞去了他的栖息地：河口某座小岛上，一棵孤独的榆树。

3 月 30 日

小雨一直持续到了下午两点，紧接着是滂沱大雨、氤氲雾气和一轮苍白无力的太阳。我在下午三点发现了那只游隼。他栖息在北方林地附近一棵榆树上，因湿气而显得庞大、蓬松，也不愿飞去更远的地方了。三点半，一场倾盆大雨携狂风席卷而来，而游隼直面着这一切，直到浑身湿透，才飞入一棵空心树避雨。雨停后，他缓慢而沉重地拍打着翅膀，向下飞入一片麦茬地。一群麻雀正在那儿觅食。它们对游隼的接近毫无察觉，直到游隼骤降其间，鸟群才惊慌四散。他轻易便抓住了一只麻雀，将它带回榆树进食。他飞得那样缓慢而沉重，就像一只乌鸦，麻雀一定是被蒙蔽了。

太阳出来了，鹰开始晾晒他湿答答的羽毛。一场新的暴风雨正从南方涌来，很快，我便在一片轰隆作响的昏暗中跟丢了鹰。大雨从黑紫色的云端倾泻而下，狂风又大作。一只短尾鼬从我身旁跑过，在一道道闪电中奔跑、跳跃。它叼着一只死老鼠。

雨停后，雾气从湿漉漉的草地上升起，到处都是雨水遗留的水波与气泡，它们在缓慢流淌的河水中挣扎着，寻找着属于它们的沉寂。鹰已离去。小鸮在初升的暮色中悲鸣。

3 月 31 日

日出清冷而简洁，只是东方薄雾的一瞬明亮，只是微茫云层的一束光晕。一只仓鸮于河流上方摇曳着，一抹白，映衬着黑色的投影。游隼滑翔而过，俯冲向安静的仓鸮。水面倒影一阵摇晃、冲撞，就像有狗鱼跃起，撕裂水面。仓鸮闪躲敏捷，好似麦鸡，但飞行速度比麦鸡要快得多，如一颗白色火星，闪劈过青绿的田野。游隼放弃了追逐，高高升起，翱翔于第一缕阳光之中，缓缓向东盘旋而去了。仓鸮躲进了一棵空心树的漆黑阴影里。

两只小斑啄木鸟飞入一片落叶松林。我能听见他们刺耳的鸣叫声，虽有些模糊，仍能感觉出他们的声嘶力竭。那是一种含糊不清，还夹杂着呼吸气息的声音；一种恼怒不堪，嗓子被扼住似的嘶鸣。他们站在高高的落叶松枝头，相隔仅一英尺，相互用翅膀扇打着对方，发出嘶嘶的抽翅声。然后双方各退一步，换作了一种芭蕾式的优雅对峙。他们笔直站立，张开树叶状的翅膀，展示着白皙的内侧羽翼和羽翼上如波浪般起伏的细纹，脑袋高昂，鸟喙直指向上。他们就像两只奇丽的远古时期的蝴蝶，在湿热的原始丛林中紧紧依附着一株巨大的桫椤。其中一只飞去了一棵枯柳树。他降落在树干一侧，降落时完全没有减速，就像他的大脚上装有吸盘似的。他那椭圆形的、瓢虫一般的黑色背部上分布着几道明亮的白色条纹，仿佛曾有一把小小的白色梯子斜靠在那背部，留下了尚未干透的白色漆痕。他开始叩击树干，每一段叩击都持续了很长一段时间，且间隔极短。他鸟喙回弹的速度之快，叫人根本无法分辨每一次敲击；脑袋都因来回震颤而模糊不清了。小斑啄木鸟叩击的速度比大斑啄木鸟稍慢一些，但它们叩击的音调更高，且声音不会逐渐减弱。只要多练习，你总能分清这两种啄木鸟。事实上，耳朵比眼睛学得更快。

漫长的叩击过后，他又开始敲打树干，每下敲打相隔的时间很长，但每下都很果断，且非常响亮。他会将脑袋极力后拉，整个身体向外倾斜，直至双腿长度的极限，然后，猛地一击。另一只啄木鸟也飞来了，降落在树干的另一侧。长达一分钟静默不动的对峙过后，第二只鸟极其挑衅地冲他扑打起翅膀，并最终将他驱逐，霸占了他的地盘。如果将小斑啄木鸟的叩击声拖长一些，你会发现这声音，不论共鸣还是共振，都和一只夜鹰的歌声产生了某种微妙的相似性。的确，这声音是机械重复的，是鸟喙撞击在枯木上产生的磕磕巴巴的声响。但它也有可能以某种特殊的方式,在鸟儿的鸣管[1]中回响,这就解释了它为何如此惊人的响亮,而最响亮的叩击声恰恰是在鸟喙张大时发出的。

山林的淡绿色薄雾中,欧柳莺和棕柳莺轻柔地歌唱着。一只灰林鸮摇晃着大脑袋,从冷杉林昏暗的光之缝隙中摇曳飘过。太阳照得到的地方,便有深蓝色的阴影,这阴影中便聚满了嗡嗡嘤嘤的昆虫,如烟熏萦绕。透过树林,我能看见那些小片的田野,还有蜿蜒的深色河流。游隼出现了,他正俯冲向一只鸥。我看着他们的身影,在树影之外游移、扑闪,仿佛在观看一场电影。然后,突然,放映终止了。我又陷入了一片黑暗。

河口很安静。没有鹰。没有捕杀。一对麦鸡的叫声穿透了整片沼泽地。雌鸟在草丛中,雄鸟高声鸣唱,炫耀展示。他飞得好似一个发疯的小丑,陷入了一片橘黄、黑与白交织的旋涡。他的翅膀就像是在地面做着一个个侧手翻,又像两片行走着的风车叶片;当他翻滚、俯冲、攀升,和空气纠缠在一起时,翅膀柔软如鱼鳍,

---

[1] 鸣管(syrinx):鸟类的发音器官。利用气管内冲出的空气,使鸣膜鼓动而发声。

摇摆如触须。

4月2日

春天的傍晚。空气温润，没有一丝棱角，闻上去有一股潮湿青草的味道，混着新鲜的泥土，还有农药。鸟儿的歌声少了。那些在三月歌唱的鸟儿大多是候鸟，都已经飞回了北方。大部分欧乌鸫和云雀都已离去了，但河畔的小树林里还住着一百只田鸫。芦鸫也回到了它们筑巢的区域。穗䳭白色的臀部如繁星点缀着深褐色的耕地。游隼的猎物：两只斑尾林鸽，躺在小河边。一只几乎保持着原样，鱼一般的眼睛还闪动着光泽：一种热烈、野性的蓝光。另一只已被啃食干净，且干净程度堪称完美。它的尸体深深陷进了芦苇丛中，只剩一个骨架子了。一旁是一大堆被拔下的羽毛。

一只燕子轻快地从我身边掠过，如一抹紫，掠过水坝咆哮的白；一抹蓝，掠过河流光滑的绿。春天的傍晚总是如此，没有鸟儿会在我身边歌唱，然而所有远方的树林和灌木丛中都回荡着它们的歌声。和所有人类一样，我行走时，似乎走在一轮熊熊燃烧的钢圈之中；它宽达一百码，能烧灼所有的生命。只有在我静止不动时，它才会逐渐冷却，缓缓消散。七点。榆树和山楂树底下已是暮色深沉。一只鸟正低低穿过田野，径直朝我飞来。它掠过长草，好似一只猫头鹰，但它深长的胸骨事实上已经压弯了长草，使其纷纷倒向一旁。它的翅膀轻松拍打着，高高扬起，尖端几乎要触碰在一起。头部宽大，就像一只猫头鹰。它快速穿过阴影覆盖的田野，这场景之中有一种奇妙的动人心魄的柔软，一种无声潜行的美感。它一路俯瞰着草丛，只是偶尔抬头扫一眼方向。它又靠近了些。我这才看清它是一只正在捕猎的游隼，一只雄隼，而他飞得如此低，是想要惊飞草丛中的山鹑。

　　他看见了我，偏转往右，斜扫向上，降落在一棵光榆上。最后一缕黯然的日光照耀在他宽厚的背部，仿佛给他披上了一件金丝衣衫。他非常警惕、饥渴、躁动，片刻就又跃下枝头，朝东北方飞去了，飞得左右摆荡，毫无规律可言。他着陆在开阔田野的高空电缆上，在那儿待了十五分钟。他身板直挺，小心留意着四周的动静。在渐弱的光线中，我只能看见一个粗犷的剪影，扭头凝视着左后方。他向下飞去，快速穿过耕地，蹿入树影背后；深深劈砍着翅膀，速度越来越快。春天的傍晚，蝙蝠的翅膀噼啪作响，飞过铁一般静止的河流；猫头鹰苏醒了，眼睛似狐猴，叫声如杓鹬。

4月3日

暖和的一天。微风缓缓吹散了洒满阳光的晨雾。云层聚拢又破碎，重回一片湛蓝。一只山鹬在小河上空来回飞行了半个小时，捕食着飞虫，偶尔也叫喊两声。太阳照射在它毛茸茸的褐色背部，也照亮了它长长的毛耳朵。我找不到游隼了。

大斑啄木鸟在南方林地里聒噪了一整日。七只大斑啄木鸟齐齐从一棵树上飞出，喊喊喳喳好似一群小猪，然后四散开去，笔直地展开翅膀，飘荡、降落在周围的树木上，各自叩击了一番树干，又四散离去。这些阿尔丁林区的美丽小丑。大斑啄木鸟的叩击带有一种空腔共鸣的浓厚音色——如果木质对的话。他会盯着树干，身体缓缓倾斜向后,然后迅速啄击向前。第一下啄击过后,是一连串快速而紧凑的猛击,鸟喙似乎仅仅是从树干上飞弹回来而已,就像一颗弹跳的球,渐渐无力下去。随着啄击声越来越柔和,鸟喙也越来越接近树干,直到最后几乎紧贴树干,叩击便这样终止了。他等待着答复。他可能会在原地等上二十分钟。一旦他听见叩击声响起,便会立即做出回应。

一只普通䴓沿山毛榉树皮快速跑过,并不引人注意,直到他开始歌唱,一种悦耳的"quee, quee, quee, quee"的歌声。他背部的颜色与树皮相仿,胸膛是山毛榉落叶的色彩。他的歌声里也有一种响亮的、尖厉的颤音,一种战栗的机械重复,就像一只啄木鸟在叩击一块三角铁。

四月初,有角树的地方,就有金翅雀的啼鸣。许多金翅雀正徜徉在北方林地阳光普照的小树林里,慵懒地浅唱低吟着。还有一些,正和苍头燕雀、大山雀、一只沼泽山雀,还有一只欧亚鸲一起,在深厚的腐叶土上觅食。这一觅食小队时不时就齐齐飞上树梢,翅膀扑腾出干涩的沙沙声,然后又无声无息地飘荡下来,穿过微尘飞扬的阳光与树影，身影如蒙蒙细雨，洒过暖黄阳光。鸟群中的鸟，似乎是被同一根神经所牵动着，哪怕是最为轻微的光线或动作的改变，它们的反应都极其夸张。忽然，我看见一只锡嘴雀出现在它们之中，体形庞大，派头十足。他是鸟类中的野猪，有着厚重的黄色鸟喙，像一艘破冰船的船头。他鸣叫起来，那是一声响亮而强势的"tsink"，将嘶鸣声、爆破声、口哨声，全都融合在了一起。然而，当我再想寻找他时，却怎么也找不到了。我没有注意到他到来，也没有注意到他离去。与其他外表勇猛好斗的鸟类一样，锡嘴雀也非常小心，非常羞涩。

　　蓝铃花馥郁的香气，混杂着从果园飘散出的硫黄味。一只杜鹃跟随着溪流的曲道，缓缓从河流方向飞来。他飞进小树林，开始了他那长达两个月的不知疲倦的歌唱。就算你离他非常近，近到能看清他身体的细节，他的歌声依然仿佛是从他体内某个极其遥远的地方飘荡出来的。遥远而朦胧。他歌唱时，是真正的心无旁骛，眼中仿佛有一层光滑的釉彩，橘黄色的虹膜如此明亮，好似镶在他脑袋上的彩色珠子。但他又是那样一只无聊而好色的鸟，永远只为他的配偶而歌唱，永远只聆听他的配偶那悠远钟鸣般的吟诵。他在小树林里觅食一番后便飞出了树林，意欲穿过田野，但是立刻被游隼尾随了。游隼可能已经在此等候多时，因为他也听见并辨认出了杜鹃的歌声。杜鹃匆忙闪躲，逃窜回了树林，然而从此便再没出来了。大多数的鹰，只要一逮到机会便会猎杀杜鹃，大概也是因为它们很容易被捕捉吧。

我跟着那只游隼——他是那只金色的雄隼——穿过田野，来到那棵枯榆树旁。他在那儿休息了一个小时，一直仰望着天空。五点，他盘旋向上，于空中划过几道极其宽广的弧线，而后开始了翱翔。他飘荡向东，鸣叫着，俯身观望着身下的大地。他的鸣叫持续了很长一段时间，仿佛是一只即将离去的鹰在向那只留下的鹰传递他的悲伤。然后，他朝海岸线滑翔而去了。他慢慢加快了速度，就像是沿着一条巨大的抛物线在移动，而远在他最终的下降到来之前，他已早早消失在东方天际那冷峻而清澈的光芒之中。

一只绿啄木鸟啼叫起来，高高飞翔于开阔的田野上空。一只松鸦从一个枝头飞上另一个枝头，小心翼翼地在两片树林间穿行。这是自去年十月以来，我见到的第一只暴露在外的松鸦。长尾山雀飞下树篱，开始收集被游隼捕杀的猎物的羽毛，为筑巢做准备。这种鸟儿知道——正如我也知道——最后一只游隼已经离开了河谷。它们获得了我失去了的自由。

4月4日

通往海湾的小路已是绿意盎然，满目都是野樱桃的绿叶和白花。红腹灰雀绽放了一身的黑、白与绯红，从我眼前一闪而过，消失在它深沉的鸣叫声中。色彩没入满溢的海水，陆地也走到了尽头。

天空灰暗，但潮汐线上有微光浮动。百灵开始了歌唱。这是一天中最好的时候。薄暮已然在远方的树林和树篱间游弋，海湾沉浸在不被打扰的宁谧里，鸟儿的歌声与鸣唳，与海水的摇摆和波动交织在了一起……我是到这儿来寻找游隼的。昨天他离开河谷时，天色已晚，我猜他或许会在迁徙之前，到海岸线附近短暂停留、捕猎。风已远去，空气潮湿而阴冷。但这河口实在是太平静了,鸟儿们也太安宁了。平静、空荡的天空中没有鹰的身影。我在海堤上发现了一只小嘴乌鸦的尸体,是游隼在数小时前杀死的。它的黑色羽毛有如花圈,环绕着它血渍斑斑的尸骨。它那残忍的,曾一度咬裂颅骨、刺穿眼睛的鸟喙如今直指着天空。它只剩下脑袋和翅膀了。

三点,我突然产生了一种真切的预感,确信如果我立即前往海岸线——八英里外的海岸线,我就会在那儿看见游隼。这种确信感非常少有,但一旦你察觉到它,它便如占卜探测师手中那根向下弯曲的树枝[1]一般,不可抗拒。我动身了。

然而那里似乎也毫无希望。北风冰冷,乌云低沉而阴郁,光线非常昏暗。潮水已远远退去,留下一大片空荡的盐碱滩。田野灰茫而萧瑟,如同遥远的海平面。陆地与海洋已被敲打成了同一块扁平、枯燥而沉闷的金属。我爱荒凉,但这已远远超出了荒凉。这是死亡。

---

[1] 中世纪流传的探测术。传言占卜探测者从不需要科学仪器,依仗一些简单的工具——摆锤、树枝、铁线或木棒便可测出地下水源、矿脉、金属或其他物质。

一只翘鼻麻鸭躺在泥泞之中,光泽鲜亮,有如破碎的花瓶;墨绿,白,栗铜棕,还有朱砂红。胸口的羽毛已被拔净,血肉也被从骨头上剔去;尸骨深处,鲜血依然湿润。游隼已经进过食了。他还在附近吗?我爬上海堤一侧,小心翼翼地向堤顶望去。

他在那儿。离我尚不足一百码。他落在高空电缆上,轮廓分明,映衬着昏暗的内陆天空。他一定是趁我在海堤背后时飞上电缆的。他面朝北风,等待着夜晚的到来;他昏昏欲睡,不愿移动。一只黍鹀飞到他身旁,从嗓子眼中挤出了几声嘶哑、细弱的歌声。我又走近了些。黍鹀飞走了,但鹰没有。直到我距离他只剩下二十码,他才开始显得不安。他轻轻飞起,飘荡离开电缆,拍扇了一次翅膀,转弯,顺风滑翔而去。我奔跑在海堤旁的小路上,看着他飘落在水坝的栅栏柱上。我走近一步,他便飞远一些,从一根栅栏柱轻轻跳跃至另一根,直至栅栏走到尽头。他飞起,穿越海滩,朝旧海堤遥远的另一端飞去了。那里长有几株小小的荆棘灌木。

我俯身趴下,藏身于海堤斜坡下方的绿色植物中,用手肘和膝盖做支撑,艰难地爬向那个我认为鹰将降落的地点，只希望我抵达那里时，他还未离去。矮草干而脆嫩，散发着一股甜香。这是春天的新草，干净，清冽，有如盐水。我将脸颊深埋其中，呼吸着青草的味道，呼吸着春天的味道。一只沙锥飞起，紧接着，一只金鸻。我静静趴在那儿，等待它们飞远，才再次向前挪动。我爬得非常缓慢，因为我知道，鹰聆听着一切。暮色一点一滴，漫延扩散。不再是短暂如一阵剧痛般的冬日黄昏了，这是悠长、迟缓的春天的暮色。薄雾渐起，覆没了水坝，也给田野的边缘覆上了一层柔光。我只有靠猜测估算我与鹰之间的距离了。三码吧。我决定冒险一试。我以极其缓慢的速度站直身体，望向海堤顶端。我很幸运。鹰距离我仅有五码而已。他立刻发现了我，但是并没有飞走，只是脚爪握紧了灌木带刺的枝干，趾关节因紧绷而棱角分明，双脚在握力下更显粗壮。他的翅膀微张，微微战栗着，仿佛箭在弦上。我一动不动，希望他能放松下来，接受我，接受我这在天空的映衬下显得格外庞大的掠食者的外形。夜风吹拂着他胸口的羽毛，泛起阵阵涟漪。我已看不清他身体的色彩了。在愈来愈深的暮色中，他看上去比他实际的样子要大得多。

他低下了高贵的头颅,但立刻又抬起来,就在这一瞬间,夜凉如水,彻底淹没了我们,他也迅速褪去了一身的野蛮与凶残,好似将之全部交付给了黑夜。他那巨大的眼睛凝视着我的眼睛,我朝他晃动手臂,他也目不转睛,仿佛这双眼睛看见了某种我以外的东西,某种足以令它们无法移开的东西。最后一丝光线如雪花般剥落,崩碎,瓦解。我还能看见内陆那排榆树的微茫线条,然后,是更近一些的物体,再然后,只剩下鹰身后的一片漆黑。我知道,他现在不会飞走了。我翻过海堤,站到了他的面前。他闭上眼睛,睡去了。

译后记：一颗寂静主义者的心

距离译稿完成已经有一段时间了，但当我坐下来写这篇译后记时，一些画面仍不断重现……一个男人，站在高高的海堤上，群鸟纷飞，在他脸上投下瀑布般的倒影。北海辽阔无边际。那个人走在旷野，那个人等在河谷，那个人躲避着农场上充满敌意的眼睛，缓慢、安静、没什么表情，忽然就过去了十年。

或许只有这样的一个人才能写出这样一本书。他写20世纪60年代的冬天，一对迁徙至英格兰东南沿海过冬的游隼，写自己日复一日的追逐和毫无节制的沉迷，写每一场惊心动魄，每一次稍纵即逝，写他目光所及所有的恐惧难耐与满怀柔情，写他桎梏人生无法排遣的羡慕与哀愁。这些文本充满了一种巴洛克式的繁复与精致,但他的叙述始终是寂静的,仿佛因害羞而欲言又止,仿佛担心自己这不堪的人类的思绪会搅扰鹰的自由。像岩浆潜涌在地底,他将心事都克制在万物的细节里。你要足够寂静,才能发现:这不是一本关于鸟的书,而是一本关于成为鸟的书。关于一个人,渴望成为人以外的存在,怀着对整个自然世界的悲悯与渴求,以及对整个人类世界的厌弃和疏离。

我一直渴望成为外在世界的一部分,到最外面去,站到所有事物的边缘,让我这人类的污秽在虚空与寂静中被洗去,像一只狐狸在超尘灵性的冰冷的水中洗去自己的臭味;让我以一个异乡人的身份回到这小镇。游荡赐予我的奔涌的光芒,随着抵达消逝。

遗憾的是,作为一个人,他一生都没有走出过他的埃塞克斯。作为一个人,他平淡无奇,他近乎隐形,事实上,英语国家的出版人在他去世多年后才获悉他的全名：约翰·亚历克·贝克（John Alec Baker）。他是土生土长的埃塞克斯人，一生都生活在当时还只是一个乡村小镇的切尔姆斯福德。他所受的正式教育于1943年结束于切尔姆斯福德爱德华六世中学，当时他年仅十六岁。可能唯一具有自传性的情节是，他在完成这本书后即患上重病（也有说法是他是因为病重才决定写下本书）：类风湿关节炎，并最终死于缓解关节疼痛的药物所引发的癌症。他从未在书中坦言自己患病的事实，但最粗心的读者也能感受到他正在遭受某种折磨，精神上的，肉体上的。他看待事物的方式透着一丝灰暗，甚至是一股死亡的气息，他对微观细节的感知似乎也因此更加敏锐。这个一心想要站到世界的最外面的人，这个渴望成为鹰并且用尽全力去成为鹰的人，却只能用整个余生在病榻上仰望，然后默默消失在世上。

从某种意义上说，游隼和他确有着悲剧性的关联——死亡。这本书是他写给自己的挽歌，也是给游隼的挽歌。20世纪60年代中期的英国，正处于对游隼而言最晦暗无光的时期：农药的使用极大地减少了英国乃至整个欧洲及北美的游隼数量，这一自然界最强大、最成功的掠食者之一，竟一度濒临绝迹，而我们的作者对此无能为力。游隼就是他自己。在他内心深处，猎人早已成为他所追捕的猎物。游隼那恣意翱翔、无畏无惧的形象曾经给过他多少慰藉，后来就给了他多少无望，一种不相信事情还会有转机的无望。四月，最后一只游隼的离去，就像唯一的同伴也要告别一样将他掏空。

但他的叙述仍然是寂静的。他比我们想象的还要辽阔、空旷得多。作为一本日记，他的确极尽笔墨，为我们构筑了一个完整的世界，只是作为记录者的他，内心却常常陷入一种"什么也没有发生过"的空无。他目睹了太多大地上的悲欢离合，偶尔也恐惧得失去骄傲，但他又是那么地确信，确信再大的惊恐、喜悦、喧嚣、悲痛、死亡……最后都会随日头落下，被黑夜覆没。而明天又是鸟鸣不断的清晨，昨日甚至不能凝固于记忆，就像生命本身。这日记一日一日，仿佛已持续了一万年，还将要继续一万年；这是 20 世纪 60 年代的冬季，也是所有的任何的冬季。

我想，寂静是他对人生做出的最无力的反击。而翻译这本书，也是退去现实的高烧，尝试理解一颗寂静主义者的心。即使最后没有几个人愿意读完它，这种退烧对我而言，已经是天大的好事。

此外，要感谢高畅女士对书中鸟类译名等所给出的专业意见。

李斯本

2016 年春

附录：鸟类译名对照表

（按名词在书中出现的顺序排列）

夜鹰：nightjar
雀鹰：sparrowhawk
游隼：peregrine
滨鹬：dunlin
雀（燕雀科鸟类）：finch
田鸫：fieldfare
椋鸟：starling
鹰：hawk
鸥：gull
鸽子：pigeon
鸫：thrush
寒鸦：jackdaw
乌鸦：crow
麦鸡：lapwing
林鸽（当地分布为斑尾林鸽）：wood pigeon
茶隼（当地分布为红隼）：kestrel
红嘴鸥：black-headed gull
山鹑：partridge
麻鸭（当地分布为翘鼻麻鸭）：shelduck
雉鸡：pheasant
大黑背鸥：great black-backed gull
绿头鸭：mallard
长尾山雀：long-tailed tit
短耳鸮：short-eared owl
赤颈鸭：wigeon
黑水鸡：moorhen
杓鹬：curlew
金鸻：golden plover
秃鼻乌鸦：rook
麻雀：sparrow
猎禽：game-bird
涉禽（一般指鸻鹬）：wader

秋沙鸭：sawbill（现在叫 merganser）
䴙䴘：grebe
云雀：skylark
山雀：tit
灰雀（当地分布为红腹灰雀）：bullfinch
苍鹭：heron
鸻：plover
家燕：swallow
燕（当地分布为白腹毛脚燕）：martin
松鸦：jay
喜鹊：magpie
欧乌鸫：blackbird
红腿石鸡：red-legged partridge
沙锥：snipe
红脚鹬：redshank
灰斑鸻：grey plover
红腹滨鹬：red knot
翻石鹬：turnstone
剑鸻：ringed plover
三趾鹬：sanderling
蛎鹬：oystercatcher
猫头鹰：owl
弯嘴滨鹬：curlew sandpiper
红额金翅雀：goldfinch
白腰草鹬：green sandpiper

燕鸥：tern
塍鹬：godwit
青脚鹬：green shank
百灵：lark
斑尾塍鹬：bar-tailed godwit
黍鹀：corn bunting
白眉歌鸫：redwing
绿翅鸭：teal
丘鹬：woodcock
灰背隼：merlin
鹪鹩：wren
天鹅：swan
红胸秋沙鸭：red-breasted merganser
凤头䴙䴘：great crested grebe
红喉潜鸟：red-throated diver
绿啄木鸟：green woodpecker
黑尾塍鹬：black-tailed godwit
灰林鸮：tawny owl
欧歌鸫：song thrush
小斑啄木鸟：lesser spotted woodpecker
杜鹃（一般为大杜鹃）：cuckoo
银鸥：herring gull
雪鹀：snow bunting
鸬鹚：cormorant
黑雁：brent goose
苍头燕雀：chaffinch

翠鸟：kingfisher
鵟：buzzard
鹊鸭：goldeneye
骨顶鸡：coot
斑头秋沙鸭：smew
纵纹腹小鸮：little owl
戴菊：goldcrest
朱顶雀：redpoll
石鹨：rock pipit
姬鹬：jack snipe
旋木雀：treecreeper
䴓：nuthatch
矶鹬：sandpiper
白鹡鸰：pied wagtail
小䴙䴘：little grebe
斑腹沙锥：great snipe
草地鹨：meadow pipit
芦鹀：reed buntin
鹟：flycatcher
欧亚鸲：robin

林岩鹨：hedge sparrow
蓝山雀：blue tit
沼泽山雀：marsh tit
疣鼻天鹅：mute swan
大山雀：great tit
大斑啄木鸟：great spotted woodpecker
黄鹀：yellowhammer
白尾鹞：hen-harrier
槲鸫：mistle thrush
针尾鸭：pintail
琵嘴鸭：shoveler
仓鸮：barn owl
欧柳莺：willow warbler
棕柳莺：chiff-chaff
穗鹏：wheatear
金翅雀：greenfinch
锡嘴雀：hawfinch
小嘴乌鸦：carrion crow